FABLES.

Paris. — IMPRIMERIE CLAYE ET TAILLEFER,
rue Saint-Benoit, 7.

FABLES

PAR

LE BARON DE STASSART

DE L'ACADÉMIE ROYALE DE BELGIQUE,
DE L'INSTITUT DE FRANCE, ETC.

Castigat ridendo mores.
SANTEUIL.

SEPTIÈME ÉDITION
AUGMENTÉE D'UN HUITIÈME LIVRE.

PARIS

PAULIN, LIBRAIRE-ÉDITEUR,
RUE DE RICHELIEU, 60.

—

1847

QUELQUES MOTS

SUR CETTE ÉDITION.

Il y a longtemps que les éditions françaises de ces fables se trouvent épuisées. Mon amour-propre est flatté qu'on veuille bien m'en demander une nouvelle.

Je croyais avoir fait, il y a dix ans, mes derniers apologues; mais une sorte d'instinct m'entraîne, et je joins à mon ancien bagage un huitième livre pour lequel je sollicite, comme pour ses aînés, la bienveillance du public.

Paris, le 6 juillet 1847.

Page 346, ligne 9, *au lieu de* 1826, *lisez* 1846.

AVERTISSEMENT-

DE LA SIXIÈME ÉDITION.

Les circonstances politiques et des devoirs impé-
rieux ne m'ont pas permis de m'occuper, aussi tôt
que je l'aurais désiré, d'une nouvelle édition de mes
Fables; je viens de les corriger pour la cinquième et
j'ai presque envie d'ajouter pour la dernière fois....
On aurait tort néanmoins de croire que je considère
cette petite galerie morale comme désormais à l'abri
de toute critique fondée; il y reste sans doute bien
des négligences, mais les unes tiennent au genre

même *, et les autres sont, pour ainsi dire, insépa-
rables de ma manière, inhérentes à ma nature, si
je puis m'exprimer ainsi ; dès lors c'est bien le cas
de se rappeler la maxime du maître :

> Ne forçons point notre talent,
> Nous ne ferions rien avec grâce.

Le public a bien voulu d'ailleurs accueillir mes
enfants, lorsqu'ils n'avaient pas même encore achevé
leur toilette ; pourquoi me montrerais-je plus sévère
que lui ? Quand ces Fables parurent pour la première
fois, à Paris, en 1818 ¹, elles furent reçues avec un
empressement que l'auteur était loin d'espérer : tous
les journaux, quelle que fût leur couleur politique,

---

* Tout le monde est d'accord sur ce point, mais on ne l'est pas
autant sur ce qui constitue l'apologue. Une action y est-elle indispensable, comme le prétendent quelques Aristarques modernes ?...
de nombreux exemples pris dans Ésope, Phèdre, La Fontaine, Florian, et chez presque tous les fabulistes étrangers, prouvent le
contraire. *L'oiseau blessé d'une flèche, le Renard et le Buste, le Renard et les Raisins, le Paon se plaignant à Junon, le Lierre et le
Thym, la Vipère et la Sangsue*, et cent autres qui se présentent à ma
mémoire, n'ont point d'action ; mais le sens moral s'y trouve, et l'on
ne cessera jamais de les regarder comme des fables, bien qu'elles
soient inférieures sans doute aux *Animaux malades de la peste*, au
Chat, la Belette et le jeune Lapin, au *Singe et le Léopard*, etc.

en rendirent un compte favorable, et cinq éditions, rapidement épuisées, en ont constaté le succès; elles ont été citées d'une manière flatteuse dans divers ouvrages de littérature, et plusieurs ont été reproduites dans la plupart des recueils publiés depuis quelques années.

Cette sixième édition contient sept apologues nouveaux et qui seront vraisemblablement les derniers.

Bruxelles, le 1er mars 1837.

1.

PRÉFACE

DE LA PREMIÈRE ÉDITION.

Après avoir appris par cœur des fables pendant
les années les plus heureuses de sa vie, on veut en
composer à son tour. C'est de toutes les branches de
la littérature celle qui présente le plus de charmes.
Aussi le nombre des fabulistes est-il, pour ainsi dire,
immense. Les Français seuls en ont près de deux
cents; on en compte plus de cinquante en Allemagne. Les Hollandais, les Anglais, les Italiens, les
Espagnols, les Polonais, les Russes même, ont leur
part dans le domaine d'Ésope. Quoi qu'il en soit,
l'on peut, sans se montrer injuste envers les étrangers, et sans méconnaître le mérite incontestable des
Gellert, des Lichtwer, des Lessing[2], des Cats[3], des
Gay, des Moore, des Dodsley[4], des Pignotti, des

Bertola[5], des Yriarte[6], des Krasicki[7], des Kriloff[8], affirmer que la palme de l'apologue nous appartiendrait encore, quand nous n'aurions pas à nous prévaloir de l'inimitable Fablier[9]. Le chantre d'Estelle[10] et plus d'un auteur vivant[11] suffiraient pour nous garantir cette supériorité. Peut-être même opposerait-on avec avantage Lamotte, Aubert, Lemonnier, Nivernais et quelques autres, à plusieurs de nos rivaux déjà cités; mais convient-il au faible gladiateur, à peine entré dans la carrière, d'être ainsi le champion de ses maîtres?... Hâtons-nous d'arriver au but ordinaire de tout avant-propos; disons un mot de mon travail.

J'ai joui cette année, à la campagne, d'un loisir que des travaux importants ne m'avaient pas permis de goûter encore[12]; j'ai succombé, comme tant d'autres, à la séduction; j'ai fait des Fables, et, sans m'en douter le moins du monde, à la fin de l'hiver je m'en suis vu cent vingt-neuf, en y comprenant le prologue et l'épilogue *. Les fabulistes étrangers m'ont fourni, je crois, une cinquantaine de sujets[13]; le surplus m'appartient entièrement.

Je m'empresse d'offrir au public les épis d'un

---

* La cinquième édition en contient cent quarante-quatre; la sixième cent cinquante-une, et celle-ci cent soixante et quatorze.

tardif moissonneur. Puisse-t-il ne pas trouver cet hommage trop indigne de lui !

On est, aujourd'hui, dispensé d'une dissertation sur la fable; nos devanciers, Lamotte, d'Ardenne [14] et Florian ont épuisé la matière. Si les préfaces sont encore de rigueur, il faut au moins qu'elles soient courtes. Le monosyllabe moi, qui nécessairement en est l'âme, a toujours mauvaise grâce, quelque effort que l'on fasse pour le rendre supportable, et, dans cette position pénible, on court trop aisément le risque de communiquer aux autres l'ennui qu'on éprouve soi-même.

Corioule, le 25 mars 1818.

PROLOGUE

⋉⋊⊖⋉⋊

L'Alouette, le Merle et le Ramier.

De la vive alouette, un jour. le chant joyeux
    Dans le bosquet se fit entendre [15].
    « Eh quoi ! dit le merle envieux,
    « C'est l'alouette... en croirai-je mes yeux ?
« Au prix de la musique elle oserait prétendre !
« Sifflons pour déjouer ce projet odieux [16] : »
    Et le voilà qui siffle au mieux.
    Un accompagnement semblable
    Déconcerterait Amphion [17] :
L'alouette en perdit la respiration.
    « En quoi donc est-elle blâmable? »
    Dit un ramier fort serviable
    Qui, perché sur l'arbre voisin,
De la chanteuse écoutait le refrain :
    « Lorsque le rossignol commence,
« Par respect les oiseaux gardent tous le silence,
    « C'est le vrai phénix [18] de nos bois ;

« Mais on peut bien, en son absence,
« Plaire un moment sans égaler sa voix. »

Du ramier le public aura-t-il l'indulgence?
De l'alouette ai-je les droits?
Oui, dit l'amour-propre d'avance :
L'amour-propre se trompe et nous trompe souvent.
Gare ! gare le merle au sifflet discordant !

FABLES

LIVRE PREMIER

FABLE PREMIÈRE.

Les deux Chardonnerets.

A M. BLONDEAU,

PROFESSEUR DE DROIT ROMAIN A L'ÉCOLE DE PARIS [19].

Qui ne s'est point trompé dans ses affections?
Comme un autre j'ai fait ce triste apprentissage.
A tort pourtant Rousseau [20], dans son humeur sauvage,
    Met au rang des illusions
    L'amitié, délices du sage.
Malgré plus d'une erreur, je bénis mon partage;
    Je compte sur de vrais amis...
Autour de mon foyer lorsqu'ils sont réunis,
    Je goûte un bonheur sans nuage [21].
D'un sentiment si pur, toi qui, dès le jeune âge,
    Me fis chérir le doux lien,
    Blondeau, je t'adresse une fable;

2

Ton cœur, d'accord avec le mien,
Doit y voir un sens véritable.

Dans des nids contigus, et presque en même temps,
Deux oiseaux avaient pris naissance.
Sans se quitter, dans les bois, dans les champs,
S'écoula leur paisible enfance.
On citait mes chardonnerets
Pour des modèles de constance.
On m'en a raconté des traits
Dignes d'Oreste et de Pylade [22],
Et, n'en déplaise à l'Iliade,
Patrocle [23] si vanté ne les valut jamais.
Libres, joyeux, exempts d'alarmes,
Nos deux amis n'avaient versé des larmes
Que de tendresse ; et leurs cœurs satisfaits
Voyaient le ciel combler tous leurs souhaits.
D'une félicité si parfaite et si rare
Qui donc put troubler la douceur?
L'homme, ce despote barbare,
Qui sur les animaux règne par la terreur.
Un jour... oui, je me le rappelle,
Ce fut le jour où Philomèle [24]
Chanta la saison des amours ;
Nos amis l'écoutaient en exprimant de l'aile
Leur admiration mieux que par des discours.
Cependant autour d'eux se préparait un piége ;
Et l'oiseleur, d'une main sacrilége,
Les saisit au moment qu'ils y songeaient le moins.
Le cruel s'applaudit du succès de ses soins...
Les deux chardonnerets auront-ils même cage?

Ce vœu qu'on réalise à l'instant les soulage.
  Pleurer ensemble est moins affreux.
Un ancien nous l'a dit : *Il vaut mieux souffrir deux*
  Que jouir seul. J'aime fort cet adage.
Un des chardonnerets, c'était le plus petit,
  Aperçoit certaine ouverture
  A la prison. De l'œil il la mesure.
Pas assez grande encor! mais son bec l'élargit,
  Il va l'essayer, il y passe.
  L'autre fait un semblable effort,
Mais moins heureux; sa patte s'embarrasse.
  Quel parti prendre? il subira son sort;
  De fuir il conjure son frère.
Celui-ci rejeta cette ardente prière :
« T'abandonner, dit-il, non, non, plutôt la mort!
  « Ah! loin de toi, quelle serait ma peine!
   « Qui voudrait de la liberté,
   « Quand son ami reste à la chaîne? »
Le maître vient, les place en lieu de sûreté.
Ce spectacle le laisse aussi froid qu'inflexible...
Hélas! en vain l'oiseau donne à l'homme insensible
  Leçon de générosité.

FABLE II.

Le Chien et le Cheval [25].

Un malheureux coursier, qui reçut une entaille
   Dans un combat, languissait sur la paille.
      Nul suppôt de la faculté
      Ne l'allait voir. Sur sa blessure
   Point d'appareil! toutefois la nature,
Je ne sais trop comment, lui rendit la santé.
   Le premier jour de sa convalescence,
      Un de ces chiens, vrais croque-morts [20],
      Qui s'en vont chercher leur pitance....
Où...? (pardon si le mot blesse la bienséance)
   A la voirie, en bravant tout remords;
      Un de ces chiens donc se présente
Chez le malade : « Au gré de mon attente. »
      Lui dit-il d'un ton patelin,
      « Vous rétablissez-vous enfin?
      « Les forces se réparent-elles?
      « Je tremblais pour vous, mon cousin. »
— « Nous parents! j'en reçois les premières nouvelles :
   « Mais soit! cousin, répondit le cheval,
      « Je ne me porte pas très-mal,
      « Et même beaucoup mieux, je gage,
« Qu'il ne vous conviendrait. Là, parlons sans courroux;
      « Mon cher cousin, qu'en pensez-vous? »

Sans en attendre davantage ,
Le chien quitta notre coursier.

Lecteur, ce chien vous retrace l'image
De plus d'un avide héritier.

———————

FABLE III.

L'Hirondelle et le Moineau.

J'estime beaucoup l'hirondelle.
Elle a peu de talents, mais elle a des vertus;
Bonne, jamais coquette, à ses amours fidèle,
Elle sait aimer... rien de plus.
Il serait bon que chaque belle,
Chez nous, la choisît pour modèle.
Laissons là cependant des propos superflus.

Progné vivait très-bien avec son voisinage;
Elle apprend qu'un jeune moineau
Renonçait à son héritage,
Pour établir son nid sous le toit d'un château.
Elle arrive chez notre oiseau
Qui se disposait au voyage.
« Je vous dois des conseils, lui dit-elle; mon âge
« Met la prudence en un cerveau.
« Voisin, pourquoi quitter le bienfaisant ombrage
« Du chêne protecteur de l'antique ermitage,
« Séjour paisible et fortuné,
« Où naquit votre père, où vous-même êtes né? »
— « Je crois votre discours fort sage,
« Et vos soins, j'en conviens, sont pour moi très-flatteurs, »
Répond le transfuge volage,
« Mais je suis fait pour les honneurs,

« Et je veux en tâter. Voisine, sans rancune !
« Je pars ; comptez sur moi, car jamais la fortune
            « Ne changera mes mœurs. »
Là-dessus, le moineau s'en vint à l'étourdie
Se percher au sommet du somptueux donjon,
Et, donnant dans un piége, il y perdit la vie.

Ambitieux, ce trait vous offre une leçon.
Pour jouir du bonheur nous faut-il un royaume ?
La médiocrité remplit mieux nos souhaits.
            Lorsqu'on est heureux sous le chaume
            Pourquoi désirer un palais ?

FABLE IV.

1808 — 1818

Le Singe et la Montre.

Damis faisait des vers : les disciples d'Horace,
  De leur nature sont distraits.
Damis, tout occupé de ses nombreux succès,
    Laisse, un beau jour, sa montre en place
    Sur son Virgile ou son Lucain [27].
  Qu'arriva-t-il? dom Bertrand, son voisin,
Qui l'épiait, sortit de son gîte ordinaire;
    Bientôt le maître sapajou
    Furtivement s'approche du bijou,
Met la patte dessus. C'était là sa manière;
    Il la tenait d'un commissaire
    Qu'il avait vu je ne sais où.
La montre a son cordon, il y passe le cou;
    Et le voilà qui se pavane
    Comme, à la cour, maint grand seigneur
    Sous un collier de commandeur
    De l'Aigle-Rouge ou de Sainte-Anne [28].
  Notre singe, en vrai connaisseur,
Laisse tomber ses yeux sur la montre, examine
  Comment on doit gouverner la machine.
    « Pas mal, dit-il, sur mon honneur.
    « Néanmoins cette montre avance.

« Or, c'est le mieux qu'il faut toujours chercher ;
      « N'est-ce pas le cas d'y toucher ? »
      Il y touche avec assurance,
Mais un peu fort. Que faire ?.. Sous ses doigts
Pour lors marche en avant l'aiguille trop docile.
      Très-bien ! restera-t-il tranquille ?
      Il doit être content, je crois.
      Du tout... Au contraire, il enrage.
Le mouvement lui semble irrégulier ;
      Et tant fit l'habile ouvrier,
      Qu'après s'être bien mis en nage,
Qu'après s'être donné mille soins superflus,
      La pauvre montre n'alla plus.

      On pourrait mettre en parallèle
      Mon singe... et qui ? nos maitres purgandins ?
      Non vraiment, s'il vous plaît, je crains
      Les résultats de la querelle.
Point de plaisanterie avec les médecins,
Car ces messieurs sont gens à nous la rendre belle.
La politique aussi compte ses charlatans ;
      Ma fable autorise à les mordre :
Ces hommes à projets et toujours mécontents,
A force d'innover produisent le désordre [29].
      Sachons les éloigner à temps.

FABLE V.

Le Remords inutile.

Denis [30], dans Syracuse, en despote agissait ;
Sous un sceptre de fer le peuple gémissait.
  Un jour, dit-on, effrayé de ses crimes,
   Le tyran parut s'attendrir.
A ce bon mouvement la foule d'applaudir !
Un sage s'écria : « Déplorables victimes,
  « Ne croyez point voir finir vos malheurs ;
  « Le crocodile [31] aussi verse des pleurs. »

   Si dans un cœur parjure
La vertu peut encor faire entendre sa voix,
Le vice est là qui veille, et bientôt la nature
   A perdu tous ses droits.

FABLE VI.

Le Renard.

Combien la critique a de charmes!
Elle règne au Parnasse, à la ville, à la cour,
            Mais on voit les heureux du jour
            Se rire de ses faibles armes.
Riche, contre un bon mot on peut se rassurer.
        Certain renard, sans éprouver d'alarmes,
A subir cette épreuve allait se préparer.
Ce Renard avait fait son cours de rhétorique :
On le citait déjà parmi les orateurs.
Avec succès, d'abord, à prêcher il s'applique ;
            Du tableau des prédicateurs
On l'effaça pourtant, et d'après sa supplique.
        Ce métier-là contrariait ses mœurs :
L'exemple et la leçon s'exigeaient des docteurs.
Celui-ci n'aimait pas la morale en pratique.
Du reste il avait tout pour marcher aux honneurs ;
            Il connaissait la politique,
        Et parlait mieux que nos législateurs.
        Sire lion l'appelle en son royaume.
            Notre moderne Chrysostôme [32]
            Plut beaucoup à sa majesté.
            Que faut-il donc pour plaire aux princes?
Préparer la louange avec habileté,
Et ne parler jamais du malheur des provinces.

Renard, même en flattant, gardait sa dignité;
Rien n'était comparable à sa dextérité;
On le nomma ministre des affaires
Étrangères.
Le Talleyrand [33] des animaux,
Je dois en convenir, était un peu rapace;
Tous les poulaillers des châteaux
Étaient son bien; il avait de l'audace!
Rien n'échappait aux tours de passe-passe
De monseigneur.
Dans le pays du sire quadrupède,
Pour se consoler du malheur,
Pour se venger de l'oppresseur,
La malice invoquée à tous prêtait son aide;
Un bon mot, un propos railleur.
Une chanson vive et piquante
(Le fait m'est affirmé par plus d'un voyageur)
Du faible était l'arme constante.
Pareille chose a lieu chez nous,
Ou, si vous l'aimez mieux, en France [34].
On chansonna son excellence,
Qui, loin de se mettre en courroux,
S'amusa fort de la plaisanterie,
Et gaîment soutint la partie:
Je conçois qu'il est assez doux
De voir les vains efforts d'une ligue ennemie.
Il n'en plumait pas moins la poule et le dindon,
Sous le bon plaisir du lion.

FABLE VII.

La Chouette et le Soleil.

La chouette a de mauvais yeux [55] ;
Du soleil l'éclat radieux
La force à clignoter. Du fond de sa tourelle,
Contre toute lumière aussi déclame-t-elle,
A charmer les hibous. Bref, le flambeau des cieux,
Ce sublime bienfait d'un dieu qu'il nous révèle,
S'il faut en croire la donzelle,
Loin de les éclairer, aveugle les oiseaux.
Le soleil méprisa ces absurdes propos.
Avait-il rien de mieux à faire?
Il poursuivit le cours de ses heureux travaux.

De tout temps ce qui brille offusqua le vulgaire;
Il faut bien se soumettre à cette loi sévère.
Parmi nous le génie est en butte aux dédains
D'une tourbe active et nombreuse,
Je veux parler des sots. Leur rage industrieuse
Le poursuit en tous lieux ; mais leurs coups incertains
Ne portent point atteinte à ses brillants destins.
Que pourrait contre Arnault [56] la sottise envieuse?
Les géants craignent-ils les nains?

FABLE VIII.

Le Cheval belliqueux [37].

1808.

« Pourquoi ces pleurs et ces tristes adieux?
« Sommes-nous donc tous nés pour travailler la terre? »
Disait à ses parents, gens fort laborieux,
Un cheval limousin qui partait pour la guerre :
      « Je n'ai point de biens, point d'aïeux...
« Je vais me faire un nom sur les pas de Bellone [38] :
« La mort, on le sait trop, ne fait grâce à personne :
      « Hélas! partout, jeunes ou vieux,
« Sa redoutable faux à son gré nous moissonne.
« Un vulgaire trépas vous menace en ces lieux :
      « Moi, si je meurs, au temple de Mémoire
      « On me verra, pour mes exploits fameux,
« Près du coursier Bayard [39], placé par la Victoire.
      « Chacun alors d'admirer ma valeur!
« Chacun de s'écrier, en lisant mon histoire :
      « Tel, dans les champs, qui finit sans honneur,
« S'il mourait comme lui, serait comblé de gloire! »
      C'est bien là parler en héros,
      Du moins c'est ainsi que je pense;
Mais suffit-il toujours de courir une chance,
De consacrer sa vie aux plus nobles travaux?

Il faut (c'est le grand point) se mettre en évidence
      Et savoir mourir à propos.
Mon cheval, par exemple, à son ardeur guerrière
Donnant un libre essor, fit ses preuves si bien
Qu'un boulet l'arrêta tout court dans sa carrière,
      Et le Moniteur n'en dit rien.

FABLE IX.

Le Brochet et les autres Poissons.

Deux sœurs, l'hypocrisie et la méchanceté,
Se glissent en tous lieux; on trouve chez Neptune[40],
Aussi bien que chez nous, ce couple redouté;
Beffroy-Regny[41] prétend l'avoir vu dans la lune.
Oppresseurs des humains, tyrans des animaux,
Ces vices sont, hélas! nos plus cruels fléaux.
A tout ce qui respire ils déclarent la guerre;
  Les tristes habitants des eaux
Succombent sous leurs coups, au milieu des roseaux,
  Comme les enfants de la terre.
  Vous le savez, les brochets sont gourmands;
Leur estomac vorace est l'effroi des étangs.
Un brochet néanmoins faisait très-maigre chère;
Sa présence mettait en fuite les poissons.
  Paraissait-il, carpes et carpillons
  De se blottir dans leur tanière!
Qu'imagine pour lors notre rusé brochet?
  Il prend l'air modeste et discret,
  Se donne un maintien débonnaire,
A servir ses voisins se montre toujours prêt,
  Témoigne à tous de l'intérêt,
  Déclame contre l'homme avide,
  Dit qu'il a conçu le projet
  D'abattre ce tyran perfide;

Aux malheureux poissons il veut servir de guide,
    Et leur confier son secret.
    A faire un pas l'on se décide,
Et ce bénin discours cessant d'être suspect,
    Avec confiance et respect
    S'approche la troupe timide.
    C'était agir imprudemment :
    Pour répondre à ce mouvement
Le bon apôtre ouvrit une énorme mâchoire ;
    Il engloutit son auditoire

Peuples, méfiez-vous de tribuns factieux [12]
    Qui voudraient briser vos entraves :
    Bientôt de ces ambitieux,
Si les rois succombaient, vous seriez les esclaves.

FABLE X.

La Jeune Fille, sa Mère et le Feu follet.

1819,

Pendant l'ardente canicule,
Le soir on aime à respirer le frais.
Longtemps attendu, l'air circule ;
La promenade a pour lors mille attraits.
Alix veut en jouir avec sa fille Ursule ;
Les voilà donc qui parcourent les champs.
Ursule joint à ses quinze printemps
La vivacité de cet âge...
Du sein d'un affreux marécage
Tout à coup sort un de ces feux,
Fruits mensongers de l'onde impure,
Qui sillonnent la nuit obscure,
Et que jadis nos bons aïeux
Prenaient pour des lutins. « Ah ! dit la jeune fille,
« Maman, cette clarté qui brille
« Nous indique sans doute un séjour enchanteur. »
Elle part comme un trait... le fanal imposteur
L'entraîne au fond d'un précipice.
Sa pauvre mère en mourut de douleur.

Belles, fuyez l'éclat d'un monde séducteur ;
Il conduit au bourbier du vice.

FABLE XI.

Le Philosophe et l'Alchimiste.

N'ayant, grâces au ciel, rien à faire de mieux,
    Comme au temps de nos bons aïeux,
Je vais, mes chers amis, vous conter une fable,
Une fable! que dis-je? un fait très-véritable;
Lichtwer m'en est garant! un Germain ne ment pas.

Dans un manoir champêtre, aimable solitude,
    Pour se consacrer à l'étude,
(Méprisant les honneurs et tout ce vain fracas
    Que poursuit l'insensé vulgaire)
    Un philosophe avait porté ses pas :
    Il bénissait son destin sur la terre.
Chez l'ami de Pallas arrive, certain jour,
    Un inconnu : « Je suis, dit-il, un sage :
        « A te visiter, sans détour
        « Je te dirai ce qui m'engage.
« On prise tes talents, tes mœurs, ta probité ;
« Mais quelque chose manque à ta félicité ;
        « Tu n'as point d'or : il faut apprendre
    « Comme on en fait. Tu vois devant tes yeux,
        « (Combien cela va te surprendre !)
« Tu vois le protégé, le confident des dieux.
        « Mon œil embrasse la nature ;
        « Il n'est point de matière impure

     « Qui ne soit or quand je le veux,
« Et rien n'est impossible au savant Trismégiste [45]. »
— « Porte ailleurs ton secret, ô sublime alchimiste, »
Répond le philosophe; « à quoi bon un trésor,
« Lorsqu'à tous mes besoins, d'une main libérale,
« La nature pourvoit?... Savoir se passer d'or,
     « C'est la pierre philosophale. »

FABLE XII.

Le Corbeau, l'Oison et le Canard.

Après avoir critiqué la fauvette,
Maître corbeau se mit à vanter les coucous,
    Les chouettes et les hibous.
« Bien que chacun le dise et le répète,
« Vous le voyez, corbeau n'est point jaloux,
« Point envieux : louer lui semble doux. »
Ainsi parlait, sur le bord de sa bourbe,
    Un lourd et ridicule oison.
    Certain canard, son compagnon,
Lui répondit : « Ton corbeau n'est qu'un fourbe ;
« Pourquoi fait-il valoir, sans rime ni raison,
    « Nombre d'ignorants ? C'est qu'il pense
« N'en devoir pas beaucoup craindre la concurrence,
    « Mais en revanche il verse le poison
        « De la haine et de la satire
        « Sur tous les oiseaux qu'on admire,
« Et du rossignol même il siffle la chanson. »

Les corbeaux sont communs aux sentiers d'Hélicon.
S'ils ont voulu proscrire et Racine et Voltaire,
    N'ont-ils pas applaudi Pradon,
    Et prôné la muse vulgaire
    Du frêle abbé de Voisenon [11] ?

FABLE XIII.

La Taupe.

Une taupe dans un jardin
Faisait un ravage effroyable.
Le maître dit : « Quoi donc ! j'y perdrais mon latin !
« Plus de légumes sur ma table !
« Rien au marché ! vraiment je veux détruire enfin
« Des taupes la race exécrable.
« Vite une bêche. » Il va se mettre au guet,
Le bras tendu, l'œil fixe : il aperçoit la terre
Qui remue, et voici la taupe qui paraît.
Sa main à la saisir est alerte et légère.
« Voudrais-tu m'étouffer ? pourquoi cette colère ? »
S'écria notre taupe ; « homme, sois généreux ;
« Sais-je ce que je fais ? De son char radieux
« Phébus verse en vain la lumière ;
« Je n'y vois goutte ; hélas ! je suis sans yeux[45]. »
— « En a-t-on besoin pour mal faire ? »
Reprit le jardinier, « lorsque l'on n'y voit pas,
« On reste dans son trou ; je tiens aux résultats ;
« Qu'importent les motifs ? Allons, tu périras. »
Il l'envoie aussitôt dans le royaume sombre.

Aux conseils de nos potentats,
Taupes d'une autre espèce ont fait des maux sans nombre :

Ce sont les fléaux des États ;
Et, sans désirer leur trépas,
Je voudrais qu'on les mit à l'ombre.

FABLE XIV.

Le vieux Courtisan et son Fils.

1808.

Le bon sens règne aussi chez les Orientaux :
            Toujours instructifs et moraux
            Leurs écrits sont pleins de noblesse.
On y trouve, il est vrai, tant soit peu de pathos ;
            Mais que de leçons de sagesse !
            Témoin ce conte, ouvrage d'un dervis...
Je l'ai traduit pour vous ; écoutez, mes amis :

            «Suis-je adroit? suis-je heureux? mon père,»
Disait le jeune Usbeck au vieux pacha Nirkan.
            « Je plais à la sœur du sultan,
« Et le sultan, demain, fait de moi son beau-frère...
            « Déjà, jugez de ma faveur,
            « Je suis désigné pour la chasse ;
« Félicitez-moi donc ; est-il pareil bonheur?
« Et quel croyant jamais fut en si belle passe? »
Le pacha répondit : « Je conçois ton erreur.
« Jeunesse trop souvent juge sur la surface.
            « En croiras-tu mes cheveux blancs?
« On connaît bien le monde à soixante et dix ans...
            « Ta fortune est loin d'être sûre :
            « Les souverains, les femmes, et le temps
            « (Rien ne peut changer leur nature)

« Comme les flots sont inconstants.

« Je tremble pour ta destinée ;

« Mon fils, modère tes transports. »

Nirkan avait raison ; car toute la journée

Il pleut, et point de chasse ! Usbeck fait mille efforts,

Mais en vain, pour hâter son brillant hyménée :

Le monarque avait de l'humeur ;

Du jeune homme il blâma l'impétueuse ardeur.

Usbeck contrarié peut-il paraître aimable ?

On le trouve chagrin, bizarre, insupportable ;

La princesse bientôt l'exile de son cœur...

Et notre ambitieux, que son destin accable,

Va cacher loin des cours sa honte et sa douleur.

La Fortune est capricieuse ;

Qui veut la suivre affronte une mer orageuse ;

Il ne faut pas sur elle établir son bonheur [46].

FABLE XV.

Le Hibou parmi les oiseaux.

Petit-fils ou neveu du hibou d'Héraclite [17],
    Un hibou, dévoré d'ennui,
Imagine, en plein jour, de faire une visite
Aux oiseaux qu'étonna l'aspect de notre ermite.
Linotes aussitôt de se moquer de lui!
    On le sait, elles sont rieuses,
    Et même tant soit peu railleuses.
Semblable à ce savant que l'on prend pour un sot.
Maître hibou se fâche. En voyant sa colère.
De plus en plus on rit... l'on siffle chaque mot :
    Le débutant se désespère.
    « Oh ! oh ! dit-il, ce monde est fou ;
    « Mais bien plus fou qui veut lui plaire.
    « Je retourne au fond de mon trou ;
   « La solitude est l'asile du sage. »
    J'applaudis fort à cet adage.
    Seulement le pauvre hibou,
    Satisfait de son ermitage,
Ne devait point, morose personnage,
    Contre ses frères les oiseaux
    Dont il a brigué les suffrages,
    Contre le siècle et ses usages
    Se déchaîner à tout propos.

Pour vivre dans les bois Timon [43] quitte le monde.
    Grand bien lui fasse, en vérité !
   Mais l'homme est fait pour la société,
    Et c'est l'orgueil seul qui la fronde.

FABLE XVI.

Le Pigeon et le Ramier.

Un pigeon voit mourir sa colombe fidèle ;
Il roucoule, il gémit. Le ramier, son voisin,
    Lui dit : « Pourquoi cette plainte cruelle?
« Vos cris sont impuissants pour vaincre le destin.
« J'ai perdu, comme vous, ma compagne chérie ;
« La froide indifférence est le plus grand des maux :
      « J'eus tort de fuir tous les oiseaux.
      « L'amitié, charme de la vie,
« Peut seule du malheur alléger le fardeau ;
      « Que sa chaîne aujourd'hui nous lie,
« Et réunissons-nous sous un même berceau. »
Dès lors, toujours ensemble, ils trouvèrent des charmes
A parler de leur peine ; ils en souffrirent moins.

      D'un ami qui sèche nos larmes,
      Ne repoussons jamais les soins.

FABLE XVII.

L'Hirondelle et la Pie.

L'orage avait détruit le nid d'une hirondelle ;
Elle fatiguait l'air de ses gémissements,
        Et maudissait les éléments.
Pour tout dire en deux mots, dans sa peine cruelle,
    A son secours elle appelait la mort.
            Qui le croirait ? Ce triste sort
            Intéressa Margot la pie,
            Margot, au méchant naturel :
        « Quoi ! dit-elle, ma chère amie,
« Vous devez donc quitter votre toit paternel ?
            « Venez chez moi, je vous en prie ;
            « Mes foyers sont fort spacieux ;
« Venez, nous causerons ; vous y serez au mieux. »
        — « Voisine, je vous remercie, »
            Répondit sans délibérer
            Notre exilée un peu surprise ;
« Nous ne pourrions (excusez ma franchise)
        « Longtemps ensemble demeurer. »

            Ce refus est une sottise,
Dira-t-on ; mais, pour moi, je le trouve à ma guise,
        Et je ne puis trop l'admirer.
Recevoir des bienfaits de l'être qu'on méprise [19],
        N'est-ce pas se déshonorer ?

                                4.

FABLE XVIII.

Le Coq, le Dindon et la Volaille.

1820.

Fier de son vêtement soyeux et bigarré,
 Fier de sa crête d'écarlate,
 Sultan Kirikiki se flatte
Dans son sérail d'être admiré.
Messieurs, le voyez-vous? tête haute, il s'avance,
 Suivi d'un cortége nombreux :
 A l'air le plus majestueux
 Il joint la grâce et l'élégance.
 « Penses-tu régner en ces lieux? »
Lui dit un gros dindon non moins sot qu'envieux ;
« Ce serait, mon ami, pousser loin l'impudence.
 « Pour prétendre à la royauté,
 « Il faut certaine dignité
 « Qui ne sied guère qu'à ma taille. »
Là-dessus le voilà qui s'enfle et se travaille ;
Il arrondit sa queue, étale son jabot...
« Haro! tout d'une voix s'écria la volaille ;
« La majesté du coq nous plaît, car c'est son lot ;
« Mais à bon droit, dindon, de la tienne on se raille :
« Le sot qui veut briller n'en devient que plus sot. »

FABLE XIX.

La Mort du Lion.

Un lion, fondateur d'un très-puissant empire :
Dans l'art de gouverner n'avait pas son égal.
     Sous ses lois le peuple respire ;
     Il n'est si chétif animal
     Qui n'ait l'existence assurée ;
     On croyait vivre au temps d'Astrée [30].
     Combien ce règne était heureux !
Le peuple au ciel adressait mille vœux
     Pour en prolonger la durée.
     Le modèle des potentats
Voyait sa gloire en cent lieux célébrée...
Les grands seigneurs pourtant ne l'aimaient pas ;
Il ne leur permettait aucune fantaisie...
     Ils murmuraient de toutes parts.
     Ours, tigres, loups, panthères, léopards,
Ne pouvaient à leur gré disposer de la vie
D'un malheureux chevreuil. A cette tyrannie
     On résolut de mettre fin.
     Nos conjurés s'assemblent en silence.
     Vertot [31] nous dit que le sénat romain,
     Sans bruit, par un coup clandestin,
     De Romulus abrégea l'existence.
Maître renard suggère un semblable moyen :
En un clin-d'œil lion disparut bel et bien,

Mais on fit son apothéose,
Afin d'éviter toute glose.

Roi qui chérit le peuple est en butte aux méchants;
        Contre ses jours même on conspire.
        C'est par le fer des courtisans [52]
        Que le bon Henri-Quatre expire.
Souvent le meurtrier, par un coupable effort,
Afin de mieux tromper, habile politique,
En cachant le poignard, fait le panégyrique
Du prince vertueux dont il causa la mort.
Je dévoile aux Trajans [55] cette horrible tactique,
        Pour les soustraire à pareil sort.

———

FABLE XX.

Le Porc-Épic.

1825.

Loin du fracas des cours, qu'il me paraît heureux
    L'observateur, l'ami de la nature !...
  Du rossignol le chant voluptueux,
      Du ramier le tendre murmure,
   Tout l'intéresse, et l'insecte, à ses yeux,
N'a rien de repoussant... c'est une créature
      Du souverain maître des cieux.
     N'existant plus que pour l'étude,
Il décrit chaque objet avec exactitude,
L'aigle altier, roi des airs, le frêle papillon...
    C'est ainsi qu'en usait Buffon [34].
Des lois de l'univers le sublime interprète
Voulut du porc-épic faire, un jour, la conquête ;
Mais l'animal rétif, par ses dards menaçants,
      Déconcerta les assaillants.
     On ne sait par quel bout le prendre...
     Buffon réfléchit quelque temps.
Son jardinier Lucas, bon vieillard plein de sens,
     Alla chercher, sans plus attendre,
Les trésors du jardin, des pommes et des choux.
Du porc-épic bientôt se calma le courroux ;
     Bientôt dom Grognard fit bombance.

Adieu ses moyens de défense !
Sous l'estomac en lui passant la main,
Maître Lucas s'empare du vilain.

Le côté faible, c'est le ventre...
Je vois rire, à ce trait, maint député du centre [83].
J'avais un autre but ; je cherchais à prouver
Comment l'obstacle est nul pour qui sait l'esquiver.

FABLE XXI.

L'Écureuil et le Chien de chasse.

Un gentil écureuil, aimable et fait à peindre,
Était le favori de toute la maison.
On lui donnait biscuits, sucre, noix à foison.
Joyeux il prenait l'air dans son joli cylindre.
         Allait,
         Venait,
         Sautait,
         Sans cesse tournoyait.
« Nul plus que moi, dit-il, ici-bas ne travaille,
« Tandis que ce Médor, couché sur de la paille,
         « Ne fait que manger et dormir.
         « J'en mourrais de honte à sa place. »
         Médor était un chien de race,
         Mais qui commençait à vieillir;
Du matin jusqu'au soir, sans regret ni désir,
         Il philosophait en silence.
La vieillesse n'est plus la saison des travaux;
         Son maître, rempli d'indulgence,
         Le laissait jouir du repos.
De ses hauts faits passés c'était la récompense.
Bien que déjà fort sourd, il entend les propos
         Que tient notre écureuil sévère.
         Il lui répond : « Je t'admire, compère;
« Tu te crois occupé, lorsque tu perds le temps

« A sautiller, ainsi que bien des gens.
« Ne t'en déplaise, il vaut mieux ne rien faire
« Que faire sans cesse des riens. »

Orgueilleux courtisans des Muses immortelles,
    Qui vous croyez d'Hélicon [56] les soutiens,
        Graves auteurs de bagatelles,
Retenez bien ce mot du plus sage des chiens.

FIN DU LIVRE PREMIER.

LIVRE SECOND

FABLE PREMIÈRE.

Le Rossignol et le Pinson.

A. M. VIOLET D'EPAGNY [57].

D'Apollon et des doctes sœurs,
Du tendre Amour et de sa mère,
Sans les chercher, tu reçus les faveurs ;
C'est pour toi que naissent les fleurs,
Au Parnasse comme à Cythère.
Sur ton modèle un rossignol charmant,
Cher d'Épagny, s'était formé, je pense...
Nul oiseau ne chantait avec plus d'agrément ;
Bref, du bocage il faisait l'ornement ;
Sur ses chants néanmoins il gardait le silence,
Ou bien, s'il en parlait, c'était par complaisance.
Mon rossignol encor, sans être un damoiseau,
Dans tous les traits avait de la noblesse ;
On lui trouvait enfin certain air de finesse
Avec lequel on plaît, bien qu'on ne soit pas beau.

5

Aussi la gentille alouette,
Et même, dit-on, la fauvette,
S'il eût voulu.. Mais trève à tout malin propos !
En pareil cas un fat se permet les bons mots...
Le mérite, je crois, n'a pas ce caractère,
Et, sur ses amours, mon héros
Mieux que Bayard [58] savait se taire.
Non loin de là, maître pinson,
Qui tranchait du seigneur, remplissait le canton
De ses talents, de ses prouesses,
Ne jurait que par ses maîtresses.
Il eut d'abord quelque succès,
(Que de gens jugent sur parole !)
Mais il perdit bientôt une gloire frivole ;
On le railla sur ses hauts faits.
Le rossignol modeste obtint seul le suffrage
Du peuple ailé, sévère aréopage,
Qui croyait lui devoir un dédommagement
Pour avoir écouté le pinson un moment.

La modestie
Est au génie
Ce qu'est la grâce à la beauté ;
Elle triomphe de l'envie,
Et l'on obtient, par elle, un succès mérité.

———

FABLE II.

L'Oie, ses Oisons et le Cygne.

1820.

Certaine oie au bec d'or, au plumage d'argent,
    Ivre du bonheur d'être mère,
Trouvait dans ses oisons un air intelligent...
    Grâce, beauté, démarche fière !
Ils avaient tout pour eux ; bref, ils étaient parfaits.
    Le cygne lui dit : « Ma commère,
« Leur long cou, leur blancheur, ont certes de quoi plaire
« Et presque autant que vous j'admire leurs attraits ;
    « Mais savent-ils charmer l'oreille? »
— « Comment, répondit l'oie, ils chantent à merveille.
« Jugez plutôt... » Soudain nos oisons de crier !
Viennent à contre-sens et bémol et bécarre ;
    C'est un bruit, c'est un tintamarre...
    Chacun déserte le quartier.

    Plus d'une mère de famille,
    En province et même à Paris,
    Croyant faire briller sa fille,
    L'expose à nos malins souris.

FABLE III.

Le Bœuf et l'Ane.

1808.

A côté d'un chétif grison
Vivait, dans un gras pâturage,
Un bœuf, que parmi nous imiterait maint sage ;
Il s'en donnait de la bonne façon,
Prenait le trèfle et laissait le chardon.
C'était un friand personnage ;
Quand même il aurait pris leçon
De Berchoux [39] ou de la Reynière [60],
Il n'aurait pas, je crois, fait plus exquise chère.
Pour le voisin Aliboron,
Oh ! c'est vraiment une autre affaire :
Tout ce qu'il rencontrait,
Aussitôt il le dévorait.
« Fut-il jamais semblable insouciance ?
« Lui dit le gastronome ; à distinguer les mets
« Que n'apprends-tu ? Je veux te donner les secrets
« De mon utile expérience. »
— « Je te sais gré de cette complaisance, »
Répond le baudet entêté,
En se mettant à braire avec impertinence ;
Puis il ajoute : « A ma santé

« Tout convient, mon cher bœuf, soit dit sans vanité;
« Pour mon palais chaque herbe est également bonne. »

     N'est-ce pas ainsi que raisonne
   Plus d'un lecteur qui s'arrange de tout?
   J'en connais, moi, qui liraient jusqu'au bout
     Tout le fatras de la Sorbonne [61].
     Leur plaire serait-il flatteur?
Ségur [62] est à leurs yeux comme un compilateur :
Ils ne distinguent rien.... Mais n'offensons personne.

FABLE IV.

La Bienfaisance du Milan.

Un milan, déjà vieux, faisait le petit saint :
Il avait l'air paterne et le ton débonnaire ;
Sans cesse il déclamait, de rigorisme atteint,
Contre les mœurs du siècle, en faisant bonne chère.
Du reste, chaque oiseau lui paraissait un frère...
Voit-il un malheureux, il l'aborde, il le plaint,
     Pleure avec lui, se désespère ;
     Et c'est pour finir sa misère,
Par pure humanité, qu'il lui donne la mort.
     Le vénérable personnage,
     Un jour qu'il était en voyage,
     Sous sa griffe met, sans effort,
Un gros chapon du Mans, l'honneur de sa province.
C'était un vrai morceau de prélat ou de prince.
     Le béat rend grâces au sort,
     Ou plutôt à la Providence ;
Et, plumant la victime, il l'avale en silence,
     Puis ramasse les abattis
     Qu'il partage entre ses amis :
Alors il ne fut bruit que de sa bienfaisance.

De ce qu'ils ont volé se montrant généreux,
Bien des gens, comme lui, passent pour vertueux.

J'en vois, fripons cafards, qui font les bons apôtres,
Et qui disent au mieux leurs longues patenôtres.
Toujours l'hypocrisie eut des suppôts nombreux :
Ne pouvant se tromper, on veut tromper les autres.

FABLE V.

L'Amandier et le Poirier.

Croyant voir la fin de l'hiver,
Non loin des bords de la Durance,
L'amandier balançait dans l'air
Mille fleurs avec complaisance.
L'arbre précoce insultait au poirier
Qui, pour lors, bourgeonnait à peine.
Le vent survint et ravagea la plaine ;
Il eut en un clin-d'œil dépouillé l'amandier.
Son voisin triomphait : favori de Pomone,
Il fut couvert de fruits exquis.
On le distingue, on le cite, on le prône ;
C'est aujourd'hui l'honneur des vergers du pays.

Pour faire entendre votre lyre,
Élèves du Parnasse, attendez que le temps,
Que l'étude ait mûri votre goût, vos talents.
   Tel jeune écrivain qu'on admire,
Bientôt se voit en butte aux revers accablants :
Nouveau Dorat-Cubière [65], on le siffle à trente ans.

FABLE VI.

Le Coursier.

Un coursier, descendant du fameux Bucéphale [64],
      Et cousin du cheval Bayard,
      Avait, d'une ardeur sans égale,
   Servi Bellone. Un malheureux hasard
Le fit choir, à la paix, chez un vieux campagnard
      Qu'effraya l'allure guerrière
        Du quadrupède héros :
Le voilà donc réduit aux rustiques travaux.
Voulait-on envoyer les produits de la terre
A la ville voisine, on en chargeait son dos ;
Mais le maître avait-il quelque voyage à faire,
Le coursier vainement agitait sa crinière ;
      On lui préférait un criquet,
      Dont la marche triste et pesante
      Rappelait assez Rossinante [65];
      Bref, une espèce de mulet.
      Indigné d'une préférence
      Injuste et qui passait croyance,
Un dragon réformé disait : « Destin fatal !
« Ainsi que l'homme, hélas ! faut-il que le cheval
      « Reste privé de récompense ? »
Un beau jour cependant le roi passe en ces lieux :
Le coursier se redresse, et sa noble encolure
      Du monarque frappe les yeux.

        « Ah ! dit-il, par quelle aventure
« Cette merveille ici ? j'en ferai ma monture. »
        Devenu favori du roi,
Notre ami s'écriait : « Je le savais bien, moi,
« Que tôt ou tard les dieux, signalant leur justice,
« Savent tendre au mérite une main protectrice. »

Tôt ou tard !... j'y souscris ; adoptons cette loi.
Pourtant survient la mort, qui nous arrête en route,
        Et le temps nous fait banqueroute.
Le dragon ne pouvait y songer sans effroi.

FABLE VII.

Les Mulets et leur Conducteur.

Six beaux mulets maquignonnés,
La queue au vent, et bien peignés.
Étaient en route pour la foire.
Tous six ensemble, à ce que dit l'histoire,
Par une corde se tenaient.
Les deux rustres qui les suivaient,
Gens sans précaution, disciples de Grégoire [66],
D'un peu trop loin les surveillaient.
Qu'arrive-t-il? Au bord d'un précipice,
A l'un des mulets le pied glisse ;
Il tombe, et voilà qu'à l'instant
Tombe avec lui la cavalcade...
Ce n'est, du haut en bas, qu'une dégringolade.
Mais dieu! quel vacarme on entend !
Quels cris! Des conducteurs c'est la jérémiade.
Je conçois leur chagrin ; mais du ciel mécontents,
Ils l'accablent à tort de leur plainte importune :
S'étaient-ils montrés fort prudents,
Et devaient-ils aux accidents,
Sans réserve exposer, d'un seul coup, leur fortune?

FABLE VIII.

L'Ane et son Maître.

Je viens de vous dire comment
Des mulets sont tombés au fond d'un précipice.
L'âne, leur oncle, animal sans malice,
Mais non pas sans entêtement,
Monté par un meunier, les suivait lentement.
Toujours fidèle à la routine,
Il voulait joindre ses neveux ;
Il se cabre et se détermine
A faire le saut périlleux.
Il pense du voyage atteindre ainsi le terme,
Et jouir du repos ; il ne se doute pas
Que c'est le chemin du trépas.
Son maître tint la bride ferme ;
Non sans peine il sut l'empêcher
De broncher
Et de trébucher.
Aliboron pourtant murmure ;
Il se plaint même, en son patois,
Que c'est attenter à ses droits
Et lui faire une affreuse injure.

L'âne et l'homme, au moins je le crois,
Sont, à beaucoup d'égards, de la même nature.

Nous avons vu plus d'une fois
Le torrent de l'exemple entraîner le vulgaire...
    Pour se sauver l'homme a le frein des lois;
    Mais il ignore, aveugle et téméraire,
Qu'à son bonheur ce frein toujours est nécessaire.

FABLE IX.

Le Savant et le Singe.

Dans je ne sais quelle université
  De la Saxe ou de la Thuringe,
  Un docteur, fort accrédité,
  Des humains s'était dégoûté.
Mais comment vivre seul?.... Il achète un gros singe
  Dont il fait sa société.
  Ce choix, certes, n'a rien d'étrange :
  Un singe n'est pas entêté;
L'on ne craint, avec lui, ni contrariété.
  Ni débat; de tout il s'arrange :
Et celui-ci toujours, d'un œil approbateur.
  Applaudissait aux bons mots du docteur.
  Il en devint l'heureux élève :
  L'imitant du soir au matin,
Du matin jusqu'au soir, il n'avait paix ni trêve
  Qu'il n'eût pris ce regard hautain,
  Cet air satisfait de soi-même,
Et cet amer sourire où règne le dédain....
(Ces traits là d'un docteur sont l'ordinaire emblème.)
Tout, de notre magot secondait le dessein;
Il réussit au mieux dans sa noble entreprise.
  Au dire de chacun,
  Le maître et Bertrand, c'est tout un.
Cela fournit matière à plus d'une méprise,

Qui fit rire tout le pays.

Une fois sa leçon donnée,

Le bon docteur employait la journée

A feuilleter livres et manuscrits,

Il en avait d'un très-grand prix.

Un beau matin le savant de Guinée [67],

Resté seul, conçut le projet

De les passer tous en revue;

Et le voilà qui s'évertue

A vider les rayons. Il met

Pêle-mêle anciens et modernes,

Auteurs de riche étoffe, écrivains subalternes;

Ce fut un désordre complet.

Le professeur revient, s'émeut, se désespère...

Bref, adieu sa raison! transporté de colère,

Il tombe sur un livre, en arrache un feuillet;

Le singe, à l'imiter fidèle,

En fait autant. Dans cet assaut de zèle

Bientôt on ne se connaît plus.

On déchire au hasard Tite-Live, Hérodote [68],

Volume en *os*, volume en *us*,

Histoire profane ou dévote,

Cicéron et Pausanias...

En moins de rien tout est à bas.

Jamais plus loin poussa-t-on la démence?

D'un premier mouvement craignons la violence;

Trop souvent la fureur nous fait perdre l'esprit.

Une autre maxime, je pense,

Doit naître encor de mon récit;

C'est que toujours, avec prudence,

Il faut éloigner les flatteurs ;
Car, de nos actions les plus déraisonnables
Trop perfides imitateurs,
Ils font si bien qu'ils rendent nos malheurs
Et nos fautes irréparables.

———————

FABLE X.

L'Aigle et l'Épervier.

L'oiseau de Jupiter [69],
Avec rapidité, dans les plaines de l'air
Entraînait un aiglon de l'âge le plus tendre.
L'épervier lui disait : « Ne pourriez-vous attendre,
     « Pour ce voyage périlleux,
     « Qu'il fût un peu plus vigoureux?
« La prudence toujours doit nous servir de règle. »
       — « Mon cher cousin, répondit l'aigle,
     « Tes soins sont vraiment généreux;
     « Mais souffre que je t'en dispense,
    « Et que, fidèle à mon expérience,
     « Je ne suive point ton conseil :
« Si l'aiglon commençait par ramper sur la terre,
« Pourrait-il, s'élevant au séjour du tonnerre,
« Fixer, à l'avenir, ses yeux sur le soleil? »

     Cet aigle parlait comme un sage.
À nos instituteurs il donne une leçon :
Afin que l'homme, un jour, pour guide ait la raison,
Il faut des préjugés garantir le jeune âge.
     Du soleil de la vérité
     Il peut déjà, sans trop de peine,
     Souffrir la brillante clarté,
Pourvu qu'avec prudence une main le soutienne.

                     6.

FABLE XI.

Le Loup, le Berger et le Chien.

En dépit de Lullin [70] on vit l'épizootie
    Détruire un superbe troupeau.
Un loup se désolait. « Eh! voilà du nouveau,
    « Dit le berger ; par quelle fantaisie
    « S'avise-t-il d'être sensible et bon ? »
Le chien s'écria : « Lui... sensible! vraiment non ;
« De vivre à vos dépens c'est qu'il perd l'espérance,
« Il faut, sans magasins, qu'il quitte ce canton. »

La fortune, un beau jour, me ravit l'abondance ;
Valberg [71] à la douleur courut s'abandonner.
Aurait-il, par hasard, de la reconnaissance?
J'en doute... mais Valberg ne savait où dîner.

FABLE XII.

Le Singe et le Renard.

Bertrand, singe fameux, revenait de la foire
    Où sa grosse gaîté, ses tours,
    Avaient attiré grand concours.
    Encore enivré de sa gloire,
    Il vantait beaucoup ses talents,
    Son savoir et ses agréments.
  Vrai bateleur, bien que d'une autre espèce,
Ainsi Mercier[72], chez nous, parlait de son bon sens.
De son esprit, même de sa finesse...
    Mais il est allé chez Pluton ;
    Laissons dormir en paix son ombre.
    Je reviens à mon fanfaron :
Il récapitulait ses qualités sans nombre.
    « A moi seul, disait-il, je vaux
« Ce qu'ensemble vaudraient les autres animaux.
    « En est-il un que je n'imite
    « Et dont je ne prenne les airs?
« Qui l'emporte sur moi pour saisir un travers?
    — « Oh! je conviens de ton mérite, »
    Lui répondit maître renard,
    Qui se trouvait là par hasard :
    « Pour faire des caricatures,
    « Je te préfère à Martinet[73].
    « Tu n'embellis pas nos figures,

        « Et c'est encor là ton secret;
« Mais lorsque de chacun tu prends le caractère,
        « Nul pourtant n'adopte ton jeu...
« Est-il un animal qui s'estimât si peu
        « Que de vouloir te contrefaire? »

Émules de Bertrand, force compilateurs,
            Commentateurs,
            Dissertateurs,
Ainsi volent partout, sans craindre les voleurs.

                    5

FABLE XIII.

Les deux Spéculateurs.

Le thé, s'il faut en croire un moderne Solon [74],
    Dont je prise fort la doctrine,
    Fait les délices d'un salon;
J'y souscris; néanmoins on prétend qu'à la Chine
    Cette plante agréable et fine,
    Qui fut si longtemps en honneur,
    Commence à perdre sa faveur [73] :
Chez les mandarins même on voit régner la mode.
«N'importe, j'en retiens pour le moins cent quintaux,»
S'écriait du commerce un des fameux suppôts,
    Qui de Plutus [76] connaissait bien le code ;
« En Europe je veux placer tous mes ballots;
    « Toujours le thé doit y faire fortune :
« Gloire à qui vient de loin! c'est la règle commune. »
    Il se met bientôt en chemin.
Au milieu du trajet, il trouve un sien confrère.
On se parle : « Où vas-tu? — Je m'en vais à Pékin;
« J'y porte en cargaison de la sauge, compère. »
— « Tu fais très-bien, » répond le premier voyageur;
« D'avance à tes succès j'applaudis de grand cœur.
« La sauge a son mérite ; elle est sûre de plaire
    « Aux honnêtes Chinois.
« Avec dédain, chez nous, on la traite parfois,
    « Bien qu'utile à la médecine ;

« Et pourquoi ?... C'est, je m'imagine,
« Que nul n'est prophète chez soi.
« Sancho l'avait dit avant moi [77] ;
« Ce mot qui fait proverbe est cité d'âge en âge. »
Là-dessus l'on se quitte : « Au revoir. — Bon voyage. »

FABLE XIV.

Le Philosophe et le Hibou.

1808.

Un philosophe errait, la nuit,
Méditant au clair de la lune.
Des tours frappent ses yeux : « Quel est donc ce réduit,
« Ce château que le temps détruit?
« J'y veux entrer, » dit-il. Là, sa bonne fortune
Le rend témoin du souper d'un hibou.
Le seigneur châtelain mangeait, devant son trou,
Une souris trouvée en ce manoir antique.
« Fi, s'écria notre homme, un semblable repas
« Convient-il à l'esprit juste et philosophique
« Du compagnon de la sage Pallas [78]?
« Un hibou cherche-t-il des mets si délicats? »
D'un ton chagrin, l'oiseau mélancolique
Reprit aussitôt : « Pourquoi pas?
« On peut assurément cultiver la sagesse
« Sans croire, pour cela, devoir mourir de faim.
« Je mange les souris; c'est la loi du destin
« Qui les soumit à notre espèce.
« Messieurs vos sages, vos savants,
« De vivre en Lucullus [79] se font, dit-on, scrupule;
« Mais les hibous n'ont pas ce ridicule. »

J'adopte du hibou tous les raisonnements.
　　　Du ciel accepter les présents,
　　　Jouir des douceurs de la vie,
　　　C'est la bonne philosophie.

FABLE XV.

Les Peintures à fresque.

Faisant le connaisseur, l'autre jour, un badaud
D'une voûte élevée admirait les peintures.
« Elles sont bien, très-bien, dit-il ; mais ces figures
« De près doivent gagner ; je les crois sans défaut. »
A l'aide d'une échelle il se hisse là-haut.
Notre homme tint pour lors un tout autre langage :
A ses regards surpris le chef-d'œuvre nouveau
   N'offrait qu'un affreux barbouillage,
Qu'une esquisse ébauchée à grands coups de pinceau.

Tels sont les courtisans... A certaine distance
L'éclat de leur vernis en impose à vos yeux ;
Approchez, et bientôt vous ne trouvez en eux
   Que bassesse, orgueil, insolence [80].

FABLE XVI.

Les Oiseaux, ou le Prix de Musique.

A certain jour, en séance publique
    Les oiseaux s'étaient réunis.
Il s'agissait de décerner le prix ;
    Le prix de quoi?... de la musique.
    Qui l'emporta?... Je vous le donne en dix,
Je vous le donne en vingt. Dans cette république
    Dominaient fort les courtisans ;
    C'était assez comme céans.
    La scène se passait en Grèce :
On adorait Pallas ; pour plaire à la déesse,
    C'est du hibou que l'on fit choix.
Les chansons du hibou paraissaient des merveilles ;
    Le rossignol eut peu de part aux voix.

    Messieurs de l'Institut [81], je crois,
Ne font jamais d'injustices pareilles.

FABLE XVII.

L'habit de Jocrisse [82].

1821.

Je voudrais vous parler de mon ami Jocrisse,
Parfois un peu distrait, parfois un peu novice,
    Mais néanmoins garçon d'esprit,
    Et qui, sous un mauvais habit,
    Cache un cœur ennemi du vice.
    Victime, hélas! de l'injustice,
Il errait, certain jour, persécuté, proscrit,
    Sans que le malheur pût l'abattre.
Ses coudes rappelaient le pourpoint d'Henri-Quatre [83].
Pour qui manque d'argent point d'étoffe à crédit :
    Comment faire? il y réfléchit.
Bref, il bouche les trous aux dépens de ses manches
    Que d'un bon tiers il raccourcit.
Chacun de le railler!... Il dépouille ses hanches
Des basques dont il fait manches à la Pierrot;
    Ce trait-là ne vient pas d'un sot.
    Son habit n'est plus qu'une veste;
D'accord, mais il en a la démarche plus leste.

Étendue ou restreinte au gré du magistrat,
    Suivant le besoin, le caprice,
Grâce aux adroits ciseaux de nos hommes d'État,
Mainte charte ressemble à l'habit de Jocrisse.

FABLE XVIII.

Le Mulet et l'Ane.

Plus fier que le bâtard d'un roi,
Certain mulet disait à certain âne :
« Oses-tu bien te comparer à moi ?
    « L'orgueil t'offusque-t-il le crâne ?
    « Sais-tu qu'au centième degré
« Je suis le descendant du fameux Bucéphale ?
    « Mon père était considéré...
    « Il habitait la capitale ;
« Vernet [84] l'a peint ; ce portrait admiré,
« D'un amateur fait encor les délices.
    « Crois-moi, renonce à tes caprices...
    « Qui, toi ! chétif Aliboron,
    « Marcher de pair à compagnon
    « Avec le fils d'un étalon !
    « Toi me qualifier de frère,
    « Parce que le hasard, dit-on,
    « Me donna l'ânesse pour mère !
    « Il en est temps, change de ton,
    « Respecte enfin les bienséances ;
    « Il faut que cette parenté
    « Soit un peu mise de côté :
    « Je suis sensible aux convenances,
    « Et veux qu'on respecte les rangs.
    « Anes ! ma foi, les beaux parents !

« J'exècre les mésalliances.

« Ne va point me pousser à bout;

« Sache te connaître avant tout.

« Il est de certaines distances... »

Sans lui laisser finir son importun discours,

L'âne de rire à sa manière,

Vous m'entendez, c'est-à-dire de braire !

Car c'est ainsi qu'un âne rit toujours.

Ce n'est pas tout, il se redresse,

Au mulet-gentilhomme adresse,

D'un air fort goguenard, ces mots :

« Tu ne l'ignores point, la jument et l'ânesse

« Sont, en dépit de ta noblesse,

« D'accord pour te tourner le dos.

« Lorsque nous voyons les chevaux

« Te rejeter de leur espèce,

« T'appartient-il, à tout propos,

« De vouloir trancher de l'altesse,

« Et de rappeler des héros

« Qui rougissent de ta naissance :

« De ce qui fait son impuissance

« Devrait-on se targuer ainsi ? »

L'âne est moins bête qu'on ne pense.

Il raisonnait fort juste ; et trop de gens, ici,

De l'orgueilleux mulet ont la sotte impudence.

Puissent-ils mettre, sans façon,

A profit l'utile sentence

De l'honnête et sage grison.

FABLE XIX.

Le Chat qui vieillit.

1820.

Mitis, fort joli chat, né chez une princesse,
Voit au sein du bonheur s'écouler son printemps.
Toujours dans le salon, son esprit, sa souplesse,
    Ses tours de malice et d'adresse,
    Lui valent force mets friands;
Ses yeux verts, son nez rose et sa flatteuse hermine
    Lui méritent des compliments;
    Lorsqu'il réfléchit et rumine,
    Au bruit qu'il fait, on le prendrait
    Pour une vieille à son rouet.
On applaudit à tout, même à ses coups de patte;
Et s'il peut attraper le singe ou le barbet,
    C'est alors que la joie éclate.
    De plus, madame lui permet
D'égratigner Marton, Lise ou quelque valet;
    Mais bientôt grâce et gentillesse
Sur les ailes du temps font place à la vieillesse.
Notre Mitis se livre à sa mauvaise humeur;
Il est méconnaissable, ennuyeux, et l'altesse
    L'envoie un jour chez l'écorcheur.

Ainsi Cléon, dans un cercle frivole,
Dut ses nombreux succès à la méchanceté;
Mais il perd, avec l'âge, esprit, grâce, gaîté,
        Et, du monde jadis l'idole,
Comme un objet d'horreur il en est rejeté.

FABLE XX.

Le Perroquet.

« Rien n'est charmant comme Jacquot ! »
Disait avec orgueil, agitant son plumage,
Un perroquet qui n'était pas un sot.
Chacun passe près de la cage,
Et chacun répète, en fausset,
L'éloge du beau personnage.
Ce texte-là bientôt fut un adage.

Bien des gens, de mon perroquet
Semblent adopter la tactique ;
Et des savants la république,
Comme le monde politique,
A mettre en parallèle offre plus d'un objet.
Moi, j'en conviens, du bon Lemière [85]
Volontiers je suivrais l'avis.
Il donnait ce conseil, un jour, à ses amis :
« Si vous n'avez point de compère
« Qui puisse vous prôner, vous-même prônez-vous. »
Sal.... [36] nous le dira, ce passe-temps est doux.

FABLE XXI.

Le Daim, le Porc, le Bœuf, l'Ane, la Chèvre et le Cheval.

Le cheval, un beau jour, le porc, le daim léger,
    Le bœuf pesant, la chèvre et l'âne
    Résolurent de voyager.
    Pour conduire la caravane
    Il faut un chef. Sur le cheval
    Se réunissent les suffrages.
On chemina d'abord sous les meilleurs présages :
    Partout bon gîte et grand régal !
Mais tôt ou tard le ciel se couvre de nuages.
    Et l'on voit naître les orages.
La fatigue, l'ennui, du trajet la longueur.
    Produisent la mauvaise humeur.
L'injustice gagna les esprits les plus sages.
    Bref, chaque voyageur
De crier hautement contre le conducteur !
Ainsi les Juifs, partis pour la terre promise,
    Au moindre choc se plaignaient de Moïse [87].
    « Le guide presse trop le pas, »
Disait le bœuf, « et je ne puis le suivre. »
    Le daim trouvait qu'on n'allait pas.
Le porc ne goûte point cette façon de vivre,
A peine a-t-il le temps de prendre ses repas.
    De sa nature, errante et vagabonde,

La chèvre aurait voulu circuler à la ronde,
        Au lieu d'aller droit son chemin.
        On murmurait soir et matin,
        Si tous les biens en abondance
Ne pleuvaient sur la troupe ; et du pauvre coursier
        On gourmandait l'imprévoyance.
    L'âne surtout se montrait sans quartier :
        Étalant son impertinence,
        Il contrôlait l'esprit, les mots
        Et le sens de chaque ordonnance.
    Pour tout blâmer, je m'en rapporte aux sots.
    Notre cheval, bien qu'il fût débonnaire,
Fit ce qu'en pareil cas toujours on devrait faire :
            Il s'en alla,
            Et planta là
        Cette race ingrate et légère,
        Qui, sans chef, bientôt succomba
Sous la dent du lion, du loup, de la panthère.

        On ne peut se passer des rois :
A tort comme à travers [88] pourtant on les censure ;
Selon son intérêt chacun voudrait des lois ;
        On n'obéit plus sans murmure.
Du pouvoir souverain l'éclat, la majesté,
Ont perdu leur prestige et leur autorité...
Les rois sont malheureux dans le siècle où nous sommes :
        Préférons notre obscurité
Au dangereux honneur de gouverner les hommes.

FIN DU SECOND LIVRE.

LIVRE TROISIÈME.

FABLE PREMIÈRE.

Le Chêne, l'Ormeau et la Ronce.

A M. L'ABBÉ SOTTEAU,
PROFESSEUR DE RHÉTORIQUE AU COLLÉGE DE NAMUR [82].

Cette fable s'adresse à vous ;
De ma reconnaissance elle sera le gage.
　　Vous instruisîtes mon jeune âge ;
J'y songe tous les jours... Ce souvenir m'est doux,
　　Et j'aime à vous en faire hommage.

　　Le roi d'une antique forêt,
　　Un chêne au superbe feuillage,
　　Aimait à voir, sous son ombrage,
　　Un jeune ormeau qui prospérait.
　　Le chêne, sur sa tête altière,
Le premier reçoit-il les feux brûlants du jour,
　　Pour son élève, avec amour,

Il les adoucit, les tempère.
Lorsque la pluie et la fraîcheur
Raniment la terre épuisée,
L'arbre laisse filtrer une utile rosée
Qui fait croître l'ormeau déjà plein de vigueur.
Pourtant la ronce, sa voisine,
Lui dit : « Mon cher, que je te plains !
« Ce chêne orgueilleux te domine ;
« Dieu ! quel joug ! il est fait pour des sauvageons nains,
« Mais toi... — Que dis-tu là ? quel indigne blasphème ! »
Reprit l'ormeau reconnaissant ;
« Ce chêne bienfaisant
« Mérite mon amour. Aussi combien je l'aime !
« Sans lui quel serait mon état ?
« Tu me proposes d'être ingrat !
« Je ne puis t'écouter sans un courroux extrême. »

Gloire immortelle au bienfaiteur
Qui protége notre faiblesse !
C'est comme un second créateur.
Qu'il trouve au moins dans notre cœur,
Pour ses généreux soins, gratitude et tendresse !

FABLE II.

La Fourmi.

La fourmi, qui se croit fort sage,
Réduite au désespoir, disait en son langage :
    « O Jupiter ! à chaque pas,
    « Par un rustre je suis foulée.
    « Hélas ! pourquoi ne m'as-tu pas
    « Permis de prendre ma volée,
    « Comme l'oiseau qu'on voit là-bas
    « Avec orgueil fendre la nue,
    « Ou comme l'insolente grue
    « Qui nous destine à ses repas? »
Pour satisfaire enfin l'exigeante pécore,
    Le maître des dieux lui donna
Deux ailes. Aussitôt la dame s'envola,
    Sans aller loin, car tout à coup voilà
    L'hirondelle qui la dévore.

    Homme à projets ambitieux,
Pour obtenir les biens que le sort te dénie,
    N'importune pas trop les cieux...
Ces biens feraient un jour le malheur de ta vie.

FABLE III.

La Poule trop grasse.

Suzon, reine de basse-cour,
Donnait ses soins, de préférence,
A poulette qui, chaque jour, .
Pour marquer sa reconnaissance,
Pondait un œuf : « Faut que je m'ingénie,
    « Que ma poule soit mieux nourrie,
« Disait Suzon, et, par mes soins heureux,
    « Au lieu d'un œuf j'en aurai deux.
« Cela viendrait à point, car le carème approche :
« La ville est à deux pas, que d'argent dans ma poche ! »
Comme jadis Perrette [90] avec son pot au lait,
    Suzon de bâtir maint projet !
    Cependant notre volatile
    Engraissa, mais devint stérile.

Ce récit nous découvre une moralité ;
L'excessive abondance étouffe l'industrie,
    Et, comme Suzon, dans la vie,
Fort souvent l'on perd tout par trop d'avidité.

FABLE IV.

Le Fermier et les Chiens de basse-cour.

Maître Thomas venait de prendre femme
Et métairie encor par dessus le marché.
          « La prudence, dit-il, réclame,
          « Lorsque tout le monde est couché,
          « Des chiens pour faire bonne garde,
« Et mettre à la raison voleur qui se hasarde.
          « Allons, sans différer je veux
     « Me procurer deux dogues vigoureux. »
          Il les prend tels qu'il les désire.
          Qu'arrive-t-il? au moindre bruit
Chiens d'aboyer ! D'abord on les admire ;
          C'est fort bien ; mais toute la nuit
          Ils firent semblable vacarme.
          Morphée [31] emporta ses pavots
Loin de la ferme en proie à mainte alarme.
               Plus de repos !
Comment, le lendemain, se livrer aux travaux?
     Rien ne marchait ; on le conçoit, je pense.
          Éclairé par l'expérience,
          Thomas a bientôt mis dehors
          Ses deux bavards gardes du corps.
De nouveaux défenseurs veillent, mais en silence.
     Et dès lors tout s'arrange au mieux.

Pour suivre des méchants la ligue ténébreuse,
Pour déjouer leurs complots odieux,
La police toujours doit avoir de bons yeux,
Mais sans se montrer querelleuse,
Sans effrayer les potentats;
Car police trop ombrageuse
Devient le fléau des États.

FABLE V.

La Cigale et le Papillon.

On le sait, jeune encor la cigale empruntait
    Chez la fourmi [92]. Pour lors, contre l'usure,
      Sans cesse elle se récriait.
Elle chante aujourd'hui sur une autre mesure.
L'âge change nos goûts, nos mœurs et nos penchants :
      Tel était prodigue à vingt ans,
      Qui devient avare à quarante.
    Notre cigale, autrefois sémillante,
    Dansant toujours sans récolter de grains,
      D'elle-même est bien différente ;
      Maintenant elle se tourmente
      A former de gros magasins.
      Elle en fournit à ses voisins,
      Mais sous des intérêts énormes...
Pour la peindre en deux mots, de défunt Harpagon
Nous revoyons, en elle, et l'esprit et les formes.
    Naguère était un gentil papillon,
    Jeune seigneur, tel qu'il s'en trouve en France,
    Ailleurs aussi, vivant dans l'abondance
      Aux dépens de ses créanciers,
      Et n'ayant foi qu'aux usuriers.
      Le papillon, chez la commère
      Arrive et lui fait les doux yeux,
Vante beaucoup l'obligeant caractère

                    8.

Qui la fait chérir en tous lieux :
Il ne néglige rien pour séduire et pour plaire;
Les brillants marquis de Molière [95]
Ne s'en tiraient, je crois, pas mieux.
En garde néanmoins se tenait l'usurière :
De l'emprunt lorsqu'enfin l'on traita la matière.
La dame répondit par des difficultés ;
Elle voulait des sûretés.
Le papillon se désespère
Sans pouvoir parvenir au but.
Malgré son beau début,
Ne sachant plus que dire, il se mit en colère.
Qu'y gagna-t-il? Eh! rien du tout;
Car l'autre, en plaisantant, le remit au mois d'août.

Sur ma cigale qu'on ne glose !
Mù par son intérêt l'homme est-il moins changeant?
Toujours, lorsqu'il emprunte, on est trop exigeant,
Prête-t-il à son tour, ah! c'est tout autre chose.

FABLE VI.

Le Dindon.

A force de faire étalage,
Un coq d'Inde était parvenu
A jouir d'un renom dans tout le voisinage.
    Il n'était bruit que de ce personnage ;
Il attira la foule... Un chevreuil, survenu,
Dit, le voyant marcher d'un pas grave et tranquille :
« A la course vraiment il n'est pas très-agile...
« Ses ailes, au surplus, prouvent qu'il doit voler ;
« Dans l'art de fendre l'air je le crois fort habile. »
L'aigle vint à son tour. Dindon de s'étaler,
    Mais sans pouvoir quitter la terre !
« Le vol n'est pas son fait. Le maître du tonnerre
« Des jarrets d'un coureur a voulu le pourvoir. »
    Dit l'aigle d'un ton débonnaire,
    « C'est un assez beau lot, j'espère.
« Il faut qu'il s'en contente, on ne peut tout avoir. »

L'intrigue nous tient lieu d'esprit et de savoir :
Dindon, vous le voyez, était un bon apôtre.
    Il eut plus d'un imitateur
    Dans tous les temps et même dans le nôtre...
Maint savant croit Damis parfait littérateur,
Maint poëte le prend pour un grave docteur :
    Il n'est pourtant ni l'un ni l'autre.

FABLE VII.

La Taupe et sa Fille.

Une taupe fort étourdie,
Bien que déjà sur le retour,
Prenait ses ébats, l'autre jour,
Au beau milieu d'une prairie.
Elle avait joué plus d'un tour
A certain laboureur qui jurait, en son âme,
Qu'il ferait à la bonne dame
Bientôt boire les eaux du Styx [94].
Notre homme (il m'en souvient, on le nommait Félix)
Était au guet; la taupe passe,
Et, s'il n'eût pas
Fait un faux pas,
Elle était prise : au ciel elle rend grâce,
Puis, sans y voir, va, court je ne sais où,
Cherche, et ne peut, quoi qu'elle fasse,
Trouver son trou.
Sa fille, sur la même route,
Arrive et dit : « Maman, si tu voulais,
« De guide je te servirais. »
— « Cette offre me plaît fort, sans doute,
« Répond la mère, et je l'accepterais;
« Mais toi-même tu n'y vois goutte. »

Combien d'aveugles, en ce temps,
Vont aux rois offrir leurs lumières!
Pour Dieu, messieurs les ignorants,
N'embrouillez pas trop nos affaires.

FABLE VIII.

Jupiter et les Étourneaux.

On ne peut trop louer, dit le bon La Fontaine [95],
　　　Les dieux, sa maîtresse et son roi.
　　Depuis longtemps, aux bords de l'Hippocrène,
　　　Ce précepte a force de loi.
Pourtant j'hésiterais à le mettre en pratique;
Du grand Châteaubriand le sort me rend perplex [96] :
　　　Par plus d'un tour de rhétorique,
　　　Dans sa pieuse poétique,
Il prôna Dieu, les saints... et fut mis à l'index [97].
Touchons à l'encensoir, mais d'une main prudente;
　　　Et que sa fumée enivrante
　　　S'exhale toujours à propos!
L'éloge a besoin d'art, il a besoin d'adresse;
　　　N'imitons pas ces étourneaux
Dont parle une chronique... On les voyait sans cesse
　　Ouvrir le bec pour vanter la sagesse
　　De Jupiter! mais, vaniteux et sots,
　　　Pour vertus prenant leurs défauts,
　　　(De tout comme l'orgueil s'arrange)
Ils les attribuaient, dans leur babil étrange,
　　　Au puissant monarque des dieux.
　　　Bientôt cette absurde louange
　　　Irrita le maître des cieux :

Aux flagorneurs fastidieux
D'un coup de foudre il imposa silence.

Pourquoi, maladroits courtisans,
N'employaient-ils pas leur science
A mieux préparer leur encens?

FABLE IX.

Le Cheval et son Maître.

Après avoir, sous le grand Washington [98],
Guerroyé fort longtemps pour affranchir Boston,
Un honnête cheval de basse Normandie,
Déjà sur ses vieux jours, revint dans sa patrie.
      Il fut l'oracle du canton ;
Rien ne se comparait à son expérience ;
      Et, pour son bon esprit, je pense,
Il n'avait son second. Bientôt il fut pourtant
      Conduit fort mal par un maître imprudent :
On en voit, de nos jours, beaucoup de cette espèce.
    « Mon cher monsieur, sachez bien qu'un écueil »
      « Peut vous entraîner au cercueil,
      Disait et répétait sans cesse
Le sage Neustrien : « écoutez mes conseils,
      « Ils doivent sauver vos pareils ;
    « L'âge est en droit de guider la jeunesse.
« Les chemins sont mauvais ; il faut qu'avec adresse,
      « Comme un marin, le cavalier
      « A propos sache louvoyer :
     « Suivez cette tactique habile,
« Sinon c'est fait de vous. » Xanthe [99], cheval d'Achille,
      Prédisait ainsi l'avenir...
      Mais sa peine était inutile.
Du moderne prophète, on doit en convenir,

Le talent n'est pas moins en résultats stérile.
   De tous ces beaux discours
  Notre étourdi se met à rire.
Tandis que le cheval et s'afflige et soupire,
On vous le fait trotter à rendre les gens sourds.
  Au bout du fossé la culbute [100]...
Le proverbe le dit, plus d'un fait l'a prouvé;
Et notre fanfaron trouva dans cette chute
  Le trépas qu'il avait bravé.

Jeunes voluptueux, dont la tête légère
Du sage trop souvent repoussa les avis,
  Tel d'entre vous, qui gît dans la poussière,
Serait encor sur pied s'il les avait suivis.

FABLE X.

La Taupe et le Jardinier.

Certaine taupe très-friande
De salades et de radis,
S'en adjugea par contrebande;
Ensuite au souterrain taudis,
Et non sans précaution grande,
A la sourdine, un beau matin,
Elle alla cacher son butin :
Tapie au fond de sa tanière,
Pour lors, notre habile ouvrière
Dit : « Le jardinier sera fin
« S'il me découvre sous la terre. »
Elle s'applaudit; mais Colin,
Fort au fait des ruses de guerre,
A peine entré dans le jardin,
Voit une énorme taupinée;
La maraudeuse fut cernée,
Et vint tomber dans le panneau.

Ceci, je crois, n'est pas nouveau :
Toujours, par quelque négligence,
Fripon se perd sans qu'il y pense.

FABLE XI.

L'Éducation du Serin.

1820.

Par sa taille effilée et sa couleur jonquille,
　　Un serin enchantait les yeux.
　　A droite, à gauche, avec grâce il sautille.
　　Plonge dans l'eau son vêtement soyeux ;
Et, malgré les verroux, ne songe qu'à ses jeux.
　　Nature a tout fait pour qu'il brille :
Son flexible gosier, son ramage joyeux,
　　Ravissent le cœur et l'oreille ;
　　Chacun admire la merveille.
Pourtant l'aveugle Dieu que l'on nomme destin
　　Avait placé notre serin
　　Chez une insupportable vieille.
La pédante imagine, à chaque instant du jour,
De le former aux sons d'une aigre serinette.
　　Le voilà d'abord qui répète,
　　En fausset, la belle ariette :
　　Ah ! vous dirai-je que l'amour ?
Ce n'était pas assez : l'exigeante maîtresse
Ressuscite pour lui les vieux airs de la cour,
　　Les airs qui charmaient sa jeunesse :
　　Berger, qu'as-tu fait de mon cœur ?
Et puis : *L'amour est un enfant trompeur ;*

Et puis : *Bannissons les alarmes;*
Et puis : *Un enfant plein de charmes;*
Bref, il en apprit douze au moins,
Non compris un pieux cantique.
Pour résultat de tant de soins,
Le pauvre oiseau si bien embrouilla sa musique,
Qu'il ne resta bientôt, si j'en crois les témoins,
Qu'une cacophonie affreuse et diabolique.

Tel veut savoir l'hébreu, le latin et le grec,
L'arabe et le chinois; mais sa faible cervelle
Confond, embrouille tout, et, pour surcroît d'échec,
Il a même oublié sa langue maternelle.
Je n'ajoute qu'un mot; je l'adresse aux parents :
Un maître malhabile étouffe les talents.

FABLE XII.

L'Éléphant, la Guenon et leur Conducteur.

Sur le dos d'un grave éléphant
Une guenon était juchée;
Le conducteur marchait devant.
A leur aspect, chaque passant
Se rappelait incontinent
Le triomphe de Mardochée [101].
La caravane, d'un pas lent,
Cheminait ainsi vers la foire;
Enfin elle arriva pourtant.
Par un avis fort oratoire
On invita les amateurs :
Bientôt se forme un nombreux auditoire;
Mais, parmi tant de spectateurs,
Aucun, si j'ai bonne mémoire,
Aucun (fût-ce même par ton)
Ne se prit d'admiration
Pour le majestueux colosse;
Tous les *bravos* furent pour la guenon.
« Dans l'intérêt de mon négoce,
« Si j'avais su, disait notre patron,
« Les désirs du public, bien vite et sans façon
« J'aurais remplacé cette masse
« Par un fort joli sapajou;
« Il m'aurait moins coûté; je suis vraiment trop fou;

9.

« Je devais le prévoir, un rien, une grimace
« Suffit pour amuser la sotte populace. »

Ainsi presque toujours le vulgaire, aux savants,
        Préfère les mauvais plaisants.

———

FABLE XIII.

Le Paon qui mue.

Du paon le sot orgueil est devenu proverbe :
        Ésope [102] en cite plusieurs traits ;
Il en est mille encor que je rapporterais ;
Il suffira d'un seul. Un jour l'oiseau superbe ,
        Non sans les plus cruels regrets,
Voyait, autour de lui, ses plumes dispersées ;
Pourtant il veut charmer l'ennui de ses pensées,
        Et surtout cacher son dépit :
        Le voilà donc qui se met dans l'esprit
        De céder à la circonstance,
Et, pour sa vanité, d'en faire son profit.
        Alors il prend un air d'aisance ,
        De l'œil applaudit aux enfants
        Qui se disputent sa dépouille ,
        Et dont la troupe s'agenouille
Afin d'en saisir mieux les débris séduisants.
« Mes amis, leur dit-il, je vous les abandonne
« Ces plumes dont l'éclat, digne d'une couronne ,
« Offre aux yeux l'émeraude, et l'or et le saphir.
        « Que chacun, suivant son désir,
        « Emporte chez lui les plus belles !
        « Il en ornera ses chapelles [105] ;
        « Elles méritent cet honneur...
        « Je vous les livre de bon cœur. »

— «Mais, répond un marmot, mon bel oiseau, je pense.

« Tu veux nous faire croire à ta munificence!

    « Prétends-tu nous persuader?

    « Doit-on de la reconnaissance

« A qui donne des biens qu'il ne saurait garder? »

FABLE XIV.

Les Abeilles.

Je ne suis pas de ces frondeurs
    Qui blâment tout dans leur patrie.
En détruisant, trop aveugles censeurs,
    La confiance et l'harmonie,
    Ils ajoutent à nos malheurs.
    D'une telle philosophie
    Puisse le ciel nous préserver !
    Les abeilles n'ont pu trouver,
Pour s'affranchir du régime anarchique,
D'autres moyens qu'un pouvoir monarchique
    Tempéré par de bonnes lois...
Afin que tout marchât, l'on prit pour les emplois
    Les sujets les plus convenables.
    C'est dire assez que les frelons,
    Tout aussi bien que les bourdons,
Furent exclus. Leurs clameurs effroyables
    D'abord se perdirent dans l'air ;
Ils avaient beau crier ; sourd était Jupiter,
    Ainsi que les sages abeilles.
A croire ces messieurs, ils ont seuls des talents ;
« Pour peu qu'on les écoute, on fera des merveilles ;
« Mais quoi ! tout est perdu ! ministres ignorants
« Dirigent la machine en dépit du bon sens ! »
Ils disaient, chaque jour, cent sottises pareilles.

Ils firent tant qu'une ruche les crut.
Dès lors plus de travail ! adieu la confiance ;
Tout ordre est contrôlé ! la mésintelligence
　　　Avec le désordre s'accrut.
　　Les malveillants redoublent d'impudence ;
　　　　Rien n'arrête leur insolence,
　　　　Le trône perd tout son éclat...
　　　　Et c'est ainsi que maint état
　　　　A vu s'écrouler sa puissance.
　　　　La ruche avait plus d'un voisin
Qui désirait son miel, qui convoitait sa cire :
　　　　De toutes parts, un beau matin,
　　　　On vint fondre sur cet empire...
　　　　L'empire fut détruit soudain.

On l'a dit avant moi, mais je veux le redire :
　　　Malheur au peuple divisé !
　　　Le vent souffle... il est écrasé.

FABLE XV.

Le Lièvre, le Lapin et le Fusil.

N'en pouvant plus, fatigué de carnage,
 En rentrant le soir au village,
 Un chasseur s'était endormi
Sur le gazon près de son héritage,
Et son arme laissait respirer l'ennemi.
Tandis qu'il se repose à l'ombre du feuillage.
 Deux maraudeurs, le lièvre et le lapin,
Fourragent, à l'envi, les trésors du jardin.
Le lapin, qui voulait faire un coup de sa tête.
S'approche du fusil, à le toucher s'apprête.
Le lièvre lui fait signe, et lui dit : « Mon cousin.
  « Y penses-tu ? quelle imprudence !
 « Ignores-tu quelle foudre nous lance
« Ce fatal instrument ? Pour dieu, doublons le pas.
« Ah ! si le coup partait... Moi j'en tremble d'avance.
« Le lion, l'ours, le loup, le tigre, en pareil cas,
« Par une fuite prompte évitent le trépas ;
  « Et tu sens bien qu'on ne doit pas,
« Plus que les grands seigneurs, montrer de l'impudence. »
Il rabâchait ainsi, tout en gagnant le bois.
Le lapin lui répond : « Calme-toi, Fine-oreille ;
« Je redoute un fusil, lorsque son maître veille ;
« Mais, si longtemps qu'il dort, n'en déplaise au matois,
  « Je puis parler sans trop baisser la voix. »

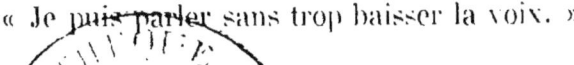

Lièvre de revenir ! les amis, de plus belle,
Ravagèrent le potager
Et le verger
De l'indolente sentinelle.

Que nous font de sévères lois ?
De mille règlements qu'importe la sagesse,
Si la froide apathie et l'indigne paresse
Dans le sommeil plongent les rois ?

FABLE XVI.

Le Rossignol et l'Alouette.

Mes chers amis, au mois de mai,
Je manque rarement le lever de l'aurore ;
Je vais, de grand matin, dans les bosquets de Flore :
Exempt de tout souci, j'y goûte un plaisir vrai.
Hier, du rossignol j'écoutais le ramage.
Renonçant, pour l'entendre, aux douceurs du repos.
En cercle, autour de lui, se rangeaient les oiseaux.
Quand l'Orphée [104] eut fini, les hôtes du bocage
     Lui présentèrent leur hommage :
     Chacun avec empressement
     Lui gazouilla son compliment ;
    C'était enfin comme à l'Académie.
    Lorsque Delille [105] y récitait ses vers.
L'alouette lui dit : « Cousin, sans flatterie,
« Je préfère ta voix aux plus brillants concerts ;
    « Mais tu te fais à peine entendre
« Un mois ou deux par an, et je ne puis comprendre
     « Ce qui te rend silencieux. »
    — « C'est, répondit l'oiseau mélodieux,
« C'est qu'il faut, pour chanter, que nature m'inspire. »

     De ce favori d'Apollon
     Mets bien à profit la leçon ;
Poëte, avec effort ne monte point ta lyre.

10

FABLE XVII.

Le Bélier nommé Juge par le Sénat des animaux.

Les animaux vivaient en république...
Était-ce pour eux l'âge d'or [106]?
Que répondrai-je? un *non* serait trop laconique.
La liberté sans doute est un trésor;
Pourtant le pouvoir monarchique,
Qu'il ne faut pas confondre avec le despotique,
A Montesquieu [107] semble meilleur;
Mais, sur ce point de politique,
Laissons déraisonner plus d'un législateur.
Occupons-nous de notre affaire;
Il s'agit d'un forfait, tel que l'on n'en voit guère,
Du moins parmi les animaux;
Un dogue (passe encor si c'était la panthère!)
Venait de mettre à mort son frère.
Grande rumeur partout! la race des patauds
Pour toujours est déshonorée.
Le peuple, avec acharnement,
Sur le coupable chien appelle un châtiment.
La cause est d'abord déférée
Au conseil du gouvernement;
Mais qui chargera-t-il de cette procédure?
Sans doute un animal de poids
Dont l'attitude ferme et sûre
Donne plus de puissance aux lois.

L'ours fut l'objet de maint suffrage;
D'autres penchaient pour le lion.
A la fin notre aréopage [108]
Arrêta son opinion
Sur un bélier fort honnête et fort sage.
Installé dans son tribunal,
Non sans gémir, le juge débonnaire
Contre Caïn-Pataud lança l'arrêt fatal
Qui marquait son heure dernière.

Au choix que fit le sénat animal
J'applaudis fort : qu'un code soit sévère
Pour mieux protéger l'innocent !
Mais moins le juge est sanguinaire,
Plus le supplice du méchant
D'une utile terreur frappera le vulgaire.

FABLE XVIII.

Le Loup devenu Roi [109].

1837.

Au prince ami des arts, qui par les Bavarois
          Fait bénir son sceptre équitable,
          Et qui cultive aussi parfois
Le domaine d'Esope, empruntons une fable.

     « Le loup, dit-il, voulait la royauté,
     « Afin d'avoir, chaque jour, pour sa table
« Un mouton, rien de plus... Sur le trône porté,
« Que fit-il? L'appétit devenant irritable,
« Il varia ses mets... La matière imposable
« S'accrut de jour en jour. Bref, on le vit manger
          « Le mouton, le chien, le berger. »

     Hommes et loups, telle est la loi commune :
On n'est point modéré dans la bonne fortune.

FABLE XIX.

La Violette.

1849.

De Flore une prêtresse , ou , si vous l'aimez mieux ,
  Une gentille bouquetière ,
  Du beau printemps avant-courrière ,
  Avait rassemblé sous nos yeux
  Les brillants trésors du parterre :
La noble marguerite avec la primevère
  S'unissait agréablement.
  Venaient ensuite l'auricule ,
  La tulipe et la renoncule...
  Bref, c'était un bouquet charmant ;
On l'avait parsemé d'éclatantes pensées ,
Au velours doux et fin , aux couleurs nuancées.
  Sur ce pompeux assortiment
Chacun jette un coup d'œil, et passe froidement.
  « Eh quoi ! dit Fanchette étonnée,
  « Mes jolis bouquets restent là ;
« Je n'en vendrai pas un de toute la journée !
  « Qu'y manque-t-il?... Eh ! m'y voilà...
  « J'ai négligé la violette. »
  Elle répare cette erreur ;
Chaque passant, pour lors, attiré par l'odeur,
  Paya son tribut à Fanchette.

10.

Cherchons une moralité...
Jeunes filles, par vous elle sera sentie.
La violette ici nous peint la modestie,
Qui, seule, donnera du prix à la beauté.

———

FABLE XX.

Le Crapaud [110].

1829.

De son marais bourbeux, un animal immonde,
  A l'œil perfide, au cœur pervers,
 Un noir crapaud, vomi par les enfers,
Lançait insolemment son venin à la ronde.
  Quel fut le prix de cette atrocité?...
Comment d'un tel objet voulez-vous qu'on se venge?
On ne peut le toucher sans se couvrir de fange.
  Il vécut dans l'impunité,
Mais en butte au mépris de la société.

FABLE XXI.

Le Papillon, le Chardonneret et les autres oiseaux [1].

Par un beau jour de mai, les citoyens des airs,
Réunis sur un arbre à vingt pas du bocage,
Discouraient à qui mieux des mérites divers :
« On admire l'esprit, la force et le courage ;
« Ces qualités souvent donnent des fruits amers...
« La beauté, disaient-ils, est un meilleur partage :
          « Il faut lui décerner le prix. »
          Aussitôt juges sont choisis,
          Et, devant cet aréopage,
Pinson, tarin, bouvreuil, d'étaler leurs habits !
Seigneur chardonneret compte sur maint suffrage.
          Tous lui sont dus à mon avis :
L'argent, le pourpre et l'or relèvent son plumage,
          Sans néanmoins le rendre bigarré...
          Es'-il chez nous un oiseau plus paré ?
          Mais dans autrui l'éclat nous blesse ;
          Se montrer juste exige un grand effort ;
          Entre gens de la même espèce,
S'agit-il de choisir, on n'est jamais d'accord.
          Une assemblée électorale
Jamais d'ailleurs ne marche sans cabale.
Que décidera donc notre emplumé sénat ?
On bataille longtemps, et point de résultat.
Lorsque d'un papillon les quatre ailes dorées,

Et très-joliment diaprées,
Viennent séduire tous les yeux :
On s'empresse de rendre hommage
Au frêle et gentil personnage ;
Mais son triomphe glorieux
Ne dura qu'un instant.... la pluie
Réduit bientôt à rien ce phénix de beauté.

Ah ! pour un fat qui brille à la superficie,
Qu'il est commun de voir le mérité écarté !

FABLE XXII.

Le Spéculateur insatiable.

« Ne gagner que vingt-cinq pour cent !
« C'est trop peu, disait un jeune homme ;
« Et tout habile commerçant
« En douze mois double une somme.
« Je possède cent mille écus ;
« Je vais les travailler d'une belle manière...
« Je veux être millionnaire
« Avant deux ans, ou bien je n'existerai plus. »
Notre favori de Plutus,
Comme il l'avait prédit, vogua sur le Pactole [112].
Est-il content d'un semblable succès ?
Pas encor. Sa cervelle folle
Conçoit de plus hardis projets ;
Et, par une erreur trop commune,
Se flattant de l'espoir d'être à jamais heureux,
Il place, un beau jour, sa fortune
Sur un vaisseau qu'accompagnent ses vœux.
Vœux impuissants ! Bientôt Neptune
Attire à lui le capital
De l'avide imprudent, qui meurt à l'hôpital.
Craignez l'ambition dont la voix vous attire ;
Elle est loin d'être sans danger :
L'Océan porte le navire,
L'Océan peut le submerger.

FIN DU LIVRE TROISIÈME.

LIVRE QUATRIÈME

FABLE PREMIÈRE.

La Fauvette et la Femelle du Moineau.

A MA SŒUR MADAME DE CHAUDELOT.

1820

Quand vient ce joli mois où la douce rosée
Tombe en perles d'argent sur le velours des fleurs,
Heureux qui fuit la ville et ses plaisirs trompeurs !
La riante campagne est pour moi l'Élysée...
　　　Philomèle, par ses concerts,
Enchante mon esprit et subjugue mon âme ;
　　　Je cède au transport qui m'enflamme ;
A l'aimable Palès [115] je consacre mes vers.
Les champêtres amours m'inspirent une églogue ;
Ou bien, me reportant sur la société,
Pour donner à ma muse un but d'utilité,
Dans les mœurs des oiseaux je cherche un apologue :

La timide fauvette, au milieu d'un bosquet,
     Sur la mousse unie au duvet,
Avait mis en dépôt sa plus tendre espérance,
Ses œufs que jour et nuit elle couve en silence.
« Vivre ainsi loin du monde ! y songez-vous ma sœur ? »
Lui dit, en souriant avec un air moqueur,
Du frivole moineau la frivole femelle ;
     « Certe on est moins dupe aujourd'hui,
     « Et la tendresse maternelle
    « N'exige pas qu'on périsse d'ennui. »
     — « L'ennui, répond la bonne mère,
« Est-il jamais à craindre auprès de ses enfants ? »
     — « Conservez ces beaux sentiments, »
Repartit l'autre ; « adieu, je vous quitte, ma chère. »
Elle retourne enfin vers ses foyers charmants.
Sous le toit du château, son séjour ordinaire.
Mais quel spectacle affreux ! ses moineaux expirants.
Par la main d'un valet perfide et sanguinaire
Arrachés de leur nid, gisent dans la poussière.
Quant à notre fauvette, en son heureux logis,
     Elle voit prospérer ses fils ;
     Déjà le plus jeune sautille...
     Pour élever une famille,
     La solitude a bien son prix.

        ENVOI.

Qu'avec plaisir j'ai tracé cette fable !
     O ma sœur, combien il m'est doux
     De prendre modèle sur vous

Pour rendre ma fauvette aimable !
Elle a, je crois, votre douceur ;
Elle a votre heureux caractère ;
Vivre pour ses enfants lui paraît le bonheur :
Comme vous elle est bonne mère,
Comme vous puisse-t-elle avoir le don de plaire !

FABLE II.

L'Aigle et le Milan [114].

Pour la tremblante tourterelle,
D'un milan la serre cruelle
Était un objet de terreur.
Ce milan dit un jour : « Sans obstacle vainqueur,
  « Puis-je obtenir une gloire immortelle ?
« Ah ! cherchons des objets dignes de ma valeur. »
Bientôt il prend l'essor, et va porter la guerre
A l'aigle qui dormait au séjour du tonnerre.
D'abord l'aigle, étonné, sans se mettre en courroux
      Repousse une grêle de coups ;
    Mais l'ennemi s'empare d'une plume,
      Et va, superbe conquérant,
Aux oiseaux étaler ce trophée éclatant.
De l'aigle, à cet aspect, la colère s'allume.
« Je dois, s'écria-t-il, punir cet insolent :
« Qui dévore un affront, mérite qu'on l'outrage. »
      Cédant à sa trop juste rage,
Il vole, et déjà l'air sous son aile a sifflé ;
Déjà notre milan, sous la griffe royale
      Sans nulle espérance accablé,
      Touchait à son heure fatale.
Heureux, vers la clémence on se laisse entraîner ;
La pitié, la valeur, sont fidèles compagnes :
L'aigle victorieux ne sait que pardonner.

Le déplumé milan cherche, au sein des montagnes,
Un asile à sa honte. Il ne peut y songer
Sans se plaindre et gémir... S'il supporte la vie,
        C'est qu'il espère se venger.
        Combien il eut l'âme ravie,
Lorsqu'il vit, au printemps, ses plumes revenir
        Et lui permettre de sortir !
Soudain il part, et veut que son rival périsse,
Si ce n'est par la force, au moins par l'artifice.
A ses yeux s'offre un pont ; d'impétueux torrents
En avaient ébranlé les appuis chancelants.
Le temps avait creusé, par mainte et mainte injure,
        Dans l'épaisseur une ouverture.
Le milan aperçoit ce chemin resserré,
S'y glisse doucement ; il entre, il est entré...
Il sort par l'autre bout ; les ailes étendues,
        Il s'élance alors dans les nues ;
Puis, fatiguant les airs de ses cris belliqueux,
Il appelle au combat l'oiseau du roi des dieux.
        Pour réprimer tant d'arrogance,
        L'aigle enfin paraît et s'avance.
        Le milan vers le pont s'enfuit ;
        L'aigle, poussé par la colère,
        Avec rapidité le suit,
        Et le suit jusqu'en son repaire.
    Comment sortir de cet étroit sentier ?
        Le milan bien, mais l'aigle altier
Allonge en vain son corps ; tous ses muscles frémissent ;
De ses pieds vigoureux tous les nerfs se roidissent :
Pour soulever la voûte il s'enfle avec effort ;
Mais contre un tel obstacle il n'est pas assez fort.

L'ingrat milan de la victoire abuse;
Victime d'une infâme ruse,
L'aigle mourut en maudissant le sort.

Pour s'être montré magnanime,
On vit périr plus d'un héros [113].
Point de grâce au pervers! Cette utile maxime
Arrive ici fort à propos :
L'orgueil humilié n'est jamais en repos,
Il cherche un vengeur dans le crime.

———

FABLE III.

Le Lion et le Renard.

A la cour du lion, renard fait la police.
  C'est, j'en conviens, un fort vilain métier;
   Aussi, par ce brillant office,
A vait-il obtenu la haine du quartier.
   Du reste il n'était pas novice :
   Avec grand soin il ménageait,
  Dans ses rapports, le tigre et la panthère;
   Mais sans nulle crainte il drapait
  Robin-Mouton ou la chèvre légère.
  L'âne parfois n'était pas oublié,
Encor qu'il l'assurât de sa tendre amitié.
   Un jour qu'au lever du monarque
   Il contrôlait l'esprit public,
  Et qu'il faisait maint fâcheux pronostic
Pour prolonger ses soins : « Depuis peu je remarque,
  « Sire, dit-il, et j'en parle à regret,
   « Que trompette-major Baudet [116],
   « Se livrant à son bavardage,
   « Sans trop épurer son langage
   « Parle de votre majesté.
« Il ne sait pas pourquoi j'admire le courage,
   « La grandeur et la dignité
« Qu'en tant d'occasions vous avez fait paraître.
« Son avis est, seigneur, que nous changions de maître,
       11.

« Il est temps de punir de semblables propos. »

      — « Quoi ! tu veux que je les condamne ? »

Répondit le lion ; « mets-toi l'âme en repos ;

      « Renard, laissons parler les sots...

      « Que me font les discours d'un âne ? »

FABLE IV.

Le Berger Imprudent.

1815.

« Comment , hélas! conserver mon troupeau? »
S'écriait Alexis ; « des loups l'ont mis en fuite
    « Malgré mes chiens. Ah ! changeons de conduite ;
        « Profitons d'un secret nouveau :
« Ces chiens, qu'on prône tant, ont moins d'intelligence,
        « Moins d'activité, de prudence ,
« Que tous ces braves loups qu'on dit un peu vauriens.
        « Le chien sans doute est fort honnète ,
        « Mais la probité rend si bête !
    « Pour mes moutons, je veux d'autres gardiens ;
        « Prenons des loups, chassons les chiens. »
Il le fit : vous jugez (loups dans la bergerie !)
Ce qu'il advint... Tout meurt sous la dent ennemie.

Tel roi, comme Alexis, cherche l'habileté ,
        Les talents, la dextérité ,
Dans le choix d'un ministre ; il n'en est pas plus sage,
        S'il n'exige la probité
Qui du bonheur public peut seule offrir le gage.

FABLE V.

La Brebis, le Cheval et le Bœuf.

L'hiver, on ne va plus aux champs.
Réduit à portion congrue,
Chacun doit ménager ce qu'on lui distribue.
Oh ! combien on aspire à revoir le printemps !

Une brebis, fort honnête personne,
Mais qui tient à ce qu'on lui donne,
Qui sur ses droits, sur l'intérêt,
N'entend pas du tout raillerie,
Pour visiter ses sœurs, un jour, était sortie,
Car seule à part elle habitait.
Lorsqu'elle rentre, ô surprise ! ô regret !
Plus de foin dans sa bergerie !
Quel est l'auteur de ce délit ?
Elle se creuse en vain l'esprit
A le chercher... Elle observe en silence,
Le lendemain, se tapit dans un coin,
Les yeux fixés sur sa pitance.
A l'instant, un cheval entre avec impudence,
Va droit au râtelier, et s'adjuge le foin.
« La justice est pour nous ; bannissons toute crainte,
« S'écria la brebis, et courons porter plainte
« A monsieur le juge de paix. »
C'était un bœuf fort respectable,

Dont on vantait, du moins dans son étable,
Le savoir et l'esprit, bien qu'il eût l'air épais.
La plaideuse aussitôt raconte son histoire,
Veut, comme de raison, gagner avec dépens
     Sa cause et sans plus de grimoire.
Le magistrat répond : « Tout est permis aux grands ;
« A votre âge, on le sait ; je vous plains, ma commère ;
« A Biquet, notre ami, que n'avez-vous affaire ?
    « Le biquet s'en trouverait mal ;
« Je vous ferais raison d'un semblable adversaire ;
    « Mais vous sentez bien qu'un cheval
    « N'a jamais tort près d'aucun tribunal.
     « Allez en paix, ma bonne amie,
     « Conservez mieux votre dîné :
     « Nous tomberions dans l'anarchie
     « Si le noble était condamné. »

Nos juges quelquefois, en semblable occurrence,
Peuvent agir ainsi, mais ils parlent bien mieux ;
    Ils se piquent trop de prudence
    Pour faire de pareils aveux.

FABLE VI.

L'Homme, l'Anguille et le Serpent.

Certain jour, au bord d'un étang,
Maître Lucas aperçoit une anguille.
Tout aussitôt, il se baisse et la prend.
Le pauvre animal, qui frétille,
Lui dit : « Voyez ce gros serpent
    « Rampant
  « Là-bas... C'est mon cousin ; vraiment
  « Il mérite la préférence. »
  — « Me crois-tu sans expérience ?
  « Tubleu ! je connais le cousin, »
Répond le rusé gastronome ;
  « Qu'il dorme en paix et d'un bon somme !
« Pour l'approcher je crains trop son venin. »

Soyez méchant, l'on vous respecte,
Fussiez-vous un reptile ou le plus vil insecte.
Voilà du moins le train de la société...
  Mais quelle affreuse vérité !
  Rappelons-nous un vieil adage :
Fuir le pervers est le devoir du sage.
J'aimerais mieux cette moralité.

FABLE VII.

L'Ours et le Carlin.

Mes amis, sans doute à la foire
Vous aurez vu les chiens savants [117] ?
Un carlin, par ses tours, amusait les passants,
Et l'on pouvait à peine croire
Ce qu'en racontaient les enfants :
Pourtant, au milieu de sa gloire,
Jamais il n'avait de repos ;
Le bâton roulait sur son dos ;
Il faisait assez maigre chère,
De lait pas une goutte ! il buvait de l'eau claire.
Des histrions, ainsi que des héros,
C'est là, je crois, le régime ordinaire.
    « Qui mettra fin à tant de maux ? »
Disait le Roscius [118] en poussant des sanglots,
Et s'adressant à son confrère,
Un ours, qui jamais ne riait.
Mais, si le patron s'approchait,
Le chien soumis faisait l'aimable ;
Il prenait un air agréable,
Et même il lui léchait la main.
Bientôt l'ours, indigné d'un manége semblable,
S'écria : « Morbleu ! mon voisin,
    « Pourquoi te plaindre de ton maitre ?

« Pourquoi gémir de ton destin?
« Quand on pense en esclave, on mérite de l'être. »

Je partage l'avis de cet ours plein d'honneur :
Gardons la dignité sous le joug du malheur.

FABLE VIII.

Le Coq plumé.

Renard est toujours là qui guette
Ou le dindon ou la poulette;
On ne peut trop le surveiller.
A la garde d'un poulailler,
Un jeune coq, mis en vedette,
L'aperçoit tout à coup le long de l'espalier :
Notre coq, en fuyant, pouvait sauver sa vie...
Nouveau d'Assas [1], pour la patrie
Il voulut se sacrifier.
Maître renard avait coutume
D'expédier
Fort lestement un prisonnier.
A peine il tient le coq... sur l'heure il vous le plume.
Tout le servait au mieux, lorsque notre fripon
Eut affaire à Pataud, dogue de la maison,
Qui le força de lâcher prise...
Le coq revint alors au paternel logis
Raconter à ses bons amis
Le long détail de cette crise.
On l'accueillit d'un ton railleur...
Son aile, aux trois quarts dégarnie,
Mettait chacun en belle humeur;
Et plus d'une plaisanterie
Acheva d'ulcérer son cœur.

12

« Perdre ses plumes! quel mécompte! »
Disait certaine poule : « Eh! mais, pour mon époux,
    « Je n'en veux point. — Il nous déplaît à tous, »
Ajoutait un chapon; « vraiment il nous fait honte;
    « Prétend-il vivre parmi nous? »
    A coups de bec on le maltraite,
    On lui refuse tout secours;
    Et le héros dans la retraite
    Alla finir ses tristes jours.

    S'il n'est en brillant équipage,
    On respecte fort peu l'honneur.
Il est bien loin de nous ce temps où la grandeur
Tenait à l'homme seul, et point à l'entourage [120].

FABLE IX.

Le Roitelet ambitieux.

IMITÉE DU POÈTE RUSSE KRILOFF [121].

1824.

De pays en pays la fable se promène,
Et dans les champs d'Ésope un Russe me ramène.
Je vais, d'après Kriloff, vous faire le récit
  D'une aventure assez invraisemblable,
Mais dont il fut témoin ; je me croirais coupable
  De rien changer à ce qu'il dit :

Voulant rendre à jamais son règne mémorable,
De l'aigle successeur, un jour, le roitelet,
  Qui s'était perché sur un cable,
 La tête au vent, conçut le beau projet
De mettre en feu la mer. « Pour la rendre inflammable,
  « S'écria-t-il, je possède un secret.
   « Si l'on en croit certaine histoire [122],
  « Deux chiens, jadis, avaient voulu la boire.
   « Ce que j'imagine vaut mieux.
« De distance en distance allumez de grands feux. »
  Il s'adressait à la troupe ébahie
   Des mésanges, des grimpereaux,
   Des pintades et des corbeaux.
   Sa harangue, fort applaudie,

Mit tout ce monde en mouvement,
Et chacun d'obéir très ponctuellement.
« Quelle noble conquête enrichit la patrie!
« Que je me réjouis de voir à gros bouillons
    « S'évaporer cette mer en furie...
« On fera du terrain, certes je le parie,
    « Des majorats pour les dindons. »
C'est ainsi qu'un coq-d'Inde avait pris la parole.
    Pourquoi donc ce propos frivole?
    Au fait, au fait, monsieur l'auteur,
    Va me dire maint auditeur...
Eh bien ! au fait : la mer toujours resta la même;
On se moqua du prince et de ses courtisans.

Une moralité se rattache à mon thème :
Il n'est projet si fou qui n'ait des partisans ;
    Mais vouloir, comme bien des gens
    Qui portent mitre ou diadème,
    Faire rétrograder les temps,
Rétablir dîme et glèbe au siècle dix-neuvième,
    C'est être, au moins je le prétends,
Plus que mon roitelet d'une folie extrême.

———

FABLE X.

Le Cheval.

Un malheureux cheval, que Lichtwer a connu,
Maudissait à bon droit sa triste destinée.
      Fatigue et coups toute l'année !
Il pouvait y compter, c'était son revenu.
    D'avoine peu ; rarement de la paille !
    Par nul espoir il n'était soutenu.
« Il faut sortir d'ici, dit-il, vaille que vaille. »
Et voilà mon coursier qui brise son licou ;
Il s'échappe à l'instant, et va je ne sais où...
      Peut-être dans la Forêt-Noire.
Il s'écria pour lors : « J'ai recouvré mes droits ;
      « Est-il de plus noble victoire ?
« Que je me trouve heureux ! je vais suivre les lois
« De la sage nature ! » — Ah ! faut-il que les bois,
Des sangliers, des loups, soient aussi la patrie ?
Mon cheval eut bientôt à défendre sa vie
      Contre ces cruels animaux.
    Après avoir signalé son courage,
    Il succomba, mais ce fut en héros,
Sans regretter des jours soumis à l'esclavage.

    Princes, les lois de l'équité,
Seules, dans tous les temps, font votre sûreté.
    Pour guide ayez la bienfaisance...
              12.

Au désespoir si le peuple est porté,
Il brisera votre puissance,
Dût-il payer de l'existence
Quelques instants de liberté.

FABLE XI.

Le Cochon d'Angleterre.

1820.

Qui nous délivrera de cette anglomanie,
Qu'on voit régner partout, vrai fléau de nos jours?
Faut-il, à la tribune et dans tous les discours,
Entendre de John Bull invoquer le génie?
Dédaignant Montesquieu, prônant les radicaux [123],
Mille petits Solons [124] de moderne fabrique,
          Dans leur sublime politique,
          Citent l'Anglais à tout propos.
          La mode anti-patriotique,
De Londres fait venir les bottes, les chapeaux,
Les robes, les fichus, les chiens et les chevaux.
          Ce n'est pas encor tout, naguère
Mon ami, mon voisin, agriculteur savant,
          Alla chercher en Angleterre...
Voyons, devinez quoi : je vous le donne en cent...
Un de ces animaux qui du grand saint Antoine
          Furent jadis le patrimoine.
Il arrive, on le fête, et, comme il vient de loin,
On l'admire beaucoup ; tout le monde s'empresse
          D'applaudir à sa gentillesse ;
Jamais on n'avait vu de plus aimable groin.
          Bref, les belles de son espèce

Se disputèrent ses faveurs ;
　　Mais, peu flatté de ces honneurs,
Il répondit fort mal à tant de politesse.
On voulait de sa race, on voulait de ses fils ;
Et pourtant, insensible au désir d'être père,
　　Malgré les plaintes et les cris,
Le brillant étranger mourut célibataire.
On l'avait retiré de son île à grands frais,
Pour que de ses jambons la meute fit curée...
　　Dans notre ardennaise contrée [123]
Mon voisin choisira ses cochons désormais.

FABLE XII.

Le Lièvre et le Chien de chasse.

Pris vivant, certain lièvre, au sein de l'abondance,
    Sans peine supportait ses fers.
Il voyait chaque jour augmenter sa pitance.
La dame du château, par mille soins divers,
Ainsi que ses enfants, prouvait sa bienveillance.
    Mon lièvre avait donc l'assurance
    Qu'on n'en voulait point à ses jours .
    Il aperçut, à travers le treillage,
Un chien dont autrefois les ruses et les tours
    Avaient fatigué son jeune âge.
« Approche, lui dit-il, doyen des scélérats;
« Allons, attaque-moi; mais tu n'oserais pas :
« De ma juste fureur tu crains les représailles. »
    — « Brave à l'abri de tes murailles!
« Je te reconnais bien, » répondit aussitôt,
    Sans s'émouvoir, maître Brifaut;
« Si tu vivais encore au milieu des broussailles,
    « Tu ne parlerais pas si haut. »

    Ici que d'orgueilleux esclaves,
    Grâce à leurs puissants protecteurs,
    Prennent de petits airs railleurs
    Et même font parfois les braves!

FABLE XIII.

Le Rossignol et l'Hirondelle.

Toujours des fables! vraiment oui :
Je veux conter; chacun a sa manie,
Et du bon Esope, aujourd'hui,
Pour charmer vos loisirs, j'invoque le génie.
Sous les verrous point de chansons!
Qui ne le sait? Pourtant un rossignol en cage
Faisait entendre son ramage.
De son gosier flûté sortaient les plus doux sons ;
C'était une cadence et noble et naturelle ;
A préluder, pourtant, des chanteurs le modèle
N'avait commencé qu'à minuit.
A la fenêtre était le nid d'une hirondelle,
Que réveille en sursaut ce bruit.
« Eh! mais, pourquoi, s'écria-t-elle,
« Ne pas différer jusqu'au jour?
« Quand Phébus sera de retour,
« De meilleur cœur, je te le jure,
« On t'applaudira. » — « Non, je crains mésaventure, »
Répond notre captif; « en plein jour je fus pris;
« Pour chanter, depuis lors, je me suis bien promis
« D'attendre que la nuit règne avec le silence. »
Progné reprit : « Tardive méfiance!

« Qu'en espérer, hélas? ton sort ne peut changer;
  « Mieux eût valu la prévoyance. »

C'est toujours après le danger
Que l'on se pique de prudence.

FABLE XIV.

Le Lion et l'Ours.

Un lionceau, que son père, en mourant,
          Avait placé sous la tutelle
          D'un ours sage autant que fidèle,
Annonçait dès l'enfance un caractère ardent.
Il voit avec plaisir approcher le moment
          De régner à sa fantaisie.
          On le déclare enfin majeur;
L'ivresse du pouvoir, une fausse grandeur,
          Des favoris l'adroite perfidie,
          Tout devait corrompre son cœur;
Mais l'ours, nouveau Burrhus, combattait maint Narcisse [126];
          (Il n'en manque point à la cour!)
On espérait encor, lorsque le prince, un jour,
          Lui prescrivit une horrible injustice.
          Rigide observateur des lois,
Par un *non* le ministre aussitôt se prononce;
          Le Spartiate [127] eût autrefois
          Fait une semblable réponse.
Je vous laisse à penser ce qu'en dit le lion:
Il exile notre ours. Le tigre le remplace;
Chaque instant fait éclore une infâme action.
Le peuple est sous le joug, le peuple avec audace
          De ses tyrans se débarrasse.
La vengeance succède à l'indignation.

Princes, pour être heureux, souffrez que vos ministres,
De l'homme, auprès de vous, fassent valoir les droits.
Puissent des courtisans les conseils trop sinistres
Ne jamais étouffer de généreuses voix !

FABLE XV.

Le Corbeau et la Corneille.

« Je voudrais voyager, m'instruire, »
Disait un jour maître corbeau :
« Qui n'a rien vu, n'a rien à dire ;
« Cette France, où fut mon berceau,
« Ne m'offre plus rien que j'admire.
« Oui, c'en est fait, je pars ; je verrai du nouveau... »
La corneille l'arrête, et lui répond : « Compère,
« Que penses-tu gagner dans les lointains climats ?
« Notre sœur la cigogne a parcouru la terre,
    « Et jusqu'ici pourtant elle n'a pas
« (Que je sache !) trouvé l'heureux secret de plaire ;
« Elle a même perdu le talent de se taire. »

La corneille a raison : en pays étranger
    Un sot perd plus qu'il ne gagne sans doute.
      Trop de gens devraient voyager,
      Si l'esprit s'acquérait en route.

FABLE XVI.

Le Rossignol en cage.

Au gré de ses désirs, Cécile, un beau matin,
Achète un rossignol. Il fallait une cage
    Faite avec soin, ornée, et digne enfin
De servir de palais au chantre du bocage.
On avait parcouru tout Paris, mais en vain,
        Lorsque le jockey mit la main,
        Je ne sais par quelle aventure,
        Sur un ouvrage sans défaut,
        Un chef-d'œuvre d'architecture
Exécuté sur les plans de Perrault [128].
        Vite on y place Philomèle...
        Cécile sautait de plaisir.
        « Ah! mon bel oiseau, lui dit-elle,
« Que vous êtes heureux! que vous allez jouir!
        « Dieu! quelle cage! on y découvre
    « Plus de beautés que n'en offre le Louvre.
    « Le perroquet envira ce séjour.
        « Bonne nuit, rossignol farouche,
        « Demain je vous dirai bonjour. »
Cécile, dès l'aurore, abandonne sa couche..
        Hélas! elle est loin de prévoir
        Le spectacle qu'elle va voir....
Philomèle à l'instant mourait désespérée.
Notre pauvre Cécile eut l'âme déchirée,

Et, pour deux jours, en perdit la gaîté.
« Trop tard, dit-elle, hélas! faut-il être éclairée?
    « Quand on n'a plus sa liberté,
« Il importe fort peu si la cage est dorée. »

FABLE XVII.

Le Marchand de Chiens.

Rien ne peut des mortels arrêter l'appétit ;
    Et, lorsque l'estomac réclame [129],
Tel vend son chien, son chat, tel autre son esprit ;
    De tout enfin l'on fait profit.
    Bravant et la honte et le blâme,
L'Anglais même, au besoin, vendrait jusqu'à sa femme [130].
    A Paris, sur les boulevarts,
    Vous rencontrez, de toutes parts,
    Chiens de salon et chiens de chasse.
    Trente francs le basset !
    C'est un prix fait,
    Pourvu qu'il soit de bonne race.
Marchand de chiens jamais ne vous surfait.
Chez un de ces messieurs, une chienne admirable,
    Tout à la fois par sa beauté,
    Et sa rare fécondité,
    De son maître assurait la table.
Elle lui procurait douze chiens tous les ans...
    Cela faisait, en bonne arithmétique,
    Juste trois cent soixante francs.
Diane, en un pays de saine politique,
    Dans la romaine république,
Aurait été, je crois, exempte de l'impôt [131].
Notre spéculateur n'y voyait pas si haut.

13.

Loin de nourrir la pauvre mère,
A sa faim loin de satisfaire,
Chaque jour il imaginait
De retrancher quelque chose au potage
Que vers le soir on lui portait.
Elle gémit, se plaint, se décourage...
La faim, la douleur et la rage
La conduisirent chez Pluton.

M'entendez-vous, suppôts de la finance?
Ma fable vous présente une sage leçon!
Pour nous conserver l'abondance,
Renoncez quelquefois à la fiscalité :
Garantir au peuple la vie,
En ménageant son industrie,
Peut avoir son utilité.

FABLE XVIII.

La Poule et le Dindon.

Dans une riche basse-cour,
Gente poulette, au plumage d'ébène
Mêlé d'ivoire, est introduite un jour.
Timide, craintive, incertaine,
Elle n'osait faire un seul pas...
Se voir sans appui sur la scène
Cause toujours quelque embarras.
De toutes parts, avec malice
On observe son œil et chacun de ses traits...
Telle, dans un couvent, une jeune novice
Était jadis en butte aux mystiques caquets.
« Ma foi! la petite étrangère
« N'est pas trop mal, et nous la formerons, »
Disait un coq, coq des plus fanfarons.
Les poules s'écriaient : « La maussade commère !
« Quel air gauche! A-t-on moins d'esprit?
« Et sans doute, » ajouta certaine douairière
Qui cachait fort mal son dépit;
« Sans doute que son caractère
« A tout cela répond. Elle a mille défauts.
— « Je pourrais en parler, mais je saurai me taire, »
Reprit un gros dindon. « Ah! les méchants propos
« Répugnent tant à mon langage !
« Je l'ai connue, au reste, et dès son plus jeune âge :

« Avant d'être en ces lieux, j'habitais son enclos.

   « Trouvez bon que je la ménage. »

  Là-dessus, silence obstiné !

  Mais ce silence on l'interprète...

  Dieu sait !... Aussi de la pauvrette

  Un mot, un geste est condamné.

Peut-elle supporter un si noir artifice ?

   Le chagrin l'entraîne au tombeau :

Par de tardifs regrets on lui rendit justice.

  Ce résultat semblerait-il nouveau ?

   Je veux le demander en France.

   Avec grand soin méfions-nous

   De ces gens dont la conscience

Ne parle du prochain jamais sans réticence.

   Qu'ils portent franchement leurs coups,

   Puisqu'ils ont la haine pour guide !

   Leur silence adroit et perfide,

Plus que l'injure même, outrage notre honneur.

Je crois voir ce muet, mercenaire homicide,

Des volontés d'un maître atroce exécuteur.

FABLE XIX.

Le Torrent et l'Arbrisseau.

Plus d'un ruisseau devient torrent,
Pour peu que le ciel le seconde ;
Alors vous l'entendez qui murmure et qui gronde.
J'en connais un, vrai conquérant :
Il s'en va partout dévorant
Ce qui s'oppose à son passage,
Mais voilà qu'un frêle arbrisseau,
Qui se trouve au milieu de l'eau,
Bien qu'il soit né sur le rivage,
Ne craint point d'affronter l'orage,
Et voit tout le péril sans en être étonné !
A résister pourtant c'est en vain qu'il s'apprête ;
Le torrent emporte sa tête.
Un autre en pareil cas se serait incliné.

Eh ! qu'importe un grand caractère,
Si la prudence ne l'éclaire ?

FABLE XX.

L'Autruche.

1808.

Un beau jour, dit Lessing, l'autruche gigantesque
      Se mit en tête de voler.
On l'annonce au public... Je ne puis le celer,
L'avis déconcerta la gravité tudesque.
Pour voir le phénomène, oiseaux de s'assembler!...
« Place! place! criait notre géant grotesque,
« Place! je prends l'essor, je veux aller aux cieux...
      « Regardez-moi, j'y touche presque. »
L'aigle rit; le dindon ouvre ses deux gros yeux;
     L'autruche, en vain, s'agite et se tourmente:
Pour s'élever du sol, son aile est impuissante.
      Que lui valut ce beau projet?
On l'imagine assez: plus d'un coup de sifflet.

Ceci rappelle un peu les débuts emphatiques
De certains rimailleurs que l'on voit, de nos jours,
     Malgré leurs transports pindariques,
Suivre du froid Léthé [152] paisiblement le cours.

FABLE XXI.

Le Bœuf et le Jeune Cheval.

1822.

Dans une riante prairie,
Un jeune et beau cheval, l'espoir de nos haras,
Naguères prenait ses ébats.
Quel guide lui donner? L'animal de génie,
Aux soins duquel on le confie,
Est un bœuf, célèbre penseur.
OEil de feu, démarche fringante,
Naseaux fumants, et crinière ondoyante...
Chez mon coursier tout annonce l'ardeur.
Messire bœuf a l'allure plus lente.
Son élève, d'un ton moqueur,
Lui propose une course : « Eh !... dit le gouverneur,
« J'accepte le défi; c'est vous faire paraître
« Un zèle très-actif. Ça, voyons, de nous deux
« Qui, le premier, pourra toucher ce hêtre;
« Il est bien à cent pas... » Le cheval, généreux,
Laisse partir le bœuf. Puis, semblable à Pégase,
Sur la terre qu'à peine il rase
Déployant ses jarrets nerveux,
Soudain il a franchi l'espace ;
Je me trompe, il est au delà...
Tel fut le fruit d'une orgueilleuse audace ;

Son adversaire seul au point juste arriva.
     Le vainqueur pour lors s'écria :
« Vous le voyez enfin, l'ardeur doit se restreindre ;
    « Passer le but n'est point l'atteindre. »

———————

FABLE XXII.

Le Conseil d'État du Lion.

Pour gouverner les animaux
    Avec plus d'ordre et de méthode,
  Le roi lion veut rédiger un code.
On a vu Frédéric, Pierre [155], et d'autres héros
    Mettre cet usage à la mode.
Diversité de lois est souvent incommode ;
Qui règne aime à pouvoir s'expliquer en deux mots.
Cependant il fallait, en un corps de doctrine,
    Rassembler les matériaux.
    Dès lors, notre prince imagine
D'avoir autour de lui des conseillers d'État.
    Qui prendra-t-il ? De l'ours on fait état,
    Mais il est brusque en son langage.
Maître bœuf est trop lent ; trop prompt est le cheval ;
    Bertrand n'a pas le maintien assez sage ;
On trouve l'écureuil trop chétif personnage ;
    L'âne est un bien sot animal ;
L'éléphant est disert, c'est seulement dommage
Que par trop de science il blesse et décourage ;
    Le léopard se montre impérieux ;
    Messire loup paraît trop odieux ;
      Le chevreuil est doux, mais timide,
      Le tigre beaucoup trop perfide,
      Et le bélier trop généreux.

Du renard même on craignit la finesse ;
Bref, au rebut fut mise chaque espèce :
    Le monarque était ombrageux.
    Il crut devoir, dans sa sagesse,
    N'admettre que des chiens couchants.

Parmi nous, bien des rois ne sont pas moins prudents ;
Dieu les maintienne en paix ! j'en détourne la vue.
Sur tous ces *us* de cour, dont s'occupe un frondeur,
    Je me tais, moi, je suis agriculteur
    Et je retourne à ma charrue [134].

FIN DU LIVRE QUATRIÈME.

LIVRE CINQUIÈME

FABLE PREMIÈRE.

Le Lierre et la Muraille.

A. M. RABILLON [135].

Sous les lois de l'hymen, heureux dans ton ménage,
    Des passions fuyant l'orage,
N'ayant d'autre parti que celui de l'honneur,
Tu cultives en paix ton esprit et ton cœur.
    Cher Rabillon, nul plus que toi n'est sage
    Et ne mérite le bonheur.
    Bon père, il sera ton partage;
    N'en trouves-tu pas le présage
    Dans les vertus de tes enfants !
Tu tends à leur jeune âge une main secourable,
On les verra plus tard soutenir tes vieux ans.
    En beau latin, dans une fable,
Ton fils nous l'a prouvé. J'emprunte ses accents :

    Un modeste et timide lierre,
    Né de la veille au pied d'un mur,

Avait, pour s'élever, besoin d'un appui sûr.
Il adresse, en ces mots, au voisin sa prière :
    « O mur ! prête-moi ton secours ;
    « Si tu permets que ma jeunesse
    « Sur toi puisse compter toujours,
    « Si tu protéges ma faiblesse,
« Tu trouveras chez moi gratitude et tendresse ;
    « Les lierres ne sont point ingrats. »
Chacun le sait ; les murs ont des oreilles [136].
    Celui-ci, qui n'en manquait pas,
Eut pour le suppliant des bontés sans pareilles.
    Notre heureux lierre en liberté grandit ;
Et tandis que le temps, de son aile rapide,
    Menace le mur qui vieillit,
    La plante s'étendit,
    Et du haut en bas le couvrit :
    Sa verdure en devint l'égide.
    Le bon lierre, qui s'applaudit
    De prouver sa reconnaissance,
Du bienfaiteur, ainsi, prolongea l'existence.

FABLE 11.

Le Chat.

Les souris font de grands dégâts ;
De bon cœur je les donne au diable ;
Mais je ne sais trop si les chats
Sont une espèce préférable :
Je les joûrais à pile ou croix.
Jeanne (c'est du curé la gente ménagère)
Veut chômer la fête des Rois.
Elle quitte le presbytère,
Et laisse tout à l'abandon.
Tel qu'un huissier en exercice,
Le chat va, trotte, vient ; il passe du salon
A la cuisine ; il visite l'office :
Pour son estomac tout est bon
Il dévora le beurre et le fromage,
Et joignit la poule au chapon.
Mille souris, dans la maison,
N'auraient pas en six mois fait semblable dommage.

Cette fable aux plaideurs présente un sens fort sage :
Plaideurs, j'aimerais mieux, vous ne m'en croirez pas,
Par un voisin fripon voir écorner mes terres,
Que d'appeler les avocats :
De ces maîtres matous je connais trop les serres [157].

14.

FABLE III.

Le Rossignol et le Paon [138].

Le paon a trop d'orgueil pour avoir de l'esprit,
    Mais on admire son plumage.
Et noblesse et beauté!... voilà son apanage.
N'est-ce donc pas assez pour le mettre en crédit?
L'aimable rossignol a la voix en partage;
Ce lot, je crois, vaut l'autre; il me plaît davantage.
    Un jour, je ne sais trop comment,
    Nos deux oiseaux se rencontrèrent,
Et sur leurs qualités se firent compliment.
Je n'ajouterai point que bientôt ils s'aimèrent;
    Cela se conçoit aisément:
Si l'un charme les yeux, l'autre charme l'oreille.

Pour la prompte amitié mérite différent
    Doit toujours produire merveille.

FABLE IV.

La Vengeance chinoise.

J'aime à vivre avec les Chinois;
Je lis souvent leur moraliste,
Le grand Confucius [139]; il nous offre parfois
Des pensers qu'à profit peut mettre un fabuliste;
Il ne faut que faire un bon choix.
Le trait suivant le prouvera, je pense :
L'empereur Choun [140] rendait son peuple heureux.
Aux plus rares vertus il joignait l'éloquence;
L'exemple renforçait, chez lui, chaque sentence.
Sans scrupule, en Europe, un orateur fameux
De faire ce qu'il dit fort souvent se dispense,
Et ne croit pas du tout blesser la bienséance ;
Mais retournons vite à Pékin.
Un jour, on avertit le prince
Qu'au fond de certaine province,
Dans ses propos, un mandarin,
Connu par son humeur sévère,
Le maltraitait d'une étrange manière.
Plus d'un courtisan même, à nuire assez enclin,
Ajoutait, d'un air de mystère,
Que jamais langue de vipère
N'avait jeté plus de venin.
Bref, il fallait d'une telle conduite
Que sa majesté fût instruite,

Dût-elle en prendre du chagrin.
Le mandarin frondeur avait de la science,
Du talent, de l'esprit, mais beaucoup de jactance.
        Il croyait que son souverain,
Dès longtemps aurait dû le mettre en évidence :
Négliger un sujet d'une telle importance
        Lui paraissait un crime enfin.
Bien des gens parmi nous adopteraient, je gage,
        Cette façon de raisonner.
        L'empereur se fit amener
        Notre morose personnage.
        Il ne vint pas sans quelque effroi :
    « Que penses-tu que je fasse de toi? »
S'écria le monarque : « Oublier une injure!
« Cela ne suffit point. Je veux, par des bienfaits,
« D'un injuste ennemi combattre les excès [111];
« Je veux que de ses torts il comble la mesure,
        « S'il n'en rougit pas à jamais!
« Triomphant, aujourd'hui, d'un courroux légitime,
        « J'acquiers des droits à ton estime.
        « Réponds, j'en appelle à ton cœur;
        « Désormais, pourrais-tu sans crime
        « Prolonger ta coupable erreur? »
    Le mandarin se prosterne en silence...
        Du prince il bénit la vengeance
        Qui lui vaut un poste d'honneur.

Ce dénoûment, qu'en Chine on maintient véritable,
    Passerait-il ailleurs pour une fable?

FABLE V.

Le Choucas, la Corneille et l'Aigle.

1821.

Par l'aigle poursuivi, maître choucas [142] fuyait ;
Ne sachant que résoudre, il allait et venait...
     Certaine corneille obligeante,
     Du fugitif proche parente,
     Arrive et lui dit : « Mon cousin,
« Dans le creux de ce chêne un abri salutaire
     « S'offre pour vous, prenez-en le chemin.
     — « L'avis est bon, grand merci, ma commère,
« Je veux en profiter, » répondit le choucas,
     « Mais vraiment, vous n'y pensez pas,
     « Où diable ! voyez-vous un chêne ?
     « Je m'y connais, c'est bien un frêne. »
     — « De disputer est-ce le cas ?
     « Répliqua l'autre ; ô l'étrange manie !
« Eh ! mon cher, songez donc qu'il y va de la vie...
« Prenez mieux votre temps pour faire le docteur. »
Vers son gîte à la fin le choucas s'achemine,
Mais non pour s'y blottir : le pédant examine
     L'arbre avec soin. « La vieille est dans l'erreur, »
     S'écria-t-il : « j'y voyais à merveille. »
Puis il revient, joyeux, retrouver la corneille.
« C'est un frêne ! apprenez... » le bavard discoureur

Allait poursuivre encor son triomphe frivole :
L'aigle qu'on oubliait lui coupe la parole.

Par cet exemple-ci, puis-je vous corriger,
Orateurs de tribune ou conseillers des princes?...
Disputer sur des riens dans un pressant danger,
Aux canons ennemis c'est livrer nos provinces.

FABLE VI.

Le Chevreuil et la Biche.

Pour une biche à la tête légère
  Un chevreuil s'était pris d'amour.
  Aux cerfs, même aux daims, tour à tour,
  La coquette cherchait à plaire ;
Écoutant moins son cœur qu'un ridicule orgueil,
  A tous elle faisait accueil.
  « J'ai bien mal placé ma tendresse,
« Je suis trop malheureux, » s'écriait le chevreuil :
  « Je n'y tiens plus ; d'une ingrate maîtresse,
  « Jupiter, que je sois vengé ! »
Jupiter l'entendit : un chasseur est chargé
  Du soin de punir l'inconstance.
Dans le sang de la biche il a lavé l'offense
  Dont s'était plaint un amant outragé ;
  Mais hélas ! à la violence
On regrette souvent de s'être abandonné :
  Notre chevreuil infortuné
  Pleura le crime et la vengeance [145].

FABLE VII.

L'Aigle et le Papillon.

1808.

L'oiseau qu'adopta la victoire,
L'aigle cher aux Romains [144], vient au plus haut des cieux
            D'asseoir son trône radieux.
Son peuple le salue et célèbre sa gloire.
                De toutes parts les concerts
Charment l'heureux loisir du puissant roi des airs.
            « Grand Dieu! pourquoi tout ce tapage? »
            Disait le frêle papillon,
            Qui se croyait un personnage;
« Comment!... l'aigle sur nous veut s'arroger un ton
            « D'autorité!... vraiment j'enrage;
« Les oiseaux sont bien vils. Je le déclare net,
« Au nouveau potentat je refuse l'hommage,
            « Je fais mieux, et j'ai le projet
            « (L'audace convient à mon âge)
« De disputer le sceptre à ce fier conquérant :
        « Vous allez voir; plus leste, en un instant,
            « Des cieux je ferai le voyage. »
L'aigle avait sa police, et bientôt il apprend
            Les propos du frivole insecte;
            Encor que l'aigle se respecte,
Il ne put y tenir. On vit sa majesté

Rire aux éclats. Je suis sincère,
   Qui voudrait de la royauté,
Si de la cour l'étiquette sévère
N'y laissait quelquefois paraître la gaîté?
Par caprice ou calcul se montrant débonnaire,
   Le prince accepta le défi.
     Près de son adversaire,
   Le voilà qui rase la terre.
On donne le signal. L'aigle est déjà parti;
    Ses ailes étendues
   Ont franchi le sommet des nues.
  Que fait pour lors damoiseau papillon?
Presqu'à six pieds du sol il s'élève, dit-on;
   Mais, tout à coup, à la traverse
   Un zéphir vient et le renverse...
De brocards les oiseaux couvrent le fanfaron.

L'amour-propre toujours se montre téméraire;
Sans force et sans moyens il croit pouvoir tout faire.
Comme le papillon l'homme est présomptueux :
Cessera-t-il jamais de sortir de sa sphère?
J'en doute, car l'orgueil lui fascine les yeux.

FABLE VIII.

Les Voyageurs et le Platane.

Un jour, deux honnêtes Normands,
De cidre d'Isigny [145] marchands
Et fabricants,
Voyageaient par la canicule ;
Mais, au mois d'oût, rarement l'air circule.
Un platane était là par bonheur pour nos gens.
Le platane offre beaucoup d'ombre :
Bientôt sous son feuillage sombre
Ils s'en vont respirer le frais.
Levant les yeux, l'un dit : « Que ne suis-je ton maître ?
« D'abord, je te fais disparaître :
« Arbre sans fruits doit vivre au milieu des forêts. »
Le platane répond : « Dieu ! quelle ingratitude !
« Eh ! quoi donc, de m'injurier
« Tu voudrais te faire une étude !
« Quitte mon toit hospitalier. »

Manquer à la reconnaissance,
Pour l'homme n'est souvent qu'un jeu ;
Le trafiquant estime peu
Le mérite sans opulence [146].

FABLE IX.

Les Oiseaux et les Poissons.

« Heureux poissons, s'écriaient les oiseaux,
        « Quand vous êtes au fond des eaux,
« Que peuvent contre vous le filet et la nasse?
« Il n'en est pas ainsi dans le funeste espace
        Où l'on nous voit toujours errants;
« L'homme, armé d'un fusil, qui nous donne la chasse,
« L'aigle qui nous poursuit, et mille autres tyrans
        « Nous font maudire l'existence :
        « O Jupiter! ta bienveillance
        « Aurait dû nous créer poissons. »
    Que disaient ceux-ci? « Gémissons!
    « Il est pesant le fardeau de la vie!...
        « Oiseaux, nous vous portons envie.
« Pour fuir tous les dangers n'avez-vous pas les cieux?
        « Quelle arme peut là vous atteindre?
        « Mais nous, hélas! nous devons craindre
        « L'homme, despote industrieux,
« Qui nous tend mainte embûche en nos humides plaines :
« Et n'est-ce rien encor que requins et baleines
        « Dont il faut assouvir la faim?
« Tu devrais en oiseaux nous transformer, Jupin. »

Le monde est plein de gens qui ne sont pas plus sages :

L'un l'autre s'envier, c'est le commun travers.
Blaise du courtisan voudrait porter les fers ;
Damis, homme de cour, regrette les bocages.

———

FABLE X.

Le Trône de Neige [147].

Qui n'aime à voir folâtrer des enfants?
On se croit de leur âge : ô douce jouissance
De pouvoir quelquefois se rappeler ce temps
    Si regretté, bien qu'il ait ses tourments !
    Un rien suffit pour amuser l'enfance ;
       Mais dans ses jeux, plus qu'on ne pense,
S'introduisent déjà les passions des grands.
       Un jour, échappés du collège,
       Des écoliers d'onze à douze ans,
       Aperçurent un tas de neige...
    Le plus âgé, qu'on avait nommé roi,
Dit que de son pouvoir il en faisait le siége,
       Le trône enfin ; et le cortége
       Donne à ce vœu force de loi.
       Le trône était froid comme glace ;
       N'importe, avec plaisir s'y place
       Cette éphémère majesté.
       On s'enivre de la puissance...
Peut-on impunément avoir l'autorité ?
       Chez notre prince l'insolence
       Surpasse encor la dureté :
Des malheureux sujets la moindre négligence
    Est réprimée avec sévérité.
De Tarquin-le-Superbe [148] il avait l'arrogance ;

Et de Néron [119], plus tard , suivant toute apparence
    Il aurait eu la cruauté.
    Pourtant le soleil le dérange :
Le trône , qui se fond d'une manière étrange ,
    Avant la fin du jour s'abat...
    Bientôt l'orgueilleux potentat
    Se voit au milieu de la fange.

    Redoutez un destin pareil ,
    Vous que la fortune protége ;
    Vous êtes sur un tas de neige...
    Gare le rayon du soleil !

FABLE XI.

L'Enfant, sa Mère et la Rose.

A MES NIÈCES, MESDEMOISELLES DE LE B***.

Qui l'ignore ! il n'est pas de rose sans épines :
En recherche-t-on moins cette charmante fleur ?
Lise en aperçoit une, et s'écrie : « O bonheur !
« Je la veux, mais pour toi, maman, tu le devines. »
La mère de répondre : « Ah ! prends garde, mon cœur ;
« Songe à ce que tu fais, Lise, sois bien prudente. »
  A l'instant un cri de douleur,
  Que jette la pauvre innocente,
Prouva que les conseils arrivaient un peu tard.
Lise avait des ciseaux... sans doute par hasard,
  Car elle aimait fort peu l'ouvrage.
Pour dépouiller l'arbuste, elle en sut faire usage.
  Si bien elle s'en acquitta
  Qu'aucune épine n'y resta,
Et que, sans se blesser, elle cueillit la rose.

De ce trait la morale est facile à saisir :
A notre oisiveté la nature s'oppose ;
Il nous faut par la peine acheter le plaisir.

FABLE XII.

La Chenille, l'Araignée et le Ver à soie.

Envieux et jaloux! j'en conviens, nous le sommes;
Peu de gens là-dessus savent se modérer.
        Les animaux, pourtant, aux hommes
Ne le céderont point. Je vais le démontrer :
        Le ver que chérit la Provence [150],
        De la soie utile artisan,
Achevait un tissu d'une telle élégance
Qu'Orosmane-Lafon [151] s'en est fait un turban.
        Arachné [152] s'écria : « Je grille
« De pouvoir admirer ce chef-d'œuvre nouveau. »
        Elle arrive avec la chenille.
        « Quoi! ce n'est que cela... Tout beau! »
        Dirent, après maint bavardage,
        Nos deux commères; « de bon cœur
« Nous en rirons. Pour ce superbe ouvrage
        « Faut-il faire tant d'étalage?
« Sans sortir de chez soi l'on peut voir du meilleur [153]. »

        Pareils discours sont assez en usage
        Chez nos rimeurs de bas étage.
Un rival sans talent partout voit un défaut;
Mais le blâme, en sa bouche, à l'éloge équivaut.

FABLE XIII.

Les Moutons, le Loup, les Chiens et le Berger.

1824.

Bien que timide, elle est parfois mutine,
La gent qui porte laine : Un bélier, l'autre jour,
Séditieux tribun, s'exprimait sans détour
Contre chiens et bergers. « Cette race canine,
     « S'écriait-il, sans cesse nous lutine ;
« Ses menus plaisirs sont de nous mordre aux jarrets ;
          « Puis fière de lâches succès,
« Elle s'en va ramper aux genoux de son maître ;
« Et quel maître, grand Dieu ! quel indigne tyran !
          « Un assassin féroce et traître
          « Qui se gorge de notre sang.
« Brisons nos fers et sortons d'esclavage ;
«S'il s'agit de mourir, avec honneur mourons. »
Chacun de prendre feu : les accents de la rage
          Devinrent le cri des moutons.
Soudain le loup paraît ; soudain l'effroi s'empare
Du peuple et du tribun ; soudain les voilà tous
Implorant le berger : « Notre espoir est en vous,
« Seigneur, faites cesser une affreuse bagarre ;
«Que nos seigneurs les chiens nous délivrent des loups!»
Robin mouton, qui vit appointer sa requête,
Prouva dès ce moment qu'il n'était pas trop bête ;

Plus un murmure passager...
Il conclut, dans sa bonne tête,
Que, si l'on veut des loups n'être point la conquête,
Il faut savoir souffrir les chiens et le berger.

———

FABLE XIV.

Le Sansonnet représentant du peuple des Oiseaux.

1821.

Du temps que les oiseaux vivaient en république,
Ils s'occupaient des lois et de la politique.
Alors chaque canton nommait son député
          Pour siéger à l'aréopage :
      Un sansonnet, gris et noir de plumage,
      Jaune de bec, brillant par sa beauté
          Beaucoup moins que par son langage.
Avait des citoyens obtenu le suffrage.
Il monte à la tribune, et le voilà cité
          Comme un modèle d'éloquence,
Qui sait joindre à propos l'audace à la prudence.
On le voyait combattre avec dextérité
L'aigle et ses courtisans : par lui, la liberté
          Triompha de leur impudence ;
Au pouvoir du talent céda la violence.
Le public applaudit à tant d'habileté :
Vive le sansonnet ! on l'admire, on l'encense ;
Mais du mérite, hélas ! la louange est l'écueil,
Et jamais la raison ne tient contre l'orgueil.
          Occupé du désir de plaire,
Voulant accroître encor sa faveur populaire,
D'une masse effrénée il flatta les penchants.

Après avoir parlé contre la tyrannie,
    L'orateur prêcha l'anarchie.
Il en gémit trop tard... ses discours imprudents
    Ont mis au tombeau la patrie [154].

Si de toujours briller nous avons la manie,
Si nous recherchons trop les applaudissements,
    Les plus sages raisonnements
    Font bientôt place à la folie.
    Mais à quoi bon ces arguments?
    Nos bipèdes représentants
Ont tous de la sagesse et de la modestie.

FABLE XV.

Le Pêcheur et le Thon.

« Pas un seul esturgeon! pas même une sardine!
   « Je suis bien las de jeter mes filets, »
S'écriait tristement un pêcheur marseillais;
« Je retourne chez moi. Que dira ma voisine?
« Elle va se moquer d'un si brillant succès.
     « N'importe, gagnons le rivage;
     « Nous serons plus heureux demain. »
Comme il se retirait arrive un personnage,
   Messire thon que poursuit le requin...
     Il se jette dans la nacelle,
     Et le pêcheur de s'applaudir!
« Nul comme moi, dit-il, on doit en convenir.
    « Ne dompte ici la fortune infidèle :
     « Sans me croire un très-grand sorcier,
     « Je connais à fond le métier. »

   Ainsi des biens que le hasard nous donne,
   Fort souvent l'on se fait honneur.
Tel battait en retraite et que l'on voit vainqueur,
Mais chut!... car ce sont là les secrets de Bellone.

FABLE XVI.

Les Loups, le Chien et le Troupeau.

1845.

Des loups s'étaient unis pour bloquer un troupeau.
　　　Avec fureur ils l'attaquèrent,
Mais sans aucun succès, car partout ils trouvèrent,
Prêt à les repousser, le brave Patoureau.
Patoureau, c'est le chien, chien d'un grand caractère,
Valeureux et prudent, bon, mais un peu sévère,
Fait pour régner enfin, pour combattre les loups.
　　　Il rendait impuissants leurs coups,
Et plaçait les moutons d'une telle manière
　　　Que l'ennemi n'en pouvait approcher.
　　　Il fallut changer de tactique :
Nouveaux Machiavels [155], nos loups de s'attacher
　　　Aux ruses de la politique !
　　　Les voilà qui font afficher
La proclamation la plus philanthropique.
　　　Eh ! mais comment, par quel moyen ?
Me direz-vous ; le fait est trop invraisemblable...
Qu'importe ? s'il est vrai : plus d'un historien,
De maint événement qui n'est pas plus croyable
Nous a fait le récit, et nous le croyons bien.
Retournons à nos loups ; leur pièce d'éloquence
Produisit grand effet. Ils donnaient l'assurance

Qu'ils aimaient les moutons et n'en voulaient qu'au chien,
Tyran farouche, objet de leur juste vengeance.
« Patoureau mort, ajoutaient-ils, plus rien
   « N'empêchera la confiance
   « De renaître, ainsi que la paix. »
La faiblesse conduit aux plus honteux forfaits.
   Les moutons, dans cette occurrence,
Le prouveront encor. Ces gens sans prévoyance,
  De toutes parts, se mirent à crier :
   « Pour un seul se sacrifier !
   « Vraiment ce serait duperie.
   « Avant tout sauvons la patrie. »
Le pauvre Patoureau par son peuple est livré :
   Bientôt son corps est déchiré.
   Pourrait-il défendre sa vie,
   Quand déjà son cœur est navré ?
De quelle horreur pourtant cette mort fut suivie !
Les béliers, les brebis, les agneaux éperdus,
Dans un massacre affreux furent tous confondus.

   Contre les coups de la fortune,
Peuples, avec vos rois faites cause commune :
   Sans cela vous êtes perdus.

FABLE XVII.

L'Ane et la Pie.

Les ânes sont une espèce
Incorrigible!... On sait combien Aliboron,
Pour s'être mis, un jour, en frais de gentillesse [156],
　　　Eut à se plaindre du bâton!
Naguère, néanmoins, il lui vint dans la tête
　　　De se livrer à sa verve... Ses chants
Ne pouvaient, selon lui, qu'amuser les passants.
　　　Bref, il voulait leur donner une fête.
　　　　Mille injures et mille coups
　　　　Furent le prix de sa musique.
　　　« Les hommes sont ingrats et fous,
« Dit-il, et j'y perdrais toute ma rhétorique... »
　　　　Il allait se taire. Un oiseau,
　　Margot la pie, en tous lieux bien connue
　　Par son caquet, se présente à sa vue.
« Ce son de voix flûté me paraît noble et beau!
　　　　« J'en ai vraiment l'âme ravie,
　　　« S'écria-t-elle; oui, pour la mélodie,
　　　« Je vous préfère aux chantres de ces bois...
« Que nous ferions ensemble une belle harmonie! »

Rimailleurs, qui, bravant la nature et ses lois,
Martelez tant de vers, quoi qu'on puisse vous dire :
Boileau permet l'espoir; croyez-le cette fois.
Un sot trouve toujours un plus sot qui l'admire [157].

FABLE XVIII.

L'Enfant et le Hanneton.

Eugène, enfant très-entêté,
Comme l'est tout enfant gâté,
Retenait (Dieu le lui pardonne!)
Dans ses cruelles mains, par un fil arrêté,
Un pauvre hanneton que le ciel abandonne.
Né libre, un hanneton tient à sa liberté :
Celui-ci fait valoir les lois, l'humanité,
Le droit des gens... que sais-je? il déraisonne.
       « Quoi donc! cet insecte bourdonne!
    « Disait Eugène; il est par trop méchant;
       « Je ferai bien finir son chant.
       « Il vit, grâce à mon indulgence;
       « Il me doit tout... et l'insolent
       « Ose parler d'indépendance!
       « Il a besoin d'un châtiment;
       « Je devrais le tuer vraiment,
« Mais il sert à mes jeux, il faut le laisser vivre. »

       Lorsque du pouvoir il s'enivre,
Du mal qu'il ne fait point se prévaut un tyran.
Que sur ce texte-là je ferais un beau livre!
       Mais chut! je veux être prudent.

FABLE XIX.

L'Aigle et le Corbeau.

« Dieu ! quelle odeur cadavéreuse !
« Ne m'approche pas, vil oiseau, »
Disait, un jour, l'aigle au corbeau :
« Ta manière de vivre est partout odieuse. »
L'autre répond : « Sire, quels sont mes torts?
« Et lequel vaut mieux, je vous prie;
« Pour croquer les agneaux, d'attendre qu'ils soient morts.
« Ou de les dévorer lorsqu'ils sont pleins de vie? »

Je pourrais bien, ici, parler des conquérants...
Assez d'autres, sans moi, prennent ce passe-temps :
Depradt [158] leur fait la guerre en ses nombreux ouvrages.
Les rois se rendent-ils aux vains discours des sages?
Ne nous adressons qu'aux traitants :
Ils auraient en horreur ces peuplades sauvages,
Qui, dans leurs barbares usages,
De leurs frères tués mangent les corps sanglants;
Mais ils ne craignent point de les ronger vivants.

FABLE XX.

Le Pinson roi.

J'ai lu qu'en Allemagne ou bien en Italie...
  Le lieu n'importe, mes amis ;
  Un nom facilement s'oublie.
  Bref, j'ai lu qu'en certain pays
  Je ne sais quelle fantaisie
 Prit aux oiseaux : Ils élurent pour roi
 Maître pinson. Fier du pouvoir suprême,
 Croyant servir l'honneur du diadème,
 Dans ses états il proscrivit l'emploi
 (Dût-on ne lui parler qu'avec un interprète)
  De toute langue étrangère aux pinsons :
Ainsi du rossignol, de la douce fauvette,
  On n'entend plus les aimables chansons.
Pour réussir aux champs, à la cour, à la ville,
  Il fallait de sa majesté,
  Ce qui n'était pas trop facile,
  Que le fausset fût imité.
  Du roi la bizarre ordonnance
Conduisait aux honneurs la médiocrité ;
Le mérite par là se trouvait écarté.
  On rit d'abord de tant d'impertinence ;
  Mais bientôt les meilleurs esprits
Dirent de toutes parts : « Quoi ! sommes-nous conquis ?
« Et doit-on nous traiter avec cette arrogance ? »

Le mécontentement sur tous les points gagna...
Du monarque adieu la puissance !
Sur les seuls pinsons il régna ;
Il vit tomber son trône en décadence.
Fauvettes, rossignols, chez le cygne voisin
S'en vont jouir du droit de rompre le silence.

Hélas ! qu'importe au souverain
Si l'on parle allemand, français, grec ou latin,
Pourvu qu'on fasse, en tout, preuve d'obéissance ?
C'est ainsi qu'en jugeaient Louis et Charles-Quint [139] ;
Mais de ces rois prudents on en compte un sur vingt ;
Ils sont plus rares qu'on ne pense.

FABLE XXI.

L'Ours à la foire de Beaucaire.

On ne le croirait pas; un ours était cité,
   Partout, comme un parfait modèle
  D'esprit et d'amabilité,
  Et certain air d'originalité
 Ne permettait de mettre en parallèle,
   Avec Martin, nul animal :
   Tantôt, marchant d'un pas égal,
D'un proconsul romain il avait la tournure;
Vif et léger, tantôt, il se donnait l'allure
   D'un petit maître fanfaron,
  Tel qu'à Paris en offre maint salon.
  Nul mieux que lui ne changeait sa figure
A propos et suivant le goût du spectateur...
   Pour corriger notre nature,
   Il ne faut qu'un bon gouverneur :
Martin avait reçu, dès sa plus tendre enfance,
De l'éducation les soins les plus exquis;
   On prétend même que Vestris [160]
   Lui donna des leçons de danse.
  On annonça, près de six mois d'avance,
   L'ours admirable et merveilleux...
Où donc vraiment? Eh ! messieurs, à Beaucaire [161],
   Beaucaire, cet endroit fameux
Où, sous costume grec, pour étoffe étrangère,
  Tant de Français, d'un air mystérieux,
Vendent plus d'un tissu qui va cesser de plaire,

Et de séduire tous les yeux,
Si l'on sait qu'on le doit à l'aiguille légère,
Du Lyonnais industrieux.
Pourtant arrive l'ours; et chacun de se rendre
Au lieu du rendez-vous Pour le voir, pour l'entendre,
De toutes parts on accourut;
Tous les rangs à la fois : rustres, marquis et princes
Gaîment, en son honneur, avaient payé tribut.
Jamais Talma [162] dans les provinces,
Lebrun-Pindare [163] à l'Institut,
Le docteur Gall [164] à son début
N'ont excité semblable enthousiasme.
Cela durera-t-il? De l'éloge au sarcasme
Le public passe en peu d'instants.
L'ours Martin, par orgueil, prodigue
Et son savoir et ses talents;
Il se tourmente, il se fatigue,
Et s'épuise en efforts brillants.
C'est une mauvaise tactique;
On ne doit pas user sa rhétorique.
On le voyait faire ses tours
Du matin jusqu'au soir; malgré ses beaux discours,
Il fit enfin bâiller. Comme l'ennui toujours
Mène au dégoût, bientôt la foule,
Non sans l'avoir sifflé, s'écoule.

Croyez-moi, savants orateurs,
Vous qui, sans cesse, occupez la tribune,
Ne vous montrez pas tant; redoutez les railleurs :
A force de briller, le mérite importune.

FIN DU LIVRE CINQUIÈME.

LIVRE SIXIÈME.

FABLE PREMIÈRE.

Le Coq généreux.

A M. LE MARQUIS DE NISAS [165].

Bellone et le dieu du Parnasse
Ont couronné ton front de leurs brillants lauriers.
De tes vils détracteurs que peut la folle audace?
Laisse-les s'agiter au fond de leurs bourbiers :
Ne te rebute point, signale encor ta vie
  Par mille travaux glorieux ;
Cette même vertu, qui fait naître l'envie,
  Tôt ou tard confond l'envieux.
Nisas, le trait suivant te le prouvera mieux :

Issu d'un sang illustre, un coq, né pour la gloire,
  S'était, par plus d'une victoire,
  Distingué dès ses jeunes ans.
Il en avait acquis cette noble assurance,
  Cet air de grandeur et d'aisance

Qui sied aux guerriers triomphants.
Il parlait avec éloquence,
En véritable coq d'état [166].
Nul plus que lui ne brillait au sénat;
Il réduisait toujours ses rivaux au silence.
Ils en frémirent de dépit,
Et, maîtrisés par la vengeance,
A perdre le héros mirent tout leur esprit.
Bientôt, à force d'artifices,
Ils font oublier ses services.
On relégua le coq au fond du poulailler,
Et de tous ses honneurs il se vit dépouiller.
A supporter tant d'injustices
Son courage se résigna;
Mais avilira-t-il ses nobles cicatrices?
Se justifira-t-il? non, certe.... il dédaigna
D'un vulgaire insensé les odieux caprices.
Courber la crête, lui! ce penser l'indigna.
Victime de la calomnie,
Il n'en aimait pas moins son ingrate patrie.
Une nuit,
Vers minuit,
Le plus rusé des renards passe;
La lune des objets éclairait la surface;
Notre matois s'approche à petit bruit,
Et s'introduit
Jusques au milieu de la place.
La pauvre volaille aux abois
Ne sait où donner de la tête.
Tels étaient les Romains au jour que les Gaulois
De Rome firent la conquête.

Comme Camille [167] généreux,
    Plein d'ardeur, le coq belliqueux
Sur l'ennemi s'élance à l'improviste,
    Et c'est en vain qu'on lui résiste :
Il porte avec adresse un coup audacieux.
        Son adversaire
        Se désespère :
Sous les ergots du coq il a perdu les yeux.
        Aveugle, on n'est plus redoutable.
        En butte aux traits dont on l'accable,
Le vaincu malheureux attendit le patron,
        Qui de sa peau fit un manchon ;
        Et la république emplumée,
        Justement enthousiasmée,
        Dès ce jour ne contesta plus
De son libérateur les talents, les vertus :
        « Par sa prudence consommée,
« A lui seul, disait-on, il valait une armée. »
Les ennemis du coq restèrent confondus.

FABLE II.

Le Financier, l'Alphabet et le Sansonnet.

L'épais Mondor, de grand matin,
C'est-à-dire à midi, roulait en équipage.
Pour se donner les airs d'un savant personnage,
Il veut être conduit dans ce pays latin [168]
Que parcourent à pied le pédant et le sage ;
     L'un, pour trouver quelque bouquin,
     Et l'autre, quelque bon ouvrage.
Mondor s'arrête, avec son étalage,
Chez un des héritiers d'Étienne [169] ou de Barbin [170] ;
     Et le voilà, tout couvert de dorure,
Dans la docte boutique. Il prend un alphabet.
A ses yeux étalant superbe couverture :
(De l'offrir au dauphin l'on avait le projet.)
« Sans ce pompeux habit, dit-il, triste brochure,
« Ton prix est nul. » — « Et toi, » répond pour le livret,
     De sa cage, un bon sansonnet,
     Un peu railleur de sa nature ;
     « Et toi, messire Turcaret [171],
     « Que vaudrais-tu sans ta parure?

     Gonflés d'orgueil, combien de grands
N'ont de valeur que par leur entourage !
     Mauvais tableaux, cadres brillants,

De nos jours sont fort en usage.
N'accordons pas notre suffrage,
Sur la simple apparence, ainsi que bien des gens;
Pour le mérite seul réservons notre encens.

FABLE III.

Le Lion devenu fou et le Lapin.

Hippocrate [172] ou Pinel [173] dit que l'ambition
            Conduit souvent à la folie.
Dans je ne sais quel siècle, on vit sire lion
Fou tout à fait... C'était plus qu'une épilepsie,
Bien que sur ce ton-là, par pure courtoisie,
            En ait parlé certain renard.
« Dans quel coin faudra-t-il cacher sa pauvre vie? »
S'écriait le lapin, se jetant à l'écart
Pour fuir du potentat le farouche regard ;
« Qu'allons-nous devenir? destin inexorable !
        « Déjà le joug était insupportable,
        « Quand notre roi jouissait du bon sens. »

Le dire du lapin n'est-il pas raisonnable?
            Parle-t-on mieux de notre temps?
            Le peuple perd toute espérance,
        Lorsqu'au pouvoir vient s'unir la démence.

FABLE IV.

L'Ane et l'Oie.

L'âne et l'oie, un beau jour, disputaient de noblesse ;
    Chacun étale avec fracas
    Tous les exploits de son espèce,
    Et veut sur l'autre avoir le pas.
    Bien des gens de ma connaissance
    Ne montreraient, en pareil cas,
    Moins d'esprit ni moins de science ;
    On devient fort sur le blason [171].
    S'il faut en croire le grison,
Ses aïeux avaient pris leur brillante origine
    Dans la terre de Canaan ;
    Il descendait, on le devine,
    De l'ânesse de Balaam [175],
Dont les doctes discours, si j'ai bonne mémoire,
Plus que ceux d'un prophète enchantaient l'auditoire.
    Ce n'est pas tout, il citait Bethléem
    Et l'entrée à Jérusalem [176] ;
Rien n'était oublié pour accroître sa gloire.
    Qu'opposait l'oie à ces grands mots ?
    Eh ! mais vraiment, le Capitole
Sauvé par des oisons [177], très-célèbres héros.
    Dont sortait l'illustre bestiole.
Bref, de ce démêlé quel fut le résultat ?
    Survint le maître, au milieu du débat,

17.

Il respectait fort peu leur noble race :
    L'âne passa par le bâton,
    Et l'oie alla trouver sa place
    A la broche, près d'un dindon.

    Ainsi que mes deux personnages,
    Il est des hommes sots et vains :
    N'estimant que leurs parchemins,
    Ils cherchent dans la nuit des âges
Tout leur mérite... Il est sans doute heureux
    D'avoir des ancêtres fameux ;
    Mais il faut au moins, ce me semble,
    Pour s'en targuer, qu'on leur ressemble.

FABLE V.

L'Escarbot et l'Aigle [175].

L'oiseau du dieu qui lance le tonnerre,
L'aigle, après avoir fait un séjour sur la terre,
    Se disposait à regagner les cieux.
        Un escarbot ambitieux,
(A nul l'ambition n'est, je crois, étrangère;
L'insecte éprouve aussi ce mal contagieux.)
    Un escarbot, à la tête légère,
    Espérant voir et l'Olympe et les Dieux,
Se campe sur le dos de l'aigle audacieux
      Qui des airs franchit les espaces.
Cette course rapide effraya l'escarbot;
      Il ne prévoit plus que disgrâces.
      C'est ainsi que toujours un sot,
      Qui renonce à la vie obscure,
Se repent, mais trop tard, d'une fausse mesure.
Celui-ci regrettait vivement son fumier;
Il veut y revenir. Sans trop apprécier
Le trajet, il s'élance... et de son aventure
    Le résultat fut une affreuse mort.
Que ne demeurait-il où l'avait mis le sort?

FABLE VI.

Le Bourdon de Notre-Dame.

Non loin de l'Oratoire (on sait que des badauds
    C'est le quartier; mais sans plus de propos
        Suivons le fil de notre histoire),
      Logé non loin de l'Oratoire,
Un enfant s'écriait : « Dieu! quel bruit et quel son! »
Le père répondit : « Mon fils, c'est le bourdon
    « De Notre-Dame; ainsi que le canon,
      « Il nous annonce la victoire;
« Ma foi, vive Bellone! elle enfante la gloire;
« Réjouissons-nous bien. » Mais peu de temps après
      Le bourdon sonna pour la paix,
Et notre homme de dire : « Enfin dans l'abondance,
« Riches par le commerce, au gré de nos souhaits,
    « Nous allons vivre désormais.
    « Plus de combats! c'en est assez, je pense;
      « Le repos convient aux Français. »
      La guerre ensuite recommence,
      Et le marchand, par un bravo,
      De la cloche se rend l'écho.
Il applaudit ainsi, pendant maintes années,
      A tous les coups des destinées;
Et lorsque les Anglais entrèrent dans Paris,
Il but à la santé de nos bons ennemis.

Le gros bourdon de Notre-Dame
A de nombreux imitateurs :
Si l'on voit ici des frondeurs,
Nous ne manquons pas, sur mon âme,
De ces valets officieux,
De ces gens toujours prêts à trouver tout au mieux,
Et qui ne cherchent qu'à se vendre. .
Hélas ! l'Hélicon même en présente à nos yeux :
De leurs odes les rois ont peine à se défendre.
Pour les louer, Ch.... [179] les poursuit en tous lieux ;
Au grand Mogol victorieux
Il offrirait des vers, s'il voulait les entendre,
Et les payer surtout en prince généreux.

FABLE VII.

L'Ane assommé par son Maître.

Au sein d'un modeste héritage
Un âne, chez un laboureur,
Depuis vingt ans vivait en loyal serviteur.
Chardons lui suffisaient, sans frais pour le ménage.
Au marché, tous les jours, il allait de grand cœur
Avec les fruits du jardinage;
Et, le dimanche encore, il portait sur son dos,
Joyeux malgré tous ces travaux,
La femme ou les enfants jusqu'au prochain village.
Cependant il gagnait de l'âge...
Un jour, jour affreux à jamais!
Un monstre, je veux dire l'homme,
Voit l'âne fléchir sous le faix.
Loin de le ménager, aussitôt il l'assomme :
Notre pauvre animal mourut sous le bâton...
Il alla s'en plaindre à Pluton.

Héros (de l'âne à vous, bravant la bienséance,
Puis-je ainsi franchir la distance?
A tout hasard, j'en demande pardon);
Héros qui consacrez vos talents, votre vie
Au service de la patrie,
On applaudit beaucoup à vos soins généreux;

Vous ferez bien pourtant d'être toujours heureux ,
Car au moindre revers chacun vous humilie.
      Les services les plus nombreux
Ne peuvent étouffer les clameurs de l'envie.

FABLE VIII.

Le Cygne, le Rossignol et l'Oison.

Un cygne aux filles de mémoire
    Consacrait les plus nobles chants [180].
Le rossignol vaincu s'écriait : « Quels accents !
« Je l'avoûrai sans peine, et l'on peut bien m'en croire,
« Je n'entendis jamais d'accords plus séduisants. »
    Certain oison, par ses airs discordants,
    Du cygne heureux troublait seul la victoire.
« Que t'a fait cet oiseau ? pourquoi ces cris perçants ? »
Lui dit le rossignol ; « calme ton humeur noire. »
— « Qui, moi ? lui pardonner ses succès insolents ! »
Répond notre envieux ; « non jamais, je le sens :
« Il est mon ennemi, puisqu'il aime la gloire. »

Comme le rossignol, les enfants d'Apollon [181]
    Devraient bannir la sombre envie.
    Qu'elle habite au cœur d'un oison,
Mais que l'esprit toujours applaudisse au génie !

FABLE IX.

Le Rat et le Taureau.

Fatigué des combats, des plaisirs de la veille,
    Naguères un jeune taureau
  S'était couché sur le bord d'un ruisseau ;
    Mais tandis qu'en paix il sommeille,
    Tout à coup se présente un rat...
Des rats l'affreuse engeance est toujours prête à nuire,
    Et c'est à bon droit que le chat,
    Tant qu'il peut, cherche à la détruire.
Le rat près du dormeur se glisse en tapinois.
Est-il bien endormi ? D'abord il s'en assure :
« De la paresse, ainsi, doit-on suivre les lois ?
    « Seul il veut être heureux, je crois,
    « Quand tout souffre dans la nature.
    « Réveillons-le bien doucement. »
    Cela dit, notre garnement
    Au pied lui fait une blessure ;
    Puis au fond d'un réduit fangeux,
    Afin d'éviter tous les yeux,
    Raton, sans souffler mot, se jette :
    Tel, après un succès honteux,
    Plus d'un Zoïle [182] ténébreux
    Se renferme dans sa retraite.
  Notre taureau, qu'étonne la douleur,
  En s'éveillant pousse un cri de fureur ;

Il cherche partout le coupable;
La vengeance agite son cœur.
Dans son courroux épouvantable,
Il remplit les forêts de ses mugissements;
De ses cornes frappe la terre,
Et de ses quatre pieds fait voler la poussière.
Qu'arrive-t-il? En peu de temps,
Il s'épuise, il chancelle, il souffle, il est en nage;
Le sang qui bouillonnait s'échappe de ses flancs,
Et du triste Cocyte il a vu le rivage.

Il est des animaux d'un naturel jaloux;
Le bonheur d'autrui les irrite;
Mais c'est à tort que le mérite
Se montre sensible à leurs coups.
Du sage suivons la maxime :
Il faut savoir temporiser.
On devrait toujours mépriser
Un indigne ennemi qui garde l'anonyme.

FABLE X.

L'Aigle et le Rossignol.

L'aigle ne chante point, du moins que je le sache ;
   Toutefois il est connaisseur ;
   Des beaux arts c'est le protecteur.
   A sa cour souvent il s'arrache
   Pour entendre un bémol flatteur ;
   Une ariette, une romance
  A le pouvoir de suspendre son vol :
Entre tous les oiseaux brille par la cadence
Le chantre du printemps, le divin rossignol ;
En l'imitant, chez nous, Garat [185] lui rend hommage ;
Mais je reviens à l'aigle. Un beau jour, il engage
   Des oiseaux l'Amphion joyeux
   A l'accompagner dans les cieux.
L'Amphion répondit : « Un semblable voyage
  « Ne convient qu'à l'ambitieux.
« Que ferais-je là-haut?. . hélas! malgré mon zèle,
« Je ne puis célébrer votre gloire immortelle ;
  « Je dois vous le dire, seigneur,
  « Je crains le pays des orages ;
  « Ma voix est faible... et le bonheur
  « N'est pour moi que dans les bocages. »

Disciples d'Apollon, croyez-moi, de la cour
Évitez avec soin le dangereux séjour :
Comme le rossignol, soyez prudents et sages.

FABLE XI.

Le Cerf et le Faon.

Un faon, à la démarche fière,
    Disait au cerf : « Vraiment, mon père,
« Il est honteux pour nous de fuir ainsi les chiens ;
    « Votre tète si bien armée,
    « Pourrait braver une meute affamée. »
— « Mon fils, répond le cerf, j'ai grand tort, j'en conviens :
« Je devrais m'aguerrir : mais quoi ! dans la campagne
« Si j'entends aboyer, d'abord la peur me gagne. »

    Armez jusqu'aux dents un poltron,
    En aura-t-il plus de courage ?
Lors même qu'à vos yeux il fait le fanfaron,
C'est qu'il se voit encor loin du champ de carnage.

FABLE XII.

Le Renard et le Chien.

Un renard avait pris l'honneur du poulailler,
     Un coq fameux, et tel que l'Angleterre
        N'en a jamais vu batailler.
Pour le venger, Brifaut se dispose à la guerre.
     Le voilà prêt... Il cherche l'ennemi,
        Le voit, l'attaque, et le déchire;
        Maître renard soudain expire.
        Brifaut ne fait rien à demi.

        Pour l'infâme artisan du crime,
        Le succès même est un malheur :
Renard, tout fin qu'il est, en devient la victime.
On brave les remords, on trouve un dieu vengeur.

FABLE XIII.

Le Cheval et l'Ane.

Les animaux savent ce qui se passe
Chez nous. Dire comment, c'est ce qui m'embarrasse;
    Le fait n'en est pas moins certain.
    Peut-être ont-ils pour agent littéraire,
    Pour traducteur, le perroquet moins fin
      Qu'il n'est exact. Jean, leur Homère [184],
      Est commenté par eux enfin.
« Oh! comme de chacun il rend le caractère!
    « Sous ses pinceaux, du pauvre Aliboron
    « Ne croit-on pas voir l'allure légère?
      « Quelle précision sévère,
« Disait maître cheval, a noté son jargon,
      « Ses figures de rhétorique,
      « Ses éclats de voix, sa musique!
      « Qui ne reconnaît le mignon? »
A ce discours railleur, l'âne aussitôt se pique
      Et veut en demander raison.
      Ésope, Phèdre, La Fontaine,
Sont, on le conçoit bien, traités par le grison
Comme le fut jadis Voltaire par Fréron [185].
«De ces mauvais plaisants que peut l'injuste haine?»
      Ajoute-t-il d'un air aisé :
      « Je dois m'en consoler sans peine;
      Delille m'a préconisé [186].

« C'en est bien assez pour ma gloire. »
Il se rengorge en achevant ces mots,
Et croit déjà marcher au temple de Mémoire.

C'est ainsi que toujours les sots,
Même parfois les gens d'esprit, je pense,
D'une juste critique oubliant les arrêts,
N'ont de foi qu'à l'éloge, et pour eux l'indulgence
De la justice a tous les traits.

FABLE XIV.

La Truie et la Lionne.

L'animal que l'Hébreu regarde comme immonde [187],
    Mais qu'au westphalien canton
    On prise et chérit à la ronde,
    La truie, épouse du cochon
(Car il faut appeler les choses par leur nom),
    De sa nature est très-féconde.
    Elle venait de mettre au monde
        Douze petits.
L'orgueil facilement gagne le cœur des mères:
    Celle-ci, prenant les manières
De Niobé [188], se montre, et, dans tout le pays,
Parle de son bonheur. Elle voit la lionne:
    « Que je vous plains! quoi vous n'avez qu'un fils?
      « Ah! dit-elle, reine, à ce prix,
      « Point ne voudrais d'une couronne. »
   — « Un seul... » répond l'imposante personne,
      « Mais sachez que c'est un lion. »

    Dorat [189] avait l'ambition
    De produire beaucoup d'ouvrages...
  Il a perdu toute célébrité.
Le seul Anacharsis à l'immortalité
Porte Barthélemi [190], le modèle des sages.

Une stérile quantité
Peut-elle nous valoir de solides suffrages?
Croyez-moi, le mérite est dans la qualité.

FABLE XV.

(IMITÉE DE KRASICKI)

Les Chevaux, le Conducteur et le Passant.

1821.

Vivre d'emprunts n'est point rare au Parnasse...
D'inventer de nouveaux sujets
Fort souvent notre esprit se lasse :
Pour avoir ouvrages tout faits,
Tel s'adresse aux Germains, et tel autre aux Anglais.
Sur l'étranger faire main basse
Est, je crois, très-permis... L'Ésope polonais,
Sous le grand Frédéric à Berlin fort en vogue,
Va me fournir un apologue.

Quatre coursiers fringants et vigoureux,
Comme dans l'Iliade on nous peint ceux d'Achille,
Conduits par une main habile,
Faisaient voler un char poudreux.
Du geste et de la voix le cocher les excite...
Il crie aux chevaux de devant :
« Redoublez de zèle, allons, vite,
« Soyez les émules du vent...
« Permettrez-vous toujours que vos deux camarades
« S'approchent de vous comme ils font?

« Songez-y bien, c'est un affront. »
Puis semblables discours, semblables enfilades
A son arrière-garde : « Amis, ne souffrez pas
            « Que sur vous on prenne le pas!... »
Un honnête passant, philosophe, je pense,
L'interrompt et lui dit : « Tromper ces animaux. ,
            « C'est n'avoir point de conscience ! »
Le conducteur piqué répliqua par ces mots :
            « Vous le voyez, mon char avance,
« Et j'ai l'heureux secret de former les héros ;
« Pouvez-vous l'ignorer, dans le siècle où nous sommes,
« N'est-ce donc pas ainsi qu'on gouverne les hommes? »

Cette doctrine exige une restriction ;
            Et sans tromper l'humaine espèce,
Sans employer jamais une perfide adresse,
On peut, me semble-t-il, au fouet, à l'aiguillon,
            Préférer l'émulation.

FABLE XVI.

La Mouche et le Cousin [191].

Une mouche vive et légère,
Et friande... comme un docteur [192],
Tout en courant aperçoit certain verre
De la plus exquise liqueur,
Liqueur faite pour un chanoine,
D'autres prétendent pour un moine;
N'importe. En son étroit cerveau,
La mouche imagina de s'en donner la joie :
Mais, vain espoir! Elle y tombe et se noie ;
Cet océan fut son tombeau.
« Voilà le fruit de l'imprudence, »
S'écriait un cousin prenant l'air d'un Caton [193] ;
« Que n'a-t-elle voulu suivre en tout ma leçon ?
« S'enivrer? ah! vraiment, la sotte jouissance!
« Combien, moi, je bénis mon sort!
« Je n'aime que l'éclat, il embellit ma vie;
« Mon seul but est la gloire !» Après ce beau transport,
Notre insecte-héros voltige à l'étourdie,
Et s'approche d'une bougie :
Bientôt il y trouva la mort.

L'homme est fait tout de même ; et tel qui se croit sage,
Tel qui se rit des malheurs du voisin,
Seulement change de chemin
Pour faire un semblable naufrage.

FABLE XVII.

Le Lion, l'Épagneul et le Loup 194.

1824.

La chasse est le plaisir des rois ;
Leur appétit redouble après cet exercice.
Sire lion venait de parcourir les bois ;
D'un cerf au dieu Comus 195 il fit le sacrifice...
Il était fort dévot. Devant sa majesté
Arrive un épagneul de la plus belle espèce,
    Rempli de grâce, de souplesse,
  Et possédant cette aimable gaîté,
    Ce charme heureux de la jeunesse ;
Le voilà qui sautille avec légèreté,
Jappe, agite la queue, autour du roi s'empresse,
    Fait mille traits de gentillesse.
L'odeur du cerf l'allèche, il en voudrait sa part ;
Mais au festin royal pourra-t-il prendre place ?
Cela n'est point facile : il y met tout son art,
Et bientôt le succès couronne son audace.
Des griffes du lion il soutire un morceau.
Le prince s'amusa de cette espièglerie ;
Il applaudit de l'œil... et notre jouvenceau
    Jusqu'au bout soutint la partie.
  Un loup brutal et fort présomptueux
Fut témoin de la scène : « Oh ! quel heureux voyage
  « J'ai fait, dit-il ; rendons-en grâce aux dieux...

19

« Eh! mais vraiment, dois-je en croire mes yeux?
« Le monarque lion sans force et sans courage
          « Souffre-t-il ainsi qu'on l'outrage?
« Il craint un faible chien...qu'il tombe sous mes coups!
« L'empire est désormais l'apanage des ioups. »
Le brigand fait un pas... soudain son adversaire
S'élance, le déchire, et l'étend sur la terre.

Il est des gens pour qui la générosité
          De la faiblesse est synonyme :
          J'aime à voir la méchanceté
De ses propres calculs devenir la victime.

FABLE XVIII.

Le Léopard, l'Ours et le Rossignol.

Un jeune léopard, sultan de la contrée,
Sous un sceptre de plomb fait gémir ses sujets.
Sur tous ses ennemis il obtient des succès,
        Mais sa puissance est abhorrée.
        Lui-même peut-il être heureux ?
        Isolé, farouche, ombrageux,
        Jamais un tyran ne respire,
        Car il sait que chacun conspire
        Pour trancher des jours odieux.
        Comme tous les ambitieux,
        Celui-ci tenait à l'empire ;
Mais il voulait encore y joindre le bonheur.
    Il réfléchit sur ce qu'il fallait faire,
Consulta même l'ours, bonne tête et penseur ;
        L'ours dit : « J'étais atrabilaire,
« Autrefois comme vous. J'eus recours aux beaux-arts ;
        « Ils ont changé mon caractère.
        « Oubliant les travaux de Mars,
        « Je ne me livre et ne m'applique
« Qu'aux charmes de la danse [196] ou bien de la musique.
« Il faut, pour être heureux, des goûts purs, innocents :
« Imposez-vous la loi de vaincre vos penchants ;
        « A votre cour appelez Philomèle,
        « Et prenez part à ses concerts. »

Notre sultan le crut, et devint le modèle
          Des bienfaiteurs de l'univers.

Ne nous étonnons point de la métamorphose;
A Rome, sous Auguste [197], on a vu même chose.
Tant que l'ambition le rangea sous ses lois,
          Dans le deuil il tint sa patrie..·
Mais du dieu des beaux-arts il écoute la voix...
(De la lyre d'Orphée admirez la magie!)
Auguste, ami d'Horace et de la poésie,
          Est bientôt l'exemple des rois.

FABLE XIX.

Le Corbeau.

Dupont-Nemours [198] nous dit que parmi les oiseaux
On cultive les arts et la littérature.
  Je le conçois ; mais les corbeaux
 Doivent y faire une triste figure ?
Du tout !... Ils font là-bas ce que font nos Journaux ;
Des applaudissements ils règlent la mesure.
  De ce droit ils sont fort jaloux :
 Le rossignol au chant de la fauvette
 Applaudit-il ; corbeau, plein de courroux ,
  Critique à l'instant et rejette
  Les sons les plus harmonieux :
 Pour voir, il faut qu'on emprunte ses yeux ,
  Et pour entendre, ses oreilles.
Les sottises par lui deviennent des merveilles.

Semblables résultats sont communs en ces lieux :
Entendez-vous, autour d'un Geoffroi [199] qui bourdonne,
 Comme en chorus la foule déraisonne ?

FABLE XX.

Le Roitelet et les autres Oiseaux.

Un roitelet, sur les oiseaux,
    Voulait régner ; c'était sa fantaisie :
Tout à portée un chêne étendait ses rameaux.
    Sa majesté s'y perche et puis s'écrie :
        « D'ici je régis mes états,
« Rien n'échappe à mes yeux... de ce trône on domine !
        « Je punirai vos attentats... »
Il parlerait encore, au moins je l'imagine,
    Si, par hasard, il n'eût fait un faux pas ;
    Mais des oiseaux la railleuse cohue,
        Lorsqu'elle voit le prince à bas,
        Le poursuit, le siffle et le hue.

Parvenus, qui toujours faites les insolents,
        Et dont l'orgueil nous importune,
Vous vous perchez bien haut ; croyez-vous être grands ?
    Gare aux revers de la fortune !

FABLE XXI.

Les Souhaits de l'Ane.

A peine renaît le printemps,
    Que tout brille dans la nature.
Les arbres ont repris leur plus belle parure,
    Et les oiseaux célèbrent, par leurs chants,
       La riante et fraîche verdure.
De Montmartre un seigneur [200], messire Aliboron,
Au mois de mai pourtant faisait triste figure,
    Se lamentait d'une étrange façon,
       Et jurait contre la saison.
       « Aux belles dames de la ville
« Tous les galants veulent donner des fleurs :
« C'est moi, dit-il, qui, d'un pas trop docile,
« Leur porte, chaque jour, ces hommages flatteurs.
« Pour arriver plus tôt, mon maître inexorable
« Sur mon dos fait pleuvoir une grêle de coups :
       « Le printemps est insupportable ;
       « S'il dure encor, c'est fait de nous. »
Au gré de ses désirs bientôt Saturne amène
L'heureux Été... Notre âne est-il moins à la gêne ?
       Afin de fournir le marché
       De légumes en abondance,
    A la charette il se voit attaché ;
Et le voilà qui chemine en silence,
       Non toutefois sans soupirer...

Au moins le ciel lui permet d'espérer ;
Il se console en songeant à l'Automne.
L'Automne arrive : hélas! nouveaux chagrins !
Entre deux gros paniers, pour lors, on l'emprisonne ;
On le surcharge de raisins.
Le grison d'appeler les frimas et la neige
A son secours !... il croit que le repos
De l'Hiver suivra le cortége ;
Mais quoi ! c'est en janvier que les plus durs travaux
Devaient accabler sa paresse.
Avant le jour, on l'éveille, on le presse ;
De glace il faut pouvoir le faubourg Saint-Germain,
Le Luxembourg et le pays latin.
Sans le bâton, je pense, il aurait pris le large.
Rentrait-il au logis, il fallait au jardin
De fumier porter mainte charge.
Aliboron comprit que, pour changer son sort,
Il ne pouvait enfin compter que sur la mort.

Le peuple, on l'a trop vu, comme l'âne raisonne ;
Il voudrait tous les jours nouveau gouvernement ;
Mais survient-il un changement,
C'est de plus belle qu'il bourdonne,
Car sans cesse il éprouve et souffrance et tourment.
Malheureux, écoutez cette voix qui vous crie :
« Consolez-vous, il est une autre vie. »

FABLE XXII.

Le Perroquet et le Pinson.

Sancho n'a-t-il pas dit : *Vain comme un perroquet* [201] ?
Il avait bien raison. Fier de son beau plumage,
  Plus fier d'un babil indiscret,
  Jacquot, échappé de sa cage,
Partout voulait primer. Les habitants des bois,
A l'entendre, étaient faits pour recevoir ses lois.
N'estimant rien que lui, de la vive alouette,
  Du rossignol, de la fauvette,
  S'il n'osait critiquer la voix,
  Jamais il ne manquait de dire :
« Chanter ! le beau talent ! moi je n'en fais que rire.
« Ces oiseaux savent-ils prononcer un seul mot ?
  « Qu'ils prennent leçon de Jacquot !
  « Alors ils vaudront quelque chose.
« Pour les instruire ici gratis je me propose.
  « N'ai-je pas appris le latin ?...
 « Chez un savant se passa mon enfance ;
 « De ses dictons je faisais mon butin.
  « Qu'on rende hommage à ma science ! »
  Le pinson, railleur et malin,
En langage d'oiseau [202] lui répondit soudain :
  « Eh quoi ! mon cher, votre mérite
« Est emprunté d'autrui. Je n'en suis point jaloux ;

« Répétez vos grands mots, je vous en félicite :
« Nous chantons... rien de plus ! mais nos chants sont à nous. »

Un savant qui jamais n'a compris son Homère,
            Bien qu'il en sache tous les mots,
Croit pourtant l'emporter sur Fontane [205] et Voltaire
            Je connais certain antiquaire ..
Mais silence ! halte-là, n'irritons pas les sots.

FIN DU LIVRE SIXIÈME.

LIVRE SEPTIÈME

FABLE PREMIÈRE.

La Barque et les Rameurs.

A M. LE MARQUIS DE LA CAZE [204].

J'errais pensif sur les bords de la Seine.
Tout en suivant le cours de l'eau,
Je songeais à l'espèce humaine ;
Je repassais, dans mon cerveau,
Le chagrin qui l'attend au sortir du berceau,
Les passions, l'orgueil, l'égoïsme et la haine,
Par qui nos tristes jours deviennent un fardeau.
Ensuite j'opposais à cet affreux tableau,
L'amitié dont le charme embellit seul la vie ;
Et, rappelant, à mon âme ravie,
Du passé les instants heureux,
J'étais avec toi, cher La Caze,
Dans ce charmant Berlin [205] où, loin de tout fâcheux,
Montés ensemble sur Pégase [206],
On nous vit offrir, sans emphase,

Aux nymphes d'Hélicon notre hommage et nos vœux.
Tout à coup j'aperçois une barque légère :
  De deux rameurs les mouvements égaux
La font rapidement voguer sur la rivière;
A peine elle rasait la surface des flots.
   Soudain s'élève une querelle;
   De colère nos jeunes gens
   Ne rament plus qu'à contre-sens.
Gare! gare! ils feront chavirer la nacelle...
  Nos étourdis n'atteindront point le port;
   Ils s'en vont droit au sombre bord.

On l'a dit : notre vie est un pèlerinage
  Auquel nous condamne le sort.
Combien un ami vrai nous aide et nous soulage!
Il charme, par ses soins, les peines du voyage;
  Mais il faut un parfait accord,
  Car sans cela l'on fait naufrage [207].

FABLE II.

La Mésange.

« Pourquoi de la fade louange
« La fauvette est-elle l'objet?
S'écriait un jour la mésange;
« Pour plaire quel est son secret?
« En tous lieux elle est accueillie,
« On la traite avec mille égards :
« Moins que moi, certe, elle est jolie.
« Séduirait-elle les regards?
« Non, mais son heureux chant captive les oreilles...
« Puisque le chant fait des merveilles,
« Eh bien! je vais chanter aussi. »
Et mésange, aussitôt, de se mettre en souci
Pour faire briller son ramage.
C'était bien le plus affreux cri,
Le plus assourdissant tapage,
Enfin un vrai charivari.
Des amphions ailés le docte aréopage
La fit taire à grands coups de bec.

On voit plus d'un semblable échec
Dans la route qui mène au temple de Mémoire;
Tel y trouve la honte en y cherchant la gloire.

20

FABLE III.

Le Rat, la Belette, le Renard et le Loup.

Un rat trottait, emportant dans son trou
Un fromage... Il allait le manger en cachette,
    Lorsque survient une belette
Qui dévore aussitôt le vol et le filou.
Le renard l'aperçoit ; il la trouve grassette :
    « Quel mets ! dit-il, vraiment je ne veux pas
      « M'en faire faute à mon repas.
    « Croquer d'ailleurs cette bête insolente,
« De l'innocent raton c'est venger le trépas. »
Il s'en donne au cœur joie. A l'instant se présente
      Un loup... le renard eut son fait ;
    Car maître loup, casuiste sévère,
    Voulait, en lui, punir plus d'un forfait.

Ce renard et ce loup nous offrent, trait pour trait,
Maint héros couronné des lauriers de la guerre,
Maint redresseur de torts, qui, le glaive à la main,
    On le sait, ravagent la terre
    Pour le bonheur du genre humain.

FABLE IV.

La Mort-aux-Rats.

« Ah ! que du peuple souriquois
« Je maudis l'infernale engeance !
« Quand le jour baisse, en tapinois
« Vers mon réduit mainte souris s'avance.
« Pour forcer les verrous elles ont un secret !
« Aussi, chaque matin, c'est un nouveau méfait,
« Et je tremble d'entrer dans ma bibliothèque...
« Que vois-je? un superbe Sénèque [208]
« En lambeaux, ainsi que Charron !
« Hier c'était un Cicéron,
« Et demain ce sera Voltaire.
« Si du moins V..... ou Cotin,
« Sabatier, Lesuire ou Laserre,
« Ou tel autre ennuyeux bouquin,
« Suffisait pour les satisfaire ;
« Mais point du tout, et mon malheur
« Veut que toujours souris agisse en connaisseur.
« Grand remède à grands maux ! c'est la règle ordinaire.
« Sans tarder marchons en avant. »
Ainsi parle et se désespère
Un philosophe ? — Oh ! non, mais un savant
Qui, fort souvent,
S'abandonnait à la colère.
D'abord, à son secours il fait venir les chats,

Puis sème de la mort-aux-rats[209],
Poison de la plus fine espece.
Notre homme en *us*[210] croit voir ses ennemis à bas.
Quel est pourtant le fruit de sa rare sagesse?
Trotte-menu du piége évite les appâts,
Et Rominagrobis meurt en s'y laissant prendre.

Ceci prouve qu'il faut apprendre
A prévoir sagement les divers résultats.
Ajoutons que, dans tous les cas,
Fùt-ce même pour se défendre,
Il est fort dangereux d'employer le poison :
Le chat devait suffire ; un moyen, s'il est bon,
A plusieurs est bien préférable ;
Voilà trois vérités qui naissent d'une fable.

FABLE V.

Le Chien généreux.

1825.

Le chien est, à mon gré, l'animal le plus doux,
    Le plus brave, le plus fidèle :
O que n'ai-je des fils !... il serait leur modèle.
Du troupeau le mentor et la terreur des loups,
César, victime, hélas! d'un injuste courroux,
    Reçut un traitement fort rude :
    Caprice, humeur, ingratitude,
Règnent chez les bergers; l'exil suivit les coups ..
Dans le taillis voisin César cherche un asile ;
    Mais de loups une bande agile
Profite du moment, tombe sur le troupeau :
    Mainte brebis et maint agneau
Pour plus d'un jour de fête assurent l'abondance.
Le berger se désole; il exprime un regret :
    Pauvre César! César paraît...
« Mon maître est malheureux, j'abjure la vengeance;
« Je ne me souviens plus que du bien qu'il m'a fait,
« Et je veux consacrer mes jours à sa défense. »
Le chien parle en héros, il agit encor mieux;
    Avec tant d'ardeur il s'élance
Que rien ne lui résiste : actif, audacieux,
    Il assure la délivrance

20.

De ce peuple faible et peureux.
Le Cid [211] s'est-il jamais montré plus généreux?
     Pour satisfaire à la reconnaissance
Que fera le berger, ce monarque ombrageux
          Que toujours la crainte accompagne,
Mais tel qu'on n'en voit plus, par la faveur des cieux,
Si j'en crois un ami qui m'arrive d'Espagne?
Il tremble, il devient pâle, ensuite furieux,
Prend un fusil, et met deux balles dans les yeux
Du bon César qui meurt gisant sur la campagne,
Son théâtre de gloire, aujourd'hui son cercueil...
Par quels motifs, grand Dieu! causer un pareil deuil?
Dans les regards du chien, indices du courage,
Le maître avait cru voir des symptômes de rage...
          Rien ne désarme un lâche orgueil.

FABLE VI.

Le Léopard et l'Éléphant, rois des Animaux.

On le sait, constitution
Est, de nos jours, un mot très à la mode.
Je le respecte fort ; et chaque nation
Fait bien de se donner un code.
Il faut avoir un roi, mais non pas un tyran.
Pourtant contre un despote, habile charlatan,
Les lois toujours sont-elles un refuge?
On pourrait en douter ; qu'on me lise et qu'on juge!
Je demande pardon si, comme Petit-Jean,
Je dois remonter au déluge [212].
Sortis de l'arche sainte, on vit les animaux,
Afin d'assurer leur repos,
Borner la suprême puissance :
Seize articles fondamentaux
Devaient être jurés d'avance
Par le prince choisi pour dominer sur eux ;
Et ce moyen semblait heureux.
Le quadrupède aréopage
Élut d'abord un personnage
Que mille exploits rendaient fameux,
Messire léopard [213] ; il avait en partage
L'adresse ainsi que le courage.
Des vices les plus dangereux
Il n'en était pas moins l'esclave :

Qu'arrive-t-il? les courtisans
          Applaudissent à ses penchants;
Il élude les lois, et bientôt il les brave;
     Il foule aux pieds ses sujets expirants...
          Chaque jour, nouvelles victimes!
          Et de son règne, par ses crimes,
          Furent marqués tous les instants.
Il mourut à la fin. On donna sa couronne
          (Sans exiger de vains serments)
          Au plus sage des éléphants.
Celui-ci rend heureux tout ce qui l'environne.

          Ainsi, les mœurs des gouvernants,
          Leurs vertus et leur caractère,
Pour le bonheur public, sont de plus sûrs garants
          Qu'un contrat souvent éphémère.
          D'accord... c'est ce que dit Voltaire [214],
          Et peut-être encor Robertson [215];
          Mais une charte tutélaire
Ne gâte rien; parfois elle est fort de saison :
     Je ne suis pas de ceux qu'elle importune;
          Deux sûretés valent mieux qu'une,
          Le proverbe a, je crois, raison.

FABLE VII.

L'Envieux.

Faut-il donc que le jardinier,
Comme le courtisan, s'abandonne à l'envie?
Ariste avait, toute sa vie,
Dans son enclos cultivé le laurier.
On le voyait, fidèle à la sagesse,
Oubliant des humains la vile et sotte espèce,
Bénir le paternel foyer.
Cependant un voisin, dont le triste héritage
Ne présentait à l'œil que ronce et que chardon,
Ainsi que tel et tel, de nuire avait la rage.
Chez Ariste, la nuit, il se fraie un passage...
Il fait une blessure à l'arbre d'Apollon [216] :
Mainte branche tomba sous une hache impie !
De ses cruels succès l'envieux s'applaudit;
Mais du laurier, bientôt, la tige rajeunie
En mille rameaux s'étendit.

Dans notre monde académique,
Ainsi l'on voit une injuste critique
Faire valoir plus d'un écrit.
Pardonnez même à la satire,
Auteurs, elle vous sert en cherchant à vous nuire.

FABLE VIII.

Le Lion édenté [217].

Du lion amoureux on connaît l'imprudence.
   Sans griffes, sans dents, sans défense,
Poursuivi par les chiens, il eut force embarras
   Pour se tirer du mauvais pas
Où l'avoit entraîné sa folle imprévoyance.
Enfin, mais non sans peine, il gagne ses états.
  Qu'y trouve-t-il ? tout est dans l'anarchie :
   On avait méconnu ses lois ;
  Mais, s'il voulait qu'on respectât ses droits,
   Devait-il quitter la partie ?
Le retour du monarque ébranla les esprits.
   On ignorait dans le pays
   Les détails de son aventure ;
   Les animaux, grands et petits,
   Craignaient une déconfiture.
   Pourtant notre sire lion
   Connaissait sa position.
Ce n'était point le cas de se montrer sévère ;
   Il prit un ton fort débonnaire,
   Fit une proclamation
Où paraissait le roi beaucoup moins que le père.
De ce qui s'était dit, de ce qui s'était fait,
Il promit à chacun l'oubli le plus complet ;
   C'était indulgence plénière.

Un seul point déplaisait : en style trop pompeux,
    A tout propos et dans chaque ordonnance,
    On rappelait ce pardon généreux.
Du reste, il eut d'abord une heureuse influence.
        On voyait, pleins de confiance,
Sous un sceptre de paix tous les cœurs réunis ;
    Mais au respect, à la reconnaissance,
            Bientôt succéda le mépris,
            Car chacun sut que la clémence
            (La gueule du lion vraiment
            Le prouvait assez clairement)
            Était le fruit de l'impuissance.
Honni de ses sujets, notre sire édenté
            Du trône fut précipité.

Pardonner, c'est, je crois, agir avec sagesse ;
Mais se donner des airs de magnanimité,
        Sans y joindre l'autorité,
N'est-ce pas au grand jour exposer sa faiblesse ?

FABLE IX.

Le Chevreuil et le Renard.

On vante le chevreuil; moi j'en fais mon héros :
   Il est sobre comme le sage,
Et, nouveau Pythagore [218], il ne vit que d'herbage.
    Convenons-en, peu d'animaux
    Ont plus de vertus en partage.
    S'il rend service à ses égaux,
    Jamais il n'en tire avantage.
Bref, le chevreuil me plaît: il est selon mon cœur.
    Un jour, avec son air railleur,
Le renard s'en approche, et lui dit : « Pauvre sire,
   « Que je te plains! jamais tu n'as connu
    « Des sens l'agréable délire.
   « Fais comme moi; n'es-tu pas revenu
    « Des songes creux de ta grand'mère?
    « De l'erreur jette le bandeau;
    « Crois-tu qu'au delà du tombeau,
    « Il soit encore une autre terre [219]
  « Où l'on te sache gré de tes privations
    « Et de tes bonnes actions? »
  Notre chevreuil répondit : « Je l'ignore;
« Mais je l'espère au moins. Dans le doute, j'honore
« Ma rapide existence en semant des bienfaits [220],
    « Et mes jours s'écoulent en paix
    « Loin des vains plaisirs que j'abhorre. »

Socrate [221] n'eût pas mieux parlé.
Renard demeura sans réplique,
Bien qu'il eût fait sa rhétorique :
Plus un seul mot par lui ne fut articulé.

Respectons l'avenir s'il est impénétrable ;
Faisons toujours le bien pour être sans remords.
Holà ! messieurs les esprits-forts,
Vous appliquerez-vous ma fable ?

FABLE X.

La Tortue et le Papillon [222].

« Quelle masse frappe ma vue! »
    Disait le papillon léger,
    Voyant arriver la tortue.
« D'un semblable attirail lorsqu'on doit se charger,
    « Quel supplice de voyager!
    « Que je vous plains, ma toute belle!
« Nature vous a fait un présent bien fâcheux;
    « Tandis que moi je suis heureux :
« Pour me porter au loin il suffit d'un coup d'aile. »
        — « Votre cœur est bon, grand merci,
    Répond la dame au lourd bagage;
    « Si je fais un pèlerinage,
« Mon gîte est avec moi, je n'ai point de souci.
        « Parfois il survient un orage;
    « Il ne fait pas toujours beau temps;
    « Viennent la pluie et les autans.
    « S'y préparer n'est-il pas sage? »
    Fort à propos crève un sombre nuage;
    La grêle tombe avec fracas.
    Le papillon n'y survit pas,
    Mais sous l'écaille hospitalière
Notre tortue entre sans embarras;
Charge utile, à bon droit, lui paraissait légère.

Que de gens, ici-bas, semblent vivre au hasard!
Nul soin de l'avenir! jamais de prévoyance!
     Ils se raillent de la prudence;
     Ils la regretteront trop tard.

———

FABLE XI.

Le Corbeau qui couve.

« L'aigle est trente jours sur ses œufs...
« C'est pourquoi les aiglons sont forts et vigoureux,
« Disait maître corbeau, je suivrai cette règle. »
Malgré ses soins constants, son fils n'est point un aigle ;
En sortant de son nid c'est toujours un corbeau.

On ne change point de nature.
Par mille efforts, par la parure,
Un laid objet n'en devient pas plus beau.
Enfin, car il faut que j'abrège,
Un sot revient sot du collége.

FABLE XII.

La Glace et le Miroir de poche.

1820

Je ne sais quel motif me conduisit un jour
     Chez le miroitier de la cour.
     Non loin d'une glace admirable,
Telle qu'à sa toilette en eut jadis Psyché [223],
J'aperçus un miroir qui se tenait caché.
La glace aussi le voit, et lui dit : « Misérable,
« Que viens-tu faire ici? Du peuple recherché,
« Va séduire les yeux de Rose ou de Fanchette ;
« Jamais tu ne plairas aux belles du grand ton :
     « Crois-moi, renonce aux honneurs du salon. »
     Iris arrive ; elle est jeune et coquette :
Glace de s'étaler! « Beau meuble de boudoir,
     « S'écrie Iris, je te rends bien justice,
       « Et j'ai du plaisir à te voir...
« J'achète néanmoins ce modeste miroir.
« Tu peins en grand, d'accord ; c'est un brillant office,
« Mais tu dois être en place, et ce miroir propice,
« Que l'on porte partout, remplit mieux son devoir ;
« On s'y voit en petit, mais du matin au soir. »

J'ai peint, sans y songer, dans cette allégorie,
     L'apologue et la comédie.

          21.

FABLE XIII.

La Corneille, le Rossignol et les autres Oiseaux.

Les prés couverts de fleurs, les arbres verdoyants,
Annoncent aux oiseaux le retour du printemps.
Soudain, à cet aspect, leur gaîté se déploie;
L'écho répète au loin les accents de leur joie;
  Ils sont au comble du bonheur,
Et semblent tous avoir même esprit, même cœur.
  Quand je dis tous, mes amis, j'exagère :
   Une corneille soupirait;
  De cent façons elle se lamentait.
   « Eh! mais qu'avez-vous donc, ma chère, »
   Lui dirent les chantres des bois?
« Ce que j'ai! » répliqua, d'une dolente voix,
   L'oiseau prophète à l'œil sévère :
   « Ignorez-vous qu'avant six mois,
 « On verra dans le deuil retomber la nature?
   « Plus de fleurs et plus de verdure!
   « Borée [224] et les fougueux frimas
 « Des champs, bientôt, détruiront la parure.
   « Sous la neige et sous le verglas,
   « Comment trouver sa nourriture?
 « Rien ne peut empêcher ces affreux résultats;
   « Voilà ce qui me décourage. »
   — « Quoi! rien! s'écrie un rossignol fort sage;
   « Dès lors vraiment il ne faut pas

« S'en occuper. Oh ! la triste prudence
« Qui corrompt du présent la douce jouissance,
          « Sans rendre meilleur l'avenir !
          « Corneille, veux-tu bien finir?
« C'est s'affliger deux fois que s'affliger d'avance. »

FABLE XIV.

Le Chien de chasse.

Dunois (ce nom qu'illustra maint héros [225]
    Est celui de mon chien de chasse,
    Chien de merite et de très-noble race,
    Qui sait réunir à propos,
Comme César, la prudence et l'audace;)
    Dunois déteste le repos.
Si, par hasard, il me voit prendre Horace
    Ou quelque autre livre enchanteur,
Il jappe, et prévoit bien que c'est pour la journée...
    Seul alors il fait sa tournée [226];
    Chez les oiseaux il porte la terreur;
    Mais soumis aux lois de l'honneur,
    Au devoir constamment fidèle,
Et désintéressé, tel que fut sous Louis
Ce Turenne [227] à jamais des guerriers le modèle,
    Il réserve, pour mes salmis,
    Et la bécasse et la perdrix.
    Mon chasseur toujours se rappelle
    Qu'il n'est là que mon lieutenant.
    Hier à jeun, giboyant de plus belle,
Sous la patte il lui tombe une jeune sarcelle.
    Son appétit le dominant,
    D'abord mon brave se l'adjuge:
D'un premier mouvement qui n'a point à rougir?

Avant de condamner ce coupable désir,
     Que chacun se tâte et se juge!
N'importe, mon héros sortit victorieux
     De cette épreuve à tant d'autres fatale.
       Nul pourtant sur lui n'a les yeux;
Mais ne se voit-il pas? sa vertu se signale,
     Et, sur-le-champ, le butin est chez moi.

Pythagore l'a dit [220] : « Que ta première loi,
« Si ton honneur se trouve en un péril extrême,
« Soit de te respecter! » Dunois, sans le savoir,
Du divin Pythagore adoptait le système :
Pour nous qui l'avons lu, n'est-ce pas un devoir,
     Mes amis, d'en agir de même?

FABLE XV.

Le Lion et le Renard au conseil d'État.

1832.

Aujourd'hui l'on voit en tous lieux
Régner l'esprit démocratique ;
Chacun cherche à saper le pouvoir monarchique ;
Espérons que c'est pour le mieux!

Le peuple avec fureur, un beau jour, se réveille
Dans le pays du roi Lion,
Et le mot *constitution*
Du monarque frappe l'oreille.
On mande le conseil d'État :
Chaque animal, suivant son caractère,
Suivant son intérêt, donne un avis sincère ;
Force discours, nul résultat?
A la fin le renard demande la parole :
« Sire, dit-il, céder à la nécessité,
« C'est faire, je le crois, preuve d'habileté.
« Le vœu public sera votre boussole...
« Il change si souvent d'idole,
« Qu'il finira par revenir à nous ;
« Mais point de manifeste à mordante hyperbole :
« Au lieu de vous mettre en courroux,
« Prenez le ton paterne et doux,

« Invitez tout ce monde à régner avec vous.

« Qu'il se forme en congrès, en chambre populaire !

« Messire ours y jouera le rôle de tribun ;

« En longueur, par ses soins, traînera chaque affaire ;

« Les roquets seront là ; leur habil importun

   « Produira l'effet ordinaire,

« Il embrouillera tout ; et puis l'âne de braire !

    « Las d'un pareil charivari,

    « Le peuple pantois et marri

    « S'en viendra chercher un abri

    « Sous votre sceptre tutélaire. »

Ce que dit le renard se fit de point en point.

  Mes chers amis, partagez mes alarmes ;

  La liberté s'offre avec mille charmes...

Pour en jouir toujours, ah ! n'en abusons point.

FABLE XVI.

Le Dromadaire et le Singe.

« Si tu voulais, mon ami, mon compère,
            « Me souffrir un peu sur ton dos,
Disait un jeune singe à certain dromadaire,
Qui partageait sa gloire ainsi que ses travaux ;
            « Ce serait charge bien légère,
            « Et j'arriverais plus dispos. »
        Le dromadaire a l'âme bonne ;
        Il s'y prête sans hésiter,
        Et maître Bertrand se cramponne
Si bien deçà, delà, qu'il parvient à monter.
Ensuite que fait-il ? vraiment on le devine :
            Dominé par son mauvais cœur,
            Sans cesse il déchire et luttine
            Son trop généreux bienfaiteur.
Celui-ci ne dit mot, mais enfin il se lasse
            Et de l'ingrat se débarrasse.
De la tête, à l'instant, l'odieux sapajou
            S'en va donner contre un caillou,
            Et le caillou la lui fracasse.

            Hommes, vous imitez Bertrand !...
Si vous foulez aux pieds toute reconnaissance,
            Un semblable sort vous attend :
L'ingratitude enfin lasse la bienfaisance.

FABLE XVII.

Le Poisson d'eau douce et le Poisson de mer.

1820.

Un modeste barbeau, qu'entraîne le courant,
Quitte, sans le vouloir, sa paisible rivière,
  Et le voilà dans l'onde amère !
« Soyez le bienvenu, s'écrie, en l'abordant,
Un honnête esturgeon d'humeur hospitalière.
« Fuir pénates chétifs, dépourvus d'agréments,
  « C'est faire preuve de bon sens.
« Partagez avec nous l'empire de Neptune,
« Et mettez à profit votre bonne fortune. »
— « Je pourrais consentir à ce que vous voulez,
  Répond le citoyen d'eau douce,
  « Si vos flots étaient moins salés. »
Cela dit, que fait-il ? vers son gîte il rebrousse.

Imitons-le toujours. Que la félicité
Soit pour nous loin des lieux où l'amertume abonde ;
Loin de cet océan que l'on nomme le monde !
Le sage s'applaudit de son obscurité.

FABLE XVIII.

Le Hibou.

« Lorsqu'on est, comme moi, le favori des dieux ;
    « Lorsque l'on a reçu des cieux
    « Le talent, l'esprit, la science
    « Et les charmes de l'éloquence,
« Pourrait-on ne pas être en butte à l'envieux,
« Ainsi que l'ont été dans ce monde odieux,
    « De tout temps, les noms trop célèbres ?
« Me pardonnerait-on d'avoir d'excellents yeux,
    « Et d'y voir seul dans les ténèbres ?
    « On craint ma perspicacité... »
    Qui parle avec cette fierté ?
    Est-ce un docteur de Salamanque [229] ?
    Non pas vraiment, mais de fort peu s'en manque,
    Car c'est un très-docte hibou,
    Que le pinson, le merle et la corneille,
Et mille autres oiseaux que la gaîté réveille,
    Poursuivent jusque dans son trou.
    De notre orgueilleux loup-garou
    Les grands airs et la suffisance,
    Et l'académique jactance,
Faisaient, autour de lui, naître la belle humeur :
    Chacun riait, de fort bon cœur,
    De deux gros yeux, amis de l'ombre,
    Qui n'y voyaient pas en plein jour

A quoi songeait Pallas de l'admettre à sa cour ?...
    Et là-dessus, quolibets en grand nombre.
      Je dois le dire sans détour :
On traita mon hibou comme nos journalistes
      (Ceux qui se piquent de bon sens)
      Traitent ces graves rapsodistes,
      Ennuyeux étymologistes [230],
Dont les prétentions nuisent aux vrais savants.
      Combien leur vue est admirable
      Pour pénétrer la nuit des temps !
      Mais hors de là ces pauvres gens
      Sont d'une ignorance incroyable.
      Nos lois, nos usages, nos mœurs,
      Pour eux, sont autant de problèmes.
      Ils n'en font pas mois les docteurs,
      Et n'ont de foi qu'à leurs systèmes.

FABLE XIX.

La Fortune et le Sage.

La déesse aveugle et volage
Qui règne sur cet univers,
La fortune (on connaît ses caprices divers),
Se présenta certain jour chez un sage.
« Je t'ai bien négligé, d.t-elle, ami, suis-moi;
« Je veux te faire aimer ma loi!
« Pour te rendre à la cour voici mon équipage.
« Tu jouiras des plus brillants honneurs. »
— « Va, porte à d'autres tes faveurs;
« Je ne le cache point, tu n'as rien qui me flatte, »
Répond l'élève de Socrate;
« En te suivant, compagne de Plutus,
« Je perdrais pour toujours le calme et les vertus. »

Par le monde on rencontre encor maint philosophe;
Mais ils sont, je le crois, d'une tout autre étoffe.

FABLE XX.

Le Bœuf-Gras.

N'en déplaise à plus d'un censeur,
Le carnaval a son mérite,
Et, disciple de Démocrite [251],
Moi j'aime à rire de bon cœur.
Sans cesse je m'en félicite,
Car sans gaîté point de bonheur!
Le mardi-gras fait mes délices :
Comme un badaud, je cours de grand matin
Le long des boulevards, dans le quartier d'Antin.
Je me plais à voir les malices
Que fait au pauvre Gille un joyeux Arlequin :
De la sultane aussi j'admire les caprices.
Au géant succède le nain ;
A la poissarde, la duchesse ;
A la Cauchoise, la négresse ;
A Lucifer, un séraphin ;
Au courtisan, l'homme sauvage ;
Et Léandre à George-Dandin [252].
Chaque groupe obtient mon suffrage...
Mais j'entends redoubler les cris,
Et sur un même point se porte tout Paris...
« Qu'est-ce? et pourquoi tout ce tapage?... »
— « Vraiment, ne le voyez-vous pas?
« C'est le héros de notre fête,

22.

« Mon cher monsieur ; c'est le bœuf-gras. »
Il marche d'un air de conquête ;
Et, sous sa couronne de fleurs,
Bariolé de cent couleurs,
Plus que Mondor il se pavane.
Chargé de reliques, cet âne
Dont La Fontaine parle, avait-il plus d'orgueil ?
Ce jour serait un jour de deuil
Pour mon pauvre bœuf, si d'avance
Il songeait à ce qui l'attend.
Il le saura bientôt pourtant :
Au terme du voyage est déjà la sentence.
Il arrive avec assurance...
Voilà sur lui qu'au même instant
Le sacrificateur s'élance.
Appréciant trop tard la triste préférence
Qui lui vaut une illustre mort,
Le fier triomphateur a vu le sombre bord.

Au mortel insensé qu'un sot orgueil domine,
La fortune souvent réserve un pareil sort :
Chemin couvert de fleurs le mène à sa ruine [233].

FABLE XXI.

Le Chien et les Loups.

Malheureux qui doit vivre en un pays de loups !...
  A chaque instant nouvelle alerte !
  Il faut s'attendre à mainte perte :
On ne peut pas toujours être sous les verrous,
  Et l'ennemi vous déconcerte,
S'il vient, trop brusquement, à vous porter ses coups.
De la fidélité rare et parfait modèle,
  Un chien actif et plein de zèle
  Surveillait un nombreux troupeau.
D'abord tout marche bien : Mouflard fait bonne garde,
  Et plus d'un loup qui se hasarde,
  Sur-le-champ trouve son tombeau.
Pourtant, la nuit, le jour, être sur le qui-vive !
  Puis sans cesse combat nouveau !
 Quelle existence et quelle perspective !
  La guerre sur la défensive
  N'est pas sans inconvénients :
  Seul contre tous, avec le temps,
  On doit succomber, c'est l'usage.
  Mon chien, quoique prudent et sage,
  Se laissa surprendre au sommeil.
Colin, jeune berger, négligent et volage,
Au mépris du devoir, s'amusait au village.
L'ennemi se présente : ô trop affreux réveil !

On propose à Mouflard la vie ;
Mais hélas ! à quel prix, grands dieux !
Laissera-t-il égorger, à ses yeux,
La troupe innocente et chérie
De ses brebis, de ses agneaux ?...
Deviendra-t-il complice des bourreaux ?...
Loin de lui cette félonie !
En défendant la bergerie
Il meurt... Tout cède à la furie
Du plus cruel des animaux,

Fermes appuis de la patrie,
Pour devise adoptons celle de mon héros :
« Plutôt la mort que l'infamie ! »

ÉPILOGUE

Les Étoiles et le Soleil [234].

La nuit venait d'étendre au loin les sombres voiles
      Qui secondent la vanité
De ces points lumineux que nous nommons étoiles.
      Fiers d'une vaine clarté,
      Les étoiles, sur leur mérite,
    Sur leur éclat, sur leur utilité,
Disputaient à l'envi. L'amour-propre s'irrite
      Partout assez facilement,
      Et les débats du firmament
      Valaient ceux d'une académie.
      Tout à coup le soleil paraît...
Étoiles aussitôt de quitter la partie !
      De même au Parnasse, on le sait,
Le bel esprit pâlit à côté du génie.
      Sans passer pour présomptueux,
      Comment poursuivre ma carrière ?
De maître Jean [235] le souvenir fâcheux,
(Fâcheux pour moi, cela n'est point douteux)
      Me fait rentrer dans la poussière.

Depuis deux mois [236], d'ailleurs, j'ai la férule en main ;
  C'en est assez, et je renonce aux fables.
Faut-il, à tous propos, gourmander ses semblables?
Contre les mœurs du siècle on se récrie en vain.
  Corrige-t-on le genre humain?

FIN DU LIVRE SEPTIÈME.

LIVRE HUITIÈME

FABLE PREMIÈRE.

Le Cheval et l'Ours.

A M. P.-J. DE BÉRANGER.

1847.

Je m'étais bien promis de renoncer aux fables :
Toujours de la morale ! à quoi bon, et pourquoi ?
Les humains peuvent-ils devenir raisonnables ?...
Pour faire de mon temps cet inutile emploi,
Quels motifs alléguer qui paraissent valables ?...
Le domaine d'Ésope a tant d'attraits pour moi ;
Mon instinct m'y ramène et j'en subis la loi.
De ces récits nouveaux à qui ferai-je hommage ?
A toi, notre poëte, à toi dont les succès
     Se perpétûront d'âge en âge,
     Comme la gloire des Français.

Un jeune et beau coursier, de très noble origine,
Fut choisi pour régner sur la gent chevaline.

Il veut donner carrière à sa bouillante ardeur.
En pareil cas un roi n'est jamais sans ressource ;
    Il peut compter sur maint approbateur.
Vers le clocher lointain il ordonne une course ,
Et tous les courtisans d'applaudir de grand cœur !
« Je connais le pays ,´ dit un ours plein d'honneur ;
« A moins de cinq cents pas se trouve un précipice ;
« Il faudra l'éviter par un circuit , seigneur ;
« Sans cela je prévois un horrible malheur. »
— « Cet intérêt me touche, et je vous rends justice ,
    « Mais vous me croyez trop novice , »
    Répond le prince : « En avant , mes amis !...
    « Sans nous donner tant de soucis
« Nous atteindrons le but. » La troupe se compose
De braques , de mulets , de poulains étourdis.
    Elle adopte fort cet avis.
    Aussitôt chacun se dispose
A dévorer l'espace, à partir comme un trait,
    A faire d'un bond le trajet.
Le signal est donné ; l'on part, que dis-je ? on vole.
L'abîme est là pourtant , et l'on y dégringole.
Les deux tiers des coureurs y rencontrent la mort.
    A grand' peine le prince en sort,
Mais tout meurtri , boiteux , faisant triste figure.
A qui s'en prendra-t-il de sa mésaventure ?
A lui-même , aux flatteurs ? Non certes, mais à l'ours,
Dangereux philosophe et l'ennemi des cours.
Le monarque le hait ; de tout il est la cause...

    Chez nous on a vu , de nos jours ,
    Arriver souvent même chose.

Le ministère, imprudent et léger,
Se blouse-t-il? fait-il une bévue?
Il s'en prend à ceux-là dont la seconde vue
Avait su prévoir le danger.

———

FABLE II.

Le Promeneur, le Dogue et le Chien couchant.

1846.

Quand je suis à la promenade,
J'aime à jouir de la tranquillité;
Parfois je fais des vers, et veux en liberté
Pouvoir finir chaque tirade.
J'étais, hier, sorti de grand matin
Pour respirer l'air pur de la campagne;
Je m'amusais, comme le bon Colin [237]
A bâtir châteaux en Espagne.
Voilà que tout à coup d'horribles aboîments
S'en viennent frapper mon oreille :
D'un dogue affreux c'était le passe-temps.
Comment tenir à musique pareille?
Le dogue ainsi m'accompagne toujours....
Il voulait me chercher querelle;
Voyant enfin qu'à ses discours
Je ne répondais point, il ralentit son zèle,
Tout court s'arrête...., et je m'assieds
Sur le gazon; lorsqu'à mes pieds
Un chien couchant se place, et, par ses prévenances,
Par ses nombreuses révérences
Vient à son tour me ravir le repos.

Je les maudis tous deux, tous deux sont détestables,
    Et je les donne à tous les diables.

    Craignons l'ennui des doucereux propos,
Mais ne craignons pas moins l'humeur atrabilaire.
La politesse extrême et la brutalité
        Peuvent également déplaire :
Éviter tout excès est un point nécessaire
        Pour bien vivre en société.

———

FABLE III.

Les bons Voisins.

1843.

« J'aime, vous le savez, à vivre en bon voisin, »
Disait maître Lucas à son ami Lubin,
« Mais on se voit trop peu ; pratiquons un passage
« Entre nos deux maisons. Nous sommes du même âge.
« Quel charme! quel bonheur! lorsque, chaque matin,
« Sans façon, sans toilette et bonnet sur l'oreille,
« Nous nous raconterons les plaisirs de la veille ;
« On échange sa joie, et nargue du chagrin!
« Quelquefois, sur le soir, plus d'un propos badin
   « S'échappera de la bouteille. »
« — Tu préviens mon désir, tu parles à merveille,
« Dit l'autre ; entre ta cour et mon petit jardin
   « Perçons le mur. » Cela se fit soudain...
   Ensuite?.. Ensuite, le dirai-je?
   A-t-on voulu se tendre un piége?
Chacun de son côté place un dogue, un mâtin
Qui vigoureusement sut défendre l'entrée :
Par Lucifer mordu, Lucas perdit la main.
   Grognard, sous sa dent acérée,
Des poules de Lubin eut bientôt fait curée ;
Un beau coq vint encor accroître le butin.

Peuples et rois, semblable inconséquence
    Se fait remarquer aujourd'hui :
La vapeur, par vos soins, abrége la distance ;
A l'industrie en vain elle offre son appui!...
Que n'êtes-vous d'accord ! Sans toutes vos chicanes,
    Nos intérêts et ceux d'autrui
Prospéreraient... Pourquoi renforcer vos douanes ?

FABLE IV.

La Poule.

1847.

Dupont de Nemours fut un sage :
Des cercles de Paris fuyant les vains propos,
Il se plaisait à vivre avec les animaux ;
          Il avait appris leur langage.
          « J'ai connu, me dit-il un jour,
« La plus charmante poule ; elle avait tout pour plaire ;
« C'était un esprit droit, c'était un cœur sincère,
          « Bref, l'honneur de la basse-cour.
« Défendant les poussins, objets de son amour,
          « Son audace et ses cris de mère
« Avaient plus d'une fois repoussé le vautour [238].
« Voilà que l'homme vient, c'était un jour de fête ;
« Il s'empare des coqs à la naissante crête,
          « Et sans pitié les met à mort.
« La poule s'attendait à subir même sort,
« Mais on aurait voulu conserver la pondeuse.
          « Cependant cette scène affreuse
« La livre au désespoir ; on la voit défaillir.
« Bientôt le ciel l'exauce en la faisant mourir.
          « Puis, ajoute le philosophe,
« Vantez-nous les vertus dont l'homme est si jaloux...
« Les animaux, je crois, sont de meilleure étoffe.

« Mainte femme , oubliant ses fils pour ses bijoux ,
     « Mériterait cette apostrophe :
     « Ah ! la poule vaut mieux que vous. »

FABLE V.

Le Conducteur et ses Chevaux.

1846.

Le cigarre à la bouche, et le fouet à la main,
    Un lion de l'humaine espèce [239],
Jetant sur les badauds un regard de dédain,
    Lança son char avec tant de vitesse
Que ses coursiers semblaient les émules du vent :
Il les excite encor... Notre tête à l'évent
    Croit toujours pouvoir être en passe
De s'en faire obéir, d'arrêter leur ardeur,
Et de soumettre au frein cette bouillante audace ;
    Mais c'était une grave erreur...
On arrive au tournant d'une rapide pente :
    Le maître en vain fait entendre sa voix,
    En vain il crie, il jure, il se lamente ;
    De sa couardise on plaisante,
    Et bientôt, réduit aux abois,
    Notre équipage, au fond d'un précipice,
Périt dans les horreurs du plus affreux supplice.

Guides trop imprudents du timon de l'état,
Contenez les partis, craignez leur exigence.
    Les flatter est une imprudence ;
    En dépit de votre jactance,
Ils vous feront subir un pareil résultat.

FABLE VI.

Le Chasseur, la Louve et le Chien.

1846.

Poursuivre un malheureux chevreuil,
Mettre à mort la caille craintive
Ou la perdrix inoffensive,
Semer partout l'épouvante et le deuil !
Ce n'est point là, je crois, acquérir de la gloire,
Chasseurs, mais lorsque sous vos coups,
Pour sauver nos moutons, vous immolez les loups,
J'applaudis à votre victoire.

Un de ces vengeurs des troupeaux,
Qui des loups détruisait la race meurtrière,
Après s'être donné carrière
A travers champs, par monts, par vaux,
Succombant de fatigue, avait, sur la bruyère,
Cru pouvoir chercher le repos.
C'était le juste prix d'une active journée ;
Mais hélas ! tandis qu'il dormait,
Une louve survient.... En ces lieux amenée
Par la faim qui la travaillait ;
De sa nature au combat acharnée,
L'œil enflammé, de rage elle écumait ;
Heureuse cependant de trouver sa dînée,

Sur sa proie elle s'élançait,
Quand tout à coup Brifaut, plein d'audace et de zèle,
Qui près de son maître veillait,
Prend la louve à la gorge, et le monstre chancelle;
Sa mort termina la querelle.
Au plus affreux danger le chasseur est soustrait;
Il se réveille enfin, voit son chien et l'appelle :
« Ah! du ciel le plus grand bienfait,
« C'est, dit-il, un ami fidèle. »

FABLE VII.

Les Enfants, l'Épagneul et le Boule-Dogue.

1846

A l'ombre d'un saule pleureur,
Sur le gazon, non loin de la fontaine,
Louis et sa plus jeune sœur,
D'un déjeuner friand savouraient la douceur.
Tout autour d'eux, pour partager l'aubaine,
Un charmant épagneul s'agite et se promène ;
Il sollicite un os qu'il ne peut obtenir....
C'est en vain qu'il se met en frais de gentillesse.
Hélas ! pas la moindre largesse !
On lui laisse sa faim, dût-il même en mourir.
Arrive un boule-dogue, à la voix formidable...
Il se fait écouter de nos petits marmots ;
On le craint, il reçoit un accueil très aimable ;
On lui prodigue les morceaux.

On ménage les gens, selon qu'on les redoute.
Maint député, qui nous écoute,
Sait que cette maxime a chez nos gouvernants
Force de loi ; bien plus que les talents,
Des honneurs elle ouvre la route.

FABLE VIII.

Le Rossignol au cercle de la Pie.

1846.

Comme certaine douairière,
Qui réunit, le soir, nos faiseurs de cancans,
On voit Margot la pie, à l'humeur tracassière,
Entendre avec plaisir les propos des méchants.
Les sots et les bavards ont accès auprès d'elle :
Le merle, toujours sûr d'en être bien traité,
Le canard, le coucou, le dindon hébété,
La pintade, l'oison, même la sauterelle,
Et puis maître corbeau, pétri de vanité...
Tous montrent de la verve et font assaut de zèle.
Calembours, lazzis, quolibets
Pleuvent de toutes parts contre les alouettes,
Contre les linots, les fauvettes,
Les pinsons, les chardonnerets.
Au plus fort de ce bavardage,
Par je ne sais quel singulier hasard,
Arrive un rossignol; il se place à l'écart
Et ne dit mot. Pour tirer avantage
Du survenant, le siffler au passage,
Chacun en vain applique tout son art

A le faire jaser. « Quel est donc son langage?
« Sans doute il est muet, disent des étourneaux. »

      Au milieu d'un cercle de sots,
Se taire n'est-il pas le parti le plus sage?

FABLE IX.

L'Exemple du roi Lion.

1846.

« Du faible je prétends assurer le repos, »
Disait sire lion , le roi des animaux ;
   « Je veux régner par la justice ;
   « A mes décrets qu'on obéisse !
   « Je vous préviens, messieurs les loups,
« Qu'avec moutons, chevreuils, si vous êtes en guerre,
  « De vos exploits je délivre la terre
   « Et vous fais tomber sous mes coups. »
On vit alors , remplis de confiance ,
   Accourir les agneaux , les daims ,
   Et les lièvres et les lapins ;
   Dans les prés ils faisaient bombance ,
   C'était un charme de les voir....
   Mais sa majesté , sur le soir,
Se sentant l'appétit plus fort que de coutume ,
   Vint au milieu de ses sujets.
« Qu'ils sont frais et dodus ! leur chair, je le présume ,
   « Doit être agréable au palais. »
Pour mieux s'en assurer, cela dit, elle emporte
   Une biche... et , le jour suivant,
Chacun se crut libre d'en faire autant.
   De grands seigneurs une cohorte

Se mit à giboyer dans les champs, dans les bois ;
    Tout fut détruit de bonne sorte.

  Si vous voulez qu'on respecte vos lois,
    Vous qui portez le diadème,
    Sachez les respecter vous-même.

———

FABLE X.

La Perruche.

1837.

Les dames du bon ton jadis,
Pour leurs menus plaisirs, avaient une perruche
Qu'on chérissait bien plus que les maris ;
C'était vraiment leur coqueluche.
A ce propos d'un assez plaisant tour,
D'une assez drôle de méprise,
Il m'en souvient, je fus témoin un jour.
Dans le salon, dans le boudoir admise,
Une perruche bien apprise,
Quand du perchoir la dame s'approchait,
La patte en l'air, lui répétait sans cesse
Ces mots charmants : *Belle comtesse...*
Auprès de l'oiseau l'on restait
La matinée entière : esprit et gentillesse,
Il avait tout pour charmer sa maîtresse.
Cela ne dura point ; bientôt, l'esprit malin
S'emparant de son bec, arrive une boutade
Affreuse... Là, jugez de l'algarade.
De jeunes gens le salon était plein ;
Vers son oiseau, vers son idole,
Mathilde se penchant, d'un air doux et calin,
Lui caresse le cou, l'excite à la parole.

Mais, hélas! qu'entend-on soudain?
Allez, comtesse, allez, vous êtes une folle.
Le rire alors gagne tout le salon,
La dame tombe en pamoison.
Que devint la perruche aux insolents caprices?
D'un angora superbe elle fit les délices;
Vous comprenez, sa mort seule pouvait
Expier un pareil forfait.

Une moralité se rattache à mon conte :
Qui veut vivre d'encens trouve plus d'un mécompte.

FABLE XI.

L'Aveugle et le Flambeau.

1846.

Mes amis, en sursaut je m'éveille, la nuit;
Grand Dieu! quel tapage! quel bruit!...
De toutes parts on s'agite et l'on crie :
Accourez, accourez, quel affreux incendie!...
Je sors aussitôt de chez moi.
Quel spectacle sinistre! il me glace d'effroi.
De ces toits embrasés je vois jaillir les flammes...
La chaîne s'établit, l'eau circule à grands flots;
Les enfants, les hommes, les femmes,
Chacun se livre à ces travaux;
Mais tout à coup le vent souffle avec violence...
Des ravages du feu les progrès sont si forts
Que pour les arrêter on fait de vains efforts.
Bientôt l'on perd toute espérance,
Les murs croulent avec fracas;
En moins de rien l'édifice est à bas...
Un malheureux aveugle avait eu l'imprudence,
Pour se donner l'allure d'un voyant,
De saisir un flambeau. Dès lors l'événement
S'explique assez. — Je bénis la lumière;
Celui qui l'inventa mérite des autels.

Qu'elle soit constamment le guide des mortels !
Mais gare à certains fous... Si nous les laissons faire,
Ils la transformeront en torche incendiaire.

———

FABLE XII.

La Fauvette libre et le Perroquet en cage.

1846.

Jacquot, Jacquot le vaniteux,
Tel que maint courtisan si fier de son servage,
Se pavanait dans sa superbe cage ;
Il répétait sans cesse : *Ici qu'on est heureux !*
Il feignait de le croire, et, triste, soucieux,
En secret fort souvent déplorait son partage.
La fauvette, de loin, entendit ce langage....
     « Point ne voudrais d'un semblable bonheur.
     « Vivre en prison ! ô l'étrange avantage !
          « Dit-elle, ah ! fuyons de bon cœur,
          « Fuyons tout ce vain étalage.
« N'envions pas aux grands leurs somptueux palais ;
          « Il vaut bien mieux un vert bocage
« Où loin des noirs soucis, on respire le frais.
« A moi la liberté !... Quel plus bel héritage ! »

FABLE XIII.

Les Bâtisseurs et les Démolisseurs.

1847.

Des castors fort industrieux
Venaient de bâtir une ville.
Vitruve n'aurait pas fait mieux ;
Ils avaient réuni l'agréable à l'utile,
Et le palais royal était délicieux.
Le roi lion sera content, je pense ;
Il devait aux castors de la reconnaissance ;
Mais autour du monarque un essaim d'envieux
L'empêche de voir par ses yeux.
On critique tout haut l'entrée et la façade,
Puis une colonne, une arcade.
Bref, à leur avis, rien
N'était bien.
On devait renverser, détruire
Ville et palais, ensuite reconstruire
Le tout, d'après un nouveau plan
D'Aliboron, maître artisan.
Les béliers encornés, les singes et les braques,
Et je ne sais encor quels autres animaux,
Se conduisant en vrais Cosaques,
Ne prennent trève ni repos
S'ils n'ont, par leurs vives attaques,

Des honnêtes castors renversé les travaux.
Il fallait rebâtir, et la troupe ignorante
     Ne sut pas en venir à bout.
     Le roi, trompé dans son attente,
Se trouve sans abri, car plus rien n'est debout.
« Contentons-nous du bien. A tous ces plans bizarres
« Je renonce, dit-il, les suivre est dangereux :
     « Les démolisseurs sont nombreux,
     « Les bons architectes sont rares. »

FABLE XIV.

Le Hibou et le Ramier.

1847.

Dans le creux du tilleul au bienfaisant ombrage
Vivait, comme vrai loup-garou,
Un saint ermite, un docte personnage,
L'oiseau nocturne enfin, messire le hibou.
Non loin de là, sous le même feuillage,
De bons ramiers l'heureux ménage
Roucoulait du soir au matin.
De leurs amours ce bruyant témoignage
Irrita l'austère voisin.
« Ne pourriez-vous, dit-il, vous aimer en silence ?
« L'ignorez-vous ? j'ai l'hymen en horreur :
« Le célibat plaît à la Providence.
« J'ai pitié de votre ignorance,
« Et vais combattre votre erreur.
« Je veux, sur ce sujet, d'un très-savant docteur
Vous dire une belle sentence. »
— « Grand merci, je vous en dispense, »
Répondit le ramier. « Seigneur,
« Aimer est toute ma science,
« Elle suffit à mon bonheur. »

Ceci s'adresse, je le pense,
A plus d'un égoïste, ennuyeux sermoneur.

FABLE XV.

La Voiture mal dirigée.

1847.

« Mon ami, va toujours au milieu du chemin, »
Disait maître Lucas à son neveu Colin,
Jeune gars, conducteur d'une énorme voiture,
  Qui devait, au marché voisin,
Transformer en écus les produits du jardin,
  Les trésors de l'agriculture.
  Notre rustique Phaéton [240]
 Veut se donner une fringante allure ;
Il frappe ses chevaux à l'aide d'un bâton...
Aller droit son chemin serait chose facile,
  Mais on paraîtrait moins habile.
  Il fait des zigzags, et voilà
  Qu'à droite il enfonce une roue ;
Il se rejette à gauche et trouve un tas de boue ;
  Par le choc l'essieu se cassa.
Avant le lendemain, comment sortir de là ?
Bientôt l'air s'obscurcit, il survient un orage,
  La foudre tombe avec fracas.
  Que va dire maître Lucas ?
  Tout est détruit... plus de voyage !

Hommes d'État, si vains dès le début,
    Ces fautes vous sont familières...
    Voulez-vous atteindre le but?
    Garez-vous toujours des ornières.

———

FABLE XVI.

Jocrisse sur son Ane.

1844.

Jocrisse, un jour, était en belle humeur ;
Enfourché sur son âne, il allait de bon cœur
            A la fête de son village.
« Suis-je heureux ! disait-il. Jeannette est de mon âge,
« A ce soir la Polka !... [241] je pétille d'ardeur. »
            Pour tempérer le plaisir du voyage,
Le soleil de midi fait sentir sa chaleur.
On cherche vainement une ombre hospitalière ;
            Le vent du sud soulève la poussière,
                Jocrisse en a plein le gosier...
Et point de cabaret !... il ne sait comment faire.
            La Providence, bonne mère,
Offre à ses yeux un superbe poirier,
Et le proverbe alors lui revient en mémoire :
            Il faut pour la soif une poire.
        Il la convoite ; elle était un peu haut ;
            Nul moyen de tenter l'assaut !
Notre homme s'ingénie, et sur l'âne se dresse ;
Mais au lieu de saisir le fruit avec prestesse,
Il s'admire, se loue, et, fier de son esprit :
« Qui mieux que moi, dit-il, de cette circonstance
            « Aurait su faire son profit...

« Jocrisse est moins sot qu'on ne pense ;
« Cependant si quelqu'un passait
   « Et s'avisait
« De crier : *Hue, hue, hue.* » Imprudente parole,
Qui, dite à haute voix, mit la bête en gaîté.
  Voilà Jocrisse démonté ;
  Jocrisse fit la cabriole.

  Ceci prouve qu'en bien des cas
  Il est bon de penser tout bas.

FABLE XVII.

Le Vautour libéral.

1847.

« Vive la liberté! combattons l'injustice, »
Disait maître vautour aux oiseaux rassemblés.
　　« Du joug de l'aigle il faut qu'on s'affranchisse!
« Périssent les tyrans sous nos coups redoublés!
« Vous verra-t-on toujours les jouets du caprice
　　　　« D'un maître au regard dédaigneux?
« Satisfait de mon sort, sachant borner mes vœux,
　Si j'aspire au pouvoir, c'est un grand sacrifice
　　　　« Que je fais pour vous rendre heureux. »
　　Dans une lutte électorale,
Un candidat, chez nous, ne parlerait pas mieux.
　　　A ce discours ambitieux
Par d'éclatants bravos répondit la cabale;
Mais, proclamé tribun, l'estimable vautour
　　　Modifia de jour en jour
　　　Les fougues de son éloquence,
　　Et bientôt même il vanta, sans détour,
　　　Du monarque la bienfaisance,
　　La douceur, l'aimable indulgence.
　L'aigle, touché d'un semblable retour,
Nomma notre ex-frondeur, malgré la concurrence,
　　　Intendant de la basse-cour.

Pour lui quelle heureuse chevance !
Il s'en donne à cœur joie, il vit dans l'abondance.
     Chaque jour ses quatre repas
     Sont la cause de maint trépas...
On se plaint, on murmure. « Eh ! mais quelle démence !
     « Vraiment, dit-il, la conçoit-on ?
     « Elle ignore, la sotte engeance,
« Qu'on créa le vautour pour manger le dindon. »

     Je vous en fais la confidence,
Les cafards libéraux, les tribuns convertis,
     Ne sont pas trop rares en France,
     Ni même dans d'autres pays.

FABLE XVIII.

Le Paon au bal des Coqs.

1847.

On l'a dit avant moi, le paon est orgueilleux.
Nos modernes seigneurs, sortis de la finance,
Ne s'étaleraient point avec plus d'arrogance.
  Certain paon de ma connaissance,
Duc de la basse-cour, d'un air majestueux
  Arrondit sa queue et s'avance
Vers un essaim de coqs qui s'étaient mis en danse
Pour célébrer gaîment la fête de l'un d'eux.
Poules de coqueter, de faire les gentilles !...
Aux valses l'on voyait succéder les quadrilles ;
  On s'amusait, c'était charmant.
De tous nos bals de cour en dirait-on autant ?
  « Quelle bonté ! Quoi ! votre altesse
  « Daigne venir se joindre à nous ! »
  S'écrie un coq, puis avec politesse
  Il introduit notre paon qui, sur tous,
  Porte un regard plein de noblesse.
Qu'arriva-t-il ? le paon voulut danser ;
  Il embrouilla la contredanse ;
Sa queue, au loin, par sa circonférence,
  Empêcha les gens d'avancer.
Le désordre s'ensuit, on se met pêle-mêle ;

L'un parle haut, l'autre d'une voix grêle ;
C'est à n'y plus tenir, et chacun s'en alla,
    Non sans se fâcher de plus belle.

Lecteur, pour qui toujours je montre tant de zèle,
Faites votre profit de cette leçon-là.

FABLE XIX.

Le Meunier imprudent.

1843.

Pour alimenter un moulin
L'eau d'un ruisseau paraissait suffisante ;
La roue allait toujours son train,
La farine était abondante.
Nul n'en manquait ; mais le meunier Lubin,
On ne sait trop pourquoi, s'agite et se tourmente ;
Il veut une rivière à cascade bruyante.
Autour de lui voilà qu'il creuse vingt canaux
Pour attirer de toutes parts les eaux.
Les eaux par torrents arrivèrent
Et submergèrent
Le moulin avec le meunier.

Illustres potentats, vous qui faites métier
De gouverner l'humaine espèce,
J'attends de vous plus de sagesse ;
Mais de trop entreprendre il faut vous défier.

FABLE XX.

La Pie satirique.

1847.

Auriez-vous par hasard connu feu Villoison [242] ?
C'était un érudit plein de sens, de raison ;
    Mais, très-enclin au commérage,
    Il prisait trop le caquetage,
    Et l'on voyait, dans sa maison,
Margot la pie au bruyant bavardage...
Elle était son idole. Au décès du savant,
    Il lui fallut chercher un autre gîte,
    Et la voilà qui s'installe au plus vite,
    Comme Vert-Vert [243], dans un couvent.
Elle eut d'abord la vogue, et la vieille tourière
    Se pâmait d'aise aux mots piquants,
Aux joyeux quolibets, aux lazzis, aux cancans,
Que débitait l'oiseau sur la jeune lingère.
    Pour mieux les écouter, un jour,
La bonne sœur Ursule oublia sa volière,
Qui, dès le lendemain, ne fut qu'un cimetière.
    Au cloître, non moins qu'à la cour,
Du prochain se moquer, je le dis sans détour,
    Est un des charmes de la vie...
    Mais, en butte à la raillerie,
    Bientôt chaque nonne eut son tour.

La méchanceté de la pie
Ne fit grâce à personne. Un chapitre assemblé,
Chapitre vraiment respectable,
Que présidait un directeur zélé,
Ayant trouvé le cas pendable,
On mit à mort le bel-esprit ailé.
C'est ainsi qu'il reçut le prix de la satire.

Malheur à qui se livre au talent de médire.

FABLE XXI.

Le Pouvoir modérateur.

1847.

Dans une ferme à cent pas de la Meuse,
  Un chien, de nature hargneuse,
Aimait à se targuer d'être conservateur.
Du maître il prétendait captiver la faveur.
Cette prétention sembla présomptueuse
A Rominagrobis, libéral et penseur.
« Eh ! mais vraiment ! dit-il, quels sont les grands services
  « Que fait valoir ce mordillard ?
  « C'est un hypocrite, un cafard ;
« Tout autrement que lui je rends de bons offices.
« Sans mes soins les greniers seraient en proie aux rats.
  « Pour mieux assurer leurs trépas
« J'invente, chaque jour, de nouveaux artifices.
« Que deviendraient nos grains s'il n'était point de chats ? »
« —Je n'ai pas, comme toi, la langue bien pendue, »
  Répond le chien, « mais je sais à propos
« Agir... Il faut me voir lorsque le loup se rue
  « Sur les moutons, sur les agneaux.
« Adieu, brouillon, pourquoi prolonger l'entrevue ?
« Je te laisse tout seul débiter ton pathos. »
Bientôt pourtant les coups succèdent aux paroles,
  Aux injures, aux hyperboles.

On voit les griffes et les dents
Mettre en péril les jours des contendants.
Survient Giraud, le maître de la ferme :
« Prétendez-vous des lois vous rendre indépendants ?
« Holà ! s'écria-t-il, je vais d'une main ferme
« Terminer vos débats ; je veux la paix céans...
        « Sans troubler l'ordre, de plus belle
« Détestez-vous, c'est bien ; de bon cœur j'y consens,
        « Mais plus de sanglante querelle ! »
Chacun se tut... Mons Rominagrobis
        Alla surprendre ses souris,
        Et, défenseur des bergeries,
Mordillard déjoua du loup les fourberies.

        La résistance et le progrès
Dans l'état social se combattent sans cesse,
        Et souvent même avec rudesse.
Il importe beaucoup, si l'on veut le succès,
Qu'un gouvernement sage, ennemi des excès,
Pouvoir modérateur, les force à la sagesse.

ÉPILOGUE

Le Hérisson moraliste.

1847.

Mal avisé le hérisson,
Se croyant un nouveau Caton,
Aux animaux faisait de la morale.
Sans cesse il criait au scandale.
D'un pédagogue austère il avait pris le ton.
« Les sots et les méchants se partagent le monde...
« C'est pitié de voir comme il va.
« A bon droit, dit-il, je le fronde,
« Et je ne conçois plus la sagesse profonde
« De Jéhova ! »
Puis, sans aucune retenue,
Des vices de chacun il passe la revue.
Les ridicules ont leur tour ;
D'une main sûre il en trace l'esquisse,
Il se plait à les mettre au jour.
Petits et grands, mandés à son lit de justice,

26

De ses arrêts subissent la malice.
Du papillon frivole, il arrive au vautour.
            « As-tu fini tes incartades,
« S'écrie un boule-dogue, eh ! te crois-tu parfait,
            « Pour distribuer des gourmades.
« Qui t'a donné le droit de faire mon portrait. »

    De la morale ardents apologistes
Nous sommes ainsi faits, nous autres fabulistes.
            Je profite de la leçon ;
            Il est temps de baisser le ton.
Toujours prêcher fatigue. Ah ! changeons de système ;
D'Ésope, désormais, je repousse l'appui...
            Avant de corriger autrui,
            Sachons nous corriger nous-même.

                    FIN DES FABLES.

NOTES.

1. La première édition fut publiée le 10 septembre 1818. Paris, FAIN, vol. in-12. La seconde, le 10 novembre suivant. Bruxelles, WAHLEN, vol. in-18. La troisième, en 1819. Paris, Firmin DIDOT, vol. in-12. La quatrième, en 1821. Paris, Firmin DIDOT, vol. in-18, augmentée de treize apologues. La cinquième, en 1823. Bruxelles, Lacrosse, vol. in-18. Deux fables de plus. La sixième, qui contient sept pièces nouvelles, sortit des presses de Lacrosse, à Bruxelles, vol. in-16, en 1837. Elle avait été sur le point de paraître à Paris, en août 1830; déjà même la première feuille allait être tirée, lorsque les circonstances politiques et la position particulière de la maison de librairie qui s'en était chargée en arrêtèrent l'impression.

La septième édition est augmentée d'un huitième livre, de manière qu'aujourd'hui le nombre total des fables s'élève à 174, en y comprenant le prologue et les deux épilogues.

2. GELLERT, LICHTWER et LESSING sont, avec HAGEDORN, les plus célèbres fabulistes de l'Allemagne. Ils ont vécu tous les quatre pour ainsi dire à la même époque, étant nés et morts dans le 18e siècle.

3. Cats (Jacob), l'un des meilleurs poëtes de la Hollande, né à Bronwershaven, en 1577, et mort en 1660. Constantin Huyghens, père du célèbre mathématicien Christian Huyghens, a fait aussi des fables hollandaises qui ne sont pas sans mérite.

4. Gay, né l'an 1688, mort le 4 décembre 1732; Edouard Moore, né l'an 1712, mort en 1757, et Dodsley, mort le 25 septembre 1764, sont les trois fabulistes anglais qui ont le plus généralement réussi. On trouve aussi dans les œuvres du poète Dryden quelques fables estimées.

5. Pignotti et Bertola, qui doivent être encore vivants l'un et l'autre (1818), ont mis l'apologue en honneur chez les Italiens; le premier se distingue par un style élégant et varié : l'autre par une simplicité qui le rapproche des fabulistes anciens. Longtemps avant eux Verdizotti (Jean Marius), né l'an 1525 à Venise, et mort dans le Trévisan vers 1600, s'était acquis de la réputation par un recueil de cent fables, où La Fontaine n'a pas dédaigné de prendre plusieurs sujets.

6. Yriarte (Don Thomas de), le meilleur fabuliste espagnol, sans excepter Samaniégo, et le plus connu parmi nous; Florian lui doit ses apologues les plus piquants. Les fables d'Yriarte, traduites en vers français par J.-B. Lanos, et publiées en 1800, n'ont pas eu de succès; mais ce n'est point la faute de l'auteur original. La version donnée dernièrement (1838) par M. Brunet, père de M. Brunet de Presle, le savant auteur des recherches sur les établissements des Grecs en Sicile, présente le charme de l'élégance du style et d'une versification soignée.

7. KRASICKI (né à Doubiesko en 1735, et mort à Berlin le 14 mars 1801), fabuliste polonais, plein d'esprit, de sens et de gaieté : il était archevêque de Gnesne. Frédéric-le-Grand goûtait beaucoup sa société. Un jour qu'il faisait la partie d'échecs du roi, celui-ci, selon son usage, se mit à le plaisanter sur ses principes religieux : « Les hérétiques « ne seront point admis au ciel, lui dit-il, mais j'espère « bien que vous m'y ferez passer sous votre manteau. — « Votre majesté, répondit aussitôt l'archevêque (qui se « trouvait réduit à portion congrue depuis le partage de la « Pologne), a si fort écourté mon manteau, qu'il n'y a plus « moyen d'y glisser de la contrebande. »

Cette note fut imprimée pour la première fois en 1818. J'en fais la remarque, parce que depuis lors on m'a fait l'honneur de me l'emprunter textuellement. (Hennequin, cours de littérature, t. IV, page 310. Paris, 1827.)

8. KRILOFF, né à Moscou en 1768, est mort à Saint-Pétersbourg en 1844. Une belle édition de ses fables, avec des imitations françaises et italiennes, par plusieurs poëtes de l'époque, sortit des presses de Firmin DIDOT, à Paris, en 1825, 2 vol. in-8° ornés du portrait de l'auteur et de cinq jolies gravures.

Avant Kriloff, déjà deux poëtes Russes, Khemnitser et Dmitrief, avaient cultivé le genre de l'apologue avec succès.

9. FABLIER, nom créé par madame de la Sablière ou par madame de Cornuel pour La Fontaine; c'est, en quelque sorte, un nom propre et distinctif qui ne peut désigner que lui.

10. FLORIAN, dont la réputation, comme fabuliste, s'accroît chaque jour encore. Ses contemporains ont prétendu

26.

qu'il manquait de coloris et de poésie ; mais la postérité ,
qui commence pour lui , se montre plus juste ; elle apprécie
mieux son mérite, et lui sait gré de n'avoir pas fait disparaître, sous l'ambition d'un style trop poétique, cette simplicité enjouée et pleine de grâce, le premier caractère et
le charme de la fable, comme le remarque très-judicieuse-
ment La Harpe.

11. Jamais en même temps, peut-être, un plus grand nombre d'écrivains ne se sont distingués dans l'apologue ; et dus-
sé je rappeler ici des concurrents dangereux, je ne puis me
refuser au plaisir de citer MM. Arnault, Le Bailly, P. Didot,
Dumas (de Lyon), François de Neufchâteau, Gauldrée de la
Caze, Gosse, Grenus, Hoffman, Hubin, Jauffret. Le Montey,
Vitallis et madame Joliveau. C'est avec une espèce d'orgueil
patriotique que je m'empresse d'inscrire sur cette liste
M. Rouveroy, né, comme Grétry, dans la ville de Liége. Il
a publié ses charmantes fables en 1822 ; elles ont valu, de
toutes parts, des éloges à leur auteur. La république des
lettres a perdu , le 17 novembre 1816 , M. Ginguené, que
soixante apologues d'une originalité piquante , bien qu'ils
soient imités, pour la plupart, de fabulistes italiens, placent
(du moins à mon avis) au-dessus de Lamotte, de Richer, de
Lemonnier, de Nivernais, et même d'Aubert, mais au-des-
sous de Florian. La mort vient aussi de nous enlever M. du
Tremblay, dont le cachet était la grâce unie à l'ingénuité la
plus aimable.

Depuis la première insertion de cette note, MM. Arnault,
François de Neufchâteau, Gauldrée de la Caze, Gosse, Hoffman, Hubin, Jauffret, Le Bailly, Le Montey, Vitallis et madame Joliveau , ainsi que MM. Coupé de Saint-Donat ,
d'Hautecour et Rigaud , ont disparu de nos rangs ; mais
MM. Bergeron, Boyer-Nioche, Bourguin, Bressier, Desains,

Duvivier, de Foudras, Léon Halévy, de Jussieu, La Cham-
beaudie, de la Doucette, S. Lavalette, de Montesquiou,
Naudet, Parthon de Von, de Soubiras, de Valadous, de
Varennes, Viennet et quelques autres sont venus s'y placer.

12. Lancé fort jeune dans la carrière des emplois, et ré-
solu de ne jamais sacrifier mes devoirs à mes goûts les plus
chers, j'ai négligé longtemps la culture des lettres : dans
l'intervalle de 1803 à 1814, je n'ai peut-être pas composé
cinq cents vers. Je m'en dédommage aujourd'hui que les
circonstances me laissent plus de loisir ; mais est il bien
sage, lorsque la jeunesse nous échappe, de se faire ainsi le
courtisan des Muses? Pourquoi non, si ce délassement con-
tribue à nous rendre plus heureux !

13. Je me fais un devoir, comme on le verra dans la table,
d'indiquer, non-seulement les sources où j'ai puisé, mais
encore (malgré les inconvénients qui doivent en résulter
pour mon amour-propre) les poëtes français avec lesquels je
me trouve en concurrence. Il peut être utile aux jeunes
gens de comparer, entre elles, les différentes manières de
traiter un même sujet.

14. ARDENNE (Esprit-Jean de Rome, sieur d'), mort en
1748 à Marseille, où il était né le 3 mars 1684, et non 1687,
comme le prétendent MM. Chaudon et Delandine dans leur
Dictionnaire historique. Ses fables, qui eurent dans le temps
quelque réputation, sont aujourd'hui fort peu connues. Elles
ne s'élèvent guère au-dessus de la médiocrité ; mais le discours qui les accompagne mérite d'être lu.

15.   Dans le bosquet se fit entendre

Un homme d'esprit et de mérite a trouvé mauvais que je
fisse entendre le chant de l'alouette dans un bosquet, parce

que cet oiseau n'habite d'ordinaire que les campagnes ; mais il me semble que c'est précisément ce qui motive la surprise du merle. Du reste, rien de plus facile que de changer ce vers :

Près d'un bosquet se fit entendre.

16.   Sifflons pour déjouer ce projet odieux.

J'avais d'abord dit : *Sifflons ce chantre audacieux* ; mais l'amour de la gloire paraît odieux à certaines gens : la haine est fille de l'envie... J'ai donc pensé qu'il serait mieux de dire :

Sifflons pour déjouer ce projet odieux.

17.   Déconcerteraient Amphion.

De très-jeunes gens, qui liraient ces fables avant de connaître la mythologie, peuvent ignorer qu'Amphion, fils de Jupiter et d'Antiope, reine de Thèbes, passe pour être l'inventeur de la musique. *Amphion*, devenu pour ainsi dire un nom générique, s'emploie maintenant comme synonyme de *musicien*, de *virtuose*.

18.   C'est le vrai phénix de nos bois.

Le phénix était, d'après la mythologie, le plus charmant des oiseaux et le seul de son espèce. Il renaissait de ses cendres au bout de plusieurs siècles. Les Égyptiens, qui avaient consacré le phénix au soleil et placé son image sur leurs monuments religieux, lui supposaient une vie d'une durée égale à celle de la période sothique, dont il était l'emblème, c'est-à-dire de 1461 ans. Personne, je crois, ne l'a peint avec de plus riches couleurs que M. de Norvins, dans son poëme de l'*Immortalité de l'âme*.

19. M. Blondeau, mon compatriote et mon plus ancien ami, s'est fait connaître par les excellentes leçons qu'il donne depuis plusieurs années à l'École de Paris, par les *Tableaux Synoptiques* de droit romain qu'il a publiés en 1813, et par un grand nombre d'articles de jurisprudence insérés dans la *Bibliothèque du barreau*. Il est aussi l'un des auteurs de la *Thémis*, journal très-répandu non-seulement en France, mais encore à l'étranger.

Il est membre (en qualité d'académicien libre) de la classe des sciences morales et politiques de l'Institut.

20.   A tort pourtant Rousseau, dans son humeur sauvage.

Les *Confessions* de Jean-Jacques Rousseau, qui n'honorent certainement pas sa mémoire, prouvent que ce philosophe avait le malheur de ne pas croire à l'amitié.

21.   . . . . Lorsqu'ils sont réunis,
          Je goûte un bonheur sans nuage.

J'ai goûté plus d'une fois la satisfaction de me revoir au milieu de mes amis, de mes anciens compagnons d'étude. Tous ceux d'entre nous qui se trouvent à Paris ont conservé l'habitude de dîner ensemble le premier mardi de chaque mois. On conçoit facilement combien de semblables réunions procurent de jouissances, et quels charmes les souvenirs de ces journées répandent sur la vie entière! Mais hélas! nos rangs s'éclaircissent; on ne vieillit pas impunément; je ne puis songer aux pertes cruelles que j'ai faites

sans me rappeler ces beaux vers, ces vers si vrais du poëme
des Saisons :

« Malheur à qui les dieux accordent de longs jours !
« Consumé de douleurs vers la fin de leur cours ,
« Il voit dans le tombeau ses amis disparaître,
« Et les êtres qu'il aime arrachés à son être ,
« Il voit autour de lui tout périr , tout changer ;
« A la race nouvelle il se trouve étranger ;
« Et lorsqu'à ses regards la lumière est ravie ,
« Il n'a plus en mourant à perdre que la vie. »

22.   Digne d'Oreste et de Pylade.

Oreste et Pylade sont devenus fameux , dans toute l'antiquité , par une amitié mutuelle qui ne s'est jamais démentie.

23.   Patrocle si vanté ne les valut jamais.

Homère a célébré dans l'Iliade l'attachement de Patrocle
pour Achille. Ceux qui ne savent pas assez le grec pour
recourir à l'original, liront avec plaisir cet épisode dans les
beaux vers français de M. Aignan, ou dans l'excellente traduction en prose qu'a donnée M. le duc de Plaisance (Lebrun, traducteur aussi de la *Jérusalem délivrée*), dont le
style harmonieux et plein de goût rappelle souvent celui du
Télémaque.

24.   Ce fut le jour où Philomèle.

Philomèle, nom qu'on donne au rossignol, parce que
c'est en rossignol que fut transformée Philomèle, fille de
Pandion, roi d'Athènes, comme Progné, sa sœur, en hirondelle. On peut consulter, sur cette aventure et sur tout ce

qui tient à la mythologie, le Dictionnaire de M. Noël, un des bons ouvrages classiques publiés de nos jours, ou bien l'Abrégé de Chompré, revu par Millin.

25. Cette fable est imitée du père Desbillons, jésuite, qui naquit à Châteauneuf-sur-Cher, dans le Berri, le 25 janvier 1711, et mourut à Manheim, le 19 mars 1789, après avoir publié, je crois, plus de 500 fables en vers latins. Elles ont obtenu du succès, particulièrement dans les collèges ; mais on pourrait leur reprocher de la sécheresse, de la monotonie et des moralités souvent forcées. Un choix de ces apologues, avec la traduction française en regard, a été donné au public par l'auteur même, deux volumes in-18, plusieurs fois réimprimés.

26.　　　Un de ces chiens, vrais croque-morts.

On appelle à Paris, *croque-morts*, les gens qui vivent d'enterrements, les conducteurs de corbillards, les fossoyeurs, etc.

27.　　　Sur son Virgile ou son Lucain.

Une note sur deux poëtes tels que l'auteur de *l'Énéide* et celui de *Pharsale*, serait une insulte à la science de nos lecteurs, même des plus jeunes. On peut en dire autant d'Horace, dont le nom se trouve plus haut, d'Horace dont les poésies font les délices de tous les âges. M. le comte Daru les a traduites en vers avec un succès remarquable. Les épîtres et les satires surtout laissent peu de chose à désirer.

28.   De l'Aigle-Rouge ou de Sainte-Anne.

L'ordre de l'Aigle-Rouge est prussien ; celui de Sainte-
Anne est russe. L'ombrageuse étiquette des cours ne s'effa-
rouchera point, je l'espère, d'une plaisanterie qui n'empêchera certainement personne d'ambitionner ces vaniteuses
faveurs, plus recherchées que jamais dans ce siècle philosophique où chacun est dévoré de la fièvre équestre et de la
manie des distinctions.

29.   Ces hommes à projets et toujours mécontents,
           A force d'innover produisent le désordre.

Par novateurs, aujourd'hui, ne devons-nous pas entendre
tous ces aveugles partisans des usages gothiques, tous ces
frondeurs des institutions modernes, qui frémissent aux
noms seuls de *charte*, de *code*, de *représentation nationale?* Ils voudraient nous priver des leçons de l'expérience
et faire rétrograder leur siècle vers la barbarie. Les insensés ! ils déchaînent autour d'eux les passions, sans avoir la
force nécessaire pour les diriger ; ils sont loin de prévoir
le résultat naturel de leurs téméraires entreprises. Qu'ils
seraient à plaindre, s'ils obtenaient le triomphe de leur absurde système !.. C'est un devoir pour les amis de l'ordre,
pour les bons citoyens, de s'opposer sans relâche à ces con-
tinuelles tentatives d'un égoïsme en délire, et de défendre
invariablement les principes de la monarchie constitutionnelle, bienfait inappréciable, mais que la tourmente révo-
lutionnaire nous a fait payer déjà par trop de sacrifices.

Ces observations, qui datent de 1818, sont toujours vraies,
et l'expérience les a pleinement justifiées : mais, par le
temps qui court, elles s'appliquent plus spécialement peut-
être à une autre classe de novateurs.

30.   Denys, dans Syracuse, en despote agissait.

Denys, tyran de Syracuse, mort l'an 386 avant J.-C. Son
fils, qui lui succéda, fut deux fois renversé du trône et finit
ses jours dans la ville d'Athènes, selon les uns, et selon
d'autres à Corinthe. On assure qu'il fut obligé d'ouvrir une
école pour subsister. Denys le jeune ne manquait d'ailleurs
ni d'instruction, ni même d'une sorte de grandeur d'âme.
Un Grec lui demandant un jour quel fruit il avait retiré
des préceptes et des entretiens de Platon : « Ils m'ont
« appris, répondit-il, à supporter ma chute, mon exil et
« vos sarcasmes. »

31.   Le crocodile aussi verse des pleurs.

Une ancienne opinion, que rejette le naturaliste, mais
dont le fabuliste peut se prévaloir, attribue le don des
larmes au crocodile.

32.   Notre moderne Chrysostôme.

Chrysostôme, qui signifie *bouche d'or*, est le glorieux
surnom de saint Jean d'Antioche, archevêque, ou plutôt
patriarche de Constantinople, mort au commencement du
cinquième siècle, et fameux par ses démêlés avec l'impé-
ratrice Eudoxie.

33.   Le Talleyrand.....

La célébrité de ce nom est, je crois, telle aujourd'hui,
qu'une note, destinée à retracer les souvenirs qu'il rappelle, deviendrait tout à fait superflue.

27

34.   . . . . . . C'était comme chez nous ;
          Ou, si vous l'aimez mieux, en France.

L'auteur, né dans la Belgique, y a composé la majeure
partie de ses fables. Le Français se console de tout par un
bon mot ; ses guerres civiles même offrent peu d'événements qui n'aient été chansonnés, et le recueil des vau-
devilles qui les consacrent ne serait peut-être pas inutile
à l'histoire de l'esprit humain.

35.   La chouette a de mauvais yeux.

On sait que les chouettes, ainsi que les hibous, ne peuvent
supporter la lumière ; ce sont des oiseaux de ténèbres.

36.   Que pourrait contre Arnault la sottise envieuse ?

M. Arnault vient de publier, à La Haye (1818), ses œuvres complètes. L'esprit de parti, l'envie, toutes les passions
haineuses ont saisi cette circonstance pour se déchaîner de
nouveau contre l'auteur de *Marius*, des *Vénitiens*, et de
Germanicus. Quant à moi, je suis fort aise de pouvoir
offrir cet hommage public de mon estime à l'un des plus
dignes soutiens de notre scène tragique, au fabuliste le
plus piquant peut-être de l'époque actuelle.

M. Arnault, longtemps exilé dans la Belgique, est rendu
maintenant à sa patrie, et à ses nombreux amis ; l'Académie française s'est honorée en le rappelant dans son sein.

Depuis lors il a remplacé, comme secrétaire perpétuel,
Andrieux ; mais la mort ne lui a pas permis de jouir longtemps de cette position.

37. Cet apologue est de 1808 ; j'en dois l'idée à M. Kohlman, écrivain allemand qui m'a fait l'honneur de traduire

dans sa langue les *Pensées de Circé*, sur la troisième édition, celle de Bruxelles, vol. in-18. Stapleaux, 1815.

38.   Je vais me faire un nom sur les pas de Bellone.

Bellone, déesse de la guerre et sœur de Mars. C'est elle qui lui préparait son char et ses coursiers, lorsqu'il partait pour se mettre en campagne.

Ces notes mythologiques (au nombre de seize ou dix-sept) et quelques autres encore, n'apprendront rien sans doute à la plupart des lecteurs; mais elles peuvent être utiles à ceux du premier âge, en leur facilitant l'intelligence de ces apologues, et c'est ce qui m'engage à les conserver.

39.   Près du coursier Bayard placé par la victoire.

Si nos faiseurs de dictionnaires biographiques, dont le microscope transforme tant de pygmées en colosses, se montraient moins dédaigneux pour les héros à quatre pieds, nous aurions, à coup sûr, une notice sur le cheval *Bayard*. Je crois me rappeler que c'était la monture des quatre fils Aymon, chevaliers fameux du temps de Charlemagne et même du nôtre encore, grâce à la *Bibliothèque bleue* où leur histoire occupe une place distinguée, comme le savent les enfants de tout âge. Le destrier du brave paladin Renaud s'appelle aussi *Bayard* dans l'Arioste. On voit que c'est une race fort ancienne et qui, de toutes parts, présente beaucoup d'illustration.

40.   . . . . On trouve chez Neptune.

Neptune, fils de Saturne et de Rhée. Il partagea la succession de son père avec Jupiter et Pluton : Jupiter eut le

ciel, Pluton les enfers, et Neptune l'empire des eaux. On le
représente armé d'un trident. Lemière a dit :

« Le trident de Neptune est le sceptre du monde. »

41.   Beffroy-Regny prétend l'avoir vu dans la lune.

Beffroy-Regny dit le cousin Jacques, auteur de *Nicodème
dans la Lune*, des *Lunes*, feuille périodique, etc., a composé les paroles et la musique du *Club des bonnes gens*,
de *Madelon*, de *la Petite Nanette*, des *Ailes de l'Amour*
et de quelques autres petites pièces pleines d'esprit et de
gaieté. Je ne sais trop par quels motifs le cousin a quitté
la carrière des lettres. Réserverait-il ses productions pour
les habitants de la lune? Il me semble pourtant qu'à beaucoup d'égards nous les valons bien. — Je viens d'apprendre qu'il est mort à Charenton, le 19 décembre 1811. Sa
folie était celle de beaucoup de gens, l'ambition : il se
croyait sénateur et comte de l'empire.

42.   Peuples, méfiez-vous de tribuns factieux.

On sait combien, sous l'honorable prétexte de défendre
les intérêts qui leur étaient confiés, les tribuns du peuple,
à Rome, se montrèrent souvent ennemis de l'ordre! ils
semblaient prendre à tâche de persécuter les hommes les
plus distingués du sénat, les généraux qui contribuaient
le plus à la gloire de la patrie. Ces farouches partisans de
la démocratie n'étaient guère conduits que par l'égoïsme,
l'orgueil et l'amour du pouvoir, tant il est rare que les
passions perdent leur empire sur l'homme! Je suis loin
d'ailleurs de confondre avec ces tribuns factieux les vrais
amis d'une sage liberté; je n'attaque ici que les tartufes

politiques, non moins communs dans ce siècle, que ne l'étaient sous Louis XIV les tartufes religieux.

43.   Et rien n'est impossible au savant Trismégiste.

Trismégiste signifie trois fois grand. C'est le surnom qu'a porté Mercure second, roi de Thèbes, contemporain de Moïse, célèbre par ses découvertes dans les sciences et par la sagesse de ses institutions. Hermès, qu'on regarde comme l'inventeur des hiéroglyphes, fut également appelé Trismégiste : aucun philosophe, avant lui, n'avait donné des notions aussi justes sur la divinité. « Dieu, dit-il, exista « dans son unité solaire avant tous les êtres. Il est la source « de tout ce qui est doué d'intelligence, le premier prin- « cipe incompréhensible, suffisant à lui-même, et père de « toutes les essences. »

44.   N'ont-ils pas applaudi Pradon, etc.

Personne, je crois, n'ignore que la *Phèdre* de Pradon l'emporta quelque temps sur celle de Racine, et que, dans le siècle dernier, l'on osa comparer les agréments éphémères et l'afféterie de l'abbé de Voisenon avec le bon goût et les grâces immortelles qui distinguent les poésies fugitives de Voltaire. Il faut néanmoins être juste : si l'on a vanté l'académicien Voisenon avec excès, il est trop oublié de nos jours. Ses œuvres, réduites à un petit volume de prose et de vers, mériteraient une place dans toutes les bibliothèques.

45   Je n'y vois goutte : hélas ! je suis sans yeux.

En privant d'yeux les taupes, on se prévaut encore ici du privilége qu'ont les fabulistes d'admettre une opinion

27.

populaire, bien qu'elle soit démentie par les naturalistes.
Aristote et les philosophes grecs ne révoquaient pas en
doute que la taupe fût aveugle. Cependant on a trouvé,
de nos jours, l'œil de l'animal; il est noir et dur, de la
grosseur d'un grain de millet, et défendu non-seulement
par la paupière, mais encore par de longs poils qui se croi-
sent et forment, pour ainsi dire, un épais bandeau.

46. J'aurais pu me dispenser d'ajouter à cette fable une
moralité, mais je me suis rappelé le précepte du maître :
« L'apologue est composé de deux parties, dont on peut
« nommer l'une le corps, l'autre l'âme. Le corps est la
« fable, l'âme est la moralité. Aristote n'admet dans la
« fable que les animaux; il en exclut les hommes et les
« plantes; cette règle est moins de nécessité que de bien-
« séance, puisque ni Ésope, ni Phèdre, ni aucun des fabu-
« listes ne l'a gardée : tout au contraire de la moralité
« dont aucun ne se dispense; que s'il m'est arrivé de le
« faire, ce n'a été que dans les endroits où elle n'a pu
« entrer avec grâce, et où il est aisé au lecteur de la sup-
« pléer. »   (LA FONTAINE, *Préface de ses Fables.*)

47.   Petit-fils ou neveu du hibou d'Héraclite.

Héraclite, philosophe d'Éphèse, qui vivait cinq siècles
environ avant J.-C. Il était d'une humeur mélancolique,
et sans cesse pleurait sur les sottises humaines; il fut surnommé *le Philosophe ténébreux.* On sent qu'il ne pouvait
se dispenser d'avoir un hibou, comme tant de gens de la
bonne compagnie ont aujourd'hui des perroquets et des
perruches.

48.   Pour vivre dans les bois, Timon quitte le monde.

Timon, citoyen d'Athènes, connu par la haine qu'il portait aux hommes et par son amour pour la solitude. Son
nom s'emploie aujourd'hui comme synonyme de misan-
thrope.

49.   Recevoir des bienfaits de l'être qu'on méprise,
          N'est-ce pas se déshonorer ?

J'ai dit ailleurs (Pensées de Circé, 72) : « Il est essentiel,
« dès l'entrée dans le monde, de s'imposer la loi de choisir
« avec soin et discernement ses bienfaiteurs ; car je ne
« connais rien de plus pénible que d'avoir des obligations
« à l'homme qu'on n'estime point. » — Fidèle à cette
maxime, depuis longtemps gravée dans mon cœur, c'est
sous les auspices de M. le baron Pérès (de la Haute-Ga-
ronne), connu par sa conduite courageuse dans le procès
de l'infortuné Louis XVI, et cher à la province de Namur
qu'il a gouvernée quatorze ans, avec autant de douceur que
de sagesse ; c'est sous les auspices de M. l'ancien sénateur
Lambrechts, de M. le duc de Plaisance et de M. le comte
de Montalivet, que j'ai débuté dans la carrière des emplois.
Il y a peut-être quelque orgueil à rappeler ces noms que
tous les partis respectent, mais il m'est doux de leur payer
ici le tribut d'une reconnaissance désintéressée.

50.   On croyait vivre au temps d'Astrée.

Astrée, fille de Jupiter et de Thémis, habitait la terre
dans l'âge d'or ; mais les crimes des hommes l'obligèrent
bientôt à chercher un refuge au ciel.

51.   Vertot nous dit que le sénat romain...

Peu d'historiens ont, comme l'abbé de Vertot, connu
l'art d'intéresser le lecteur à leurs récits. Voici comment
il raconte, dans le livre premier de ses *Révolutions Romaines*, la mort de Romulus, fondateur de Rome : « Ro-
« mulus vainquit ces peuples (ceux du Latium) les uns
« après les autres, prit leurs villes dont il ruina quelques-
« unes, s'empara d'une partie du territoire des autres dont
« il disposa depuis, de sa seule autorité. Le sénat en fut
« offensé, et il souffrait impatiemment que le gouverne-
« ment se tournât en pure monarchie. Il se défit d'un
« prince qui devenait trop absolu. Romulus, âgé de 55 ans,
« et après 37 ans de règne, disparut sans qu'on ait pu dé-
« couvrir de quelle manière on l'avait fait périr. Le sénat,
« qui ne voulait pas qu'on crût qu'il y eût contribué, lui
« dressa des autels après sa mort, et fit un dieu de celui
« qu'il n'avait pu souffrir pour souverain. »

52.   C'est par le fer des courtisans
             Que le bon Henri-Quatre expire.

Aucun événement historique n'a laissé, je crois, plus
d'incertitude que la mort de Henri IV, sur ses véritables
causes. « Les juges, dit Péréfixe, n'osèrent en ouvrir la
« bouche, et n'en parlèrent jamais que des épaules. » Les
mémoires du temps permettent, d'ailleurs, de penser que
Ravaillac avait pour complices des courtisans assez adroits
pour diriger les interrogatoires de manière à n'être point
compromis. Legouvé a fait de cette opinion la base de sa
tragédie, et je partage tout à fait, je l'avoue, cette manière
de voir.

53.   Je dévoile aux Trajans cette horrible tactique ,
              Pour les soustraire à pareil sort.

Ces deux vers ont paru , pour la première fois , dans la
sixième édition ; je les ai crus nécessaires pour établir, en
quelque sorte, la moralité de cette fable.

L'empereur Trajan, fils adoptif de Nerva, a mérité (quoique sa vie privée ne soit peut-être pas à l'abri de reproches)
d'être mis au nombre des bienfaiteurs de l'humanité. Né
le 18 septembre de l'an 52 de J.-C., à Séville, il mourut,
le 10 août 117, en Cilicie, dans la ville de Salimante, qui
depuis fut appelée Trajanopolis.

54.   C'est ainsi qu'en usait Buffon.

L'éloquent historien de la nature, George-Louis Leclerc,
comte de Buffon, né à Monthar, en Bourgogne, le 7 septembre 1707, et mort à Paris le 16 avril 1788.

55.   Je vois rire à ce trait maint député du centre.

MM. les députés du centre, en France, avaient la réputation de se montrer fort sensibles aux séductions de la gastronomie et de croire à l'infaillibilité des ministres, comme
à celle des cuisiniers ministériels.

56.   Qui vous croyez d'Hélicon les soutiens.

Hélicon, montagne de la Béotie, consacrée aux Muses et
au dieu des vers.

57. Avec moins de modestie, et de paresse peut-être, il
y a longtemps que M. Violet d'Épagny serait compté parmi
nos poëtes les plus agréables. Plusieurs opuscules, échap-

pés de son portefeuille, sous le voile de l'anonyme, ont été
bien reçus du public. On me saura gré sans doute d'insérer
ici sa jolie fable du *Tournesol*, et cette citation prouvera
que l'amitié triomphe facilement de l'amour-propre.

LE TOURNESOL ET LES FLEURS.

Dans un parterre où mille fleurs
Répandaient leurs douces odeurs,
Un tournesol, à la tige élancée,
Présentant au soleil sa tête nuancée,
Se pavanait avec orgueil ;
Il n'accordait pas un coup d'œil
Aux autres fleurs dont la foule empressée
Semblait mériter plus d'accueil.
Une pensée, auprès de lui fleurie,
Modestement lui disait quelquefois :
« Mon cher ami, c'est une étourderie
« De mépriser la terre, ta patrie,
« Et tes bons amis d'autrefois.
« Au blond Phébus on sait ce que tu dois ;
« Comme toi, chaque fleur lui rend un humble hommage,
« Toutes, nous attendons de sa bénignité
« Notre éclat et notre beauté ;
« Mais à nos sœurs nous faisons bon visage,
« Et nous nous aiderions s'il venait un orage.
« Il ne fait pas toujours beau temps ;
« Souvent on a besoin d'un abri tutélaire
« Contre l'inclémence des vents :
« Et l'arbuste le plus vulgaire
« Nous sauve quelquefois de graves accidents. »
A ce discours le courtisan superbe
Répondit sans baisser les yeux :
« Qu'importe l'amitié de gens cachés sous l'herbe ?
« De l'astre étincelant qui brille dans les cieux
« J'ai constamment suivi le disque radieux ;
« J'adore sa chaleur, et ma fleur parasite,
« Tirant son nom de lui, devient sa favorite.
« Aussi, dès qu'il verse ses dons,
« Je voudrais, à moi seul, absorber ses rayons. »

A ce propos joignant un dédaigneux sourire,
Il indigna les fleurs qui paraient les gazons,
   Et courrouça Flore et Zéphyre.
   Alors, vers le ciel azuré
   L'on vit naître un sombre nuage;
   Le soleil en fut entouré;
   Bientôt le plus affreux orage
   Sortit de son flanc déchiré.
Chaque fleur à l'instant s'accole à sa voisine.
Chacune se protège, et réciproquement
   Soutient l'autre contre le vent
   Dont le souffle les déracine.
Le pauvre tournesol, sans secours, sans appui,
Veut résister en vain, hélas! c'est fait de lui!
   Sa tige fragile est brisée!
   Il a vu son dernier soleil!
Et sa fleur vient mourir au pied de la pensée
   Dont il négligea le conseil.

   A la cour jouez-vous un rôle,
   Ayez pour les temps de malheur
   Un bon ami qui vous console:
   L'éclat de courtisan s'envole
   Avec le vent de la faveur.
L'amitié des puissants est un bien si frivole!
   Et le plus brillant protecteur
   Ne vaut pas un ami du cœur.

Trois pièces en cinq actes, en vers, *Luxe et Indigence,* *l'Homme habile,* et *Lancastre,* ont placé M. d'Epagny, depuis lors, au nombre des bons poètes dramatiques de notre époque.

58.   Mieux que Bayard savait se taire.

Bayard (Pierre du Terrail, né au château de Bayard en Dauphiné, le 15 janvier 1476, et mort d'une blessure, à la retraite de Rebec, le 30 avril 1524), la gloire éternelle de la chevalerie française. On sait combien il tenait à l'hon-

neur des dames. Sa discrétion en amour égalait son courage et ses autres vertus.

59.   De Berchoux...

M. Berchoux, né dans le Lyonnais, en 1765. Son poëme
de *la Gastronomie* est placé, par les connaisseurs, sur la
même ligne que *Vert-Vert* et *le Lutrin*, non pas à la vérité
pour le coloris poétique, mais bien pour l'esprit, le sel de
la bonne plaisanterie et la gaieté. *La Dansomanie* ou *les
Dieux de l'Opéra*, sans avoir obtenu le même succès, offre
une foule de détails pleins de finesse et d'agrément.

Ce poëte aimable mourut, à Marcigny (Saône-et-Loire),
le 17 décembre 1838.

60.   . . . . ou de La Reynière.

M. Grimod de La Reynière, homme de beaucoup d'esprit,
mort en 1838; il avait atteint sa quatre-vingtième année.
Ses *Almanachs des Gourmands*, surtout les premiers
volumes, sont marqués au coin de l'originalité la plus
piquante.

L'auteur de la *Physiologie du Goût*, M Brillat-Savarin,
a figuré, dans ces derniers temps, avec beaucoup d'éclat
parmi les législateurs de l'art culinaire.

61.   Tout le fatras de la Sorbonne.

Les thèses et les décisions de la Sorbonne étaient sans
doute très-orthodoxes, très-respectables; mais on pourrait
choisir une lecture plus attachante et plus récréative.

62.   Ségur est à leurs yeux comme un compilateur.

Le comte de Ségur est une nouvelle preuve, ajoutée à

tant d'autres, que les talents agréables ne sont pas incom-
patibles avec les connaissances profondes de l'homme d'é-
tat. Ses ouvrages historiques ne sont pas moins recherchés
par les hommes instruits que ne l'est, par nos jolies femmes
et par nos jeunes gens, le recueil de ses chansons.

63.   Nouveau Dorat-Cubière, on le siffle à trente ans.

Dorat-Cubière, ou plutôt Palmezeaux de Cubière, l'auteur des *Hochets de ma jeunesse*, dont le début promettait un poëte agréable. Il a fini par refaire la *Phèdre* de
Racine qu'il trouvait très-inférieure à celle de Pradon.

64.   Un coursier, descendant du fameux Bucéphale.

Tout le monde sait que Bucéphale était le cheval de
bataille d'Alexandre-le-Grand.

65.   Rappelait assez Rossinante.

Depuis que les tapisseries d'Aubusson et de haute-lisse
sont passées de mode, *Rossinante*, monture de l'illustre
don Quichotte de la Manche, don Quichotte lui-même et
son bon écuyer Sancho sont beaucoup moins connus des
enfants; mais nous ne cesserons jamais de faire nos délices
de ces piquantes aventures qui ont immortalisé le nom de
Cervantes, leur auteur, et que Florian, par parenthèse,
aurait pu traduire avec plus de verve et de gaieté.

66.   Gens sans précaution, disciples de Grégoire.

Grégoire se prend aujourd'hui pour nom générique de
buveur, d'ivrogne.

67.   Uu beau matin , le savant de Guinée.

La plupart des singes, particulièrement les gros, nous viennent de la Guinée.

68.   On déchire au hasard Tite-Live , Hérodote.

Écrivains classiques, ainsi que Cicéron et Pausanias. Des notes sur de tels personnages ne seraient que des redites fastidieuses. Les jeunes gens qui voudront les connaître, en attendant qu'ils soient à même de les lire, peuvent consulter la *Biographie universelle* et les autres dictionnaires historiques.

69.   L'oiseau de Jupiter.

Jupiter, maître et souverain des dieux , avait adopté l'aigle pour son oiseau favori, comme Junon avait fait choix du paon , Vénus de la colombe, et Minerve de la chouette et du hibou.

70.   En dépit de Lullin on vit l'épizootie.

M. Lullin, de Genève, est auteur de plusieurs bons ouvrages sur les bêtes à laine et sur les épizooties. Le gouvernement français en avait ordonné l'envoi dans les préfectures.

71.   Valberg à la douleur courut s'abandonner.

Valberg, parasite dans la comédie des *Marionnettes*, l'une des meilleures pièces de Picard , et celle peut-être dont les combinaisons dramatiques font le plus d'honneur à l'originalité de son talent.

72.   Ainsi Mercier chez nous parlait de son bon sens.

Mercier (Louis-Sébastien', l'auteur du *Tableau de Paris*, de *l'An* 2440, de *Mon bonnet de nuit*, des *Fictions morales*, et de cent autres volumes, n'était certainement pas un penseur vulgaire ; mais son néologisme, ses paradoxes, ses bizarreries, ont ruiné sa réputation, qui se soutient à peine encore dans quelques cantons de l'Allemagne. Il se regardait comme le dictateur de la république des lettres : rien, je crois, n'égalait sa vanité. Impatient de passer en revue tous les originaux de la capitale, je me présentai chez Mercier dès le lendemain de mon arrivée à Paris, en 1802 ; il demeurait alors rue de Seine, hôtel de La Rochefoucauld, dans une espèce de galetas. Voici les paroles qu'il m'adressa d'un ton solennel : « Vous aimez sans doute « les lettres, vous les cultivez, et vous aurez voulu leur « rendre hommage en ma personne. »

Mercier, mort le 25 avril 1814, était né le 6 juin 1740.

73.   Je te préfère à Martinet.

Martinet, libraire à Paris, rue du Coq-Saint-Honoré, non-seulement vend des caricatures, mais il en fait lui-même de fort jolies.

74.   Le thé, s'il faut en croire un moderne Solon.

On peut voir le dernier paragraphe du discours prononcé, le 16 décembre 1817, à la tribune de la seconde chambre des états-généraux à La Haye, par M. Reyphins, un des orateurs les plus diserts de l'époque.

75.   Commence à perdre sa faveur.

Les derniers voyageurs prétendent que l'usage du thé diminue sensiblement à la Chine depuis un siècle.

76.   Qui de Plutus connaissait bien le code.

Plutus, fils de Cérès et de Jason, est assez connu ; c'est le dieu des richesses ; son culte est peut-être le seul qui n'ait pas eu de dissidents. Aristophane et Théocrite affirment que Plutus était aveugle ; je suis assez de leur avis.

77.   Sancho l'avait dit avant moi.

Les proverbes de l'immortel écuyer de don Quichotte ont, ce me semble, une réputation assez classique pour qu'il soit inutile de s'étendre plus longuement sur leur mérite.

78.   Du compagnon de la sage Pallas.

Pallas, surnom de Minerve, déesse de la Sagesse et protectrice des Grecs. Le hibou, comme nous en avons fait la remarque, était son oiseau d'adoption.

79.   De vivre en Lucullus se font, dit-on, scrupule.

Lucullus, consul et proconsul dans les derniers temps de la république romaine, est plus célèbre encore par son amour du luxe et de la bonne chère que par ses victoires en Asie. L'Europe lui doit les cerisiers, originaires du royaume de Pont ; c'est au moins l'opinion commune, et Delille l'a consacrée dans ces beaux vers :

« Quand Lucullus, vainqueur, triomphait de l'Asie,
« L'airain, le marbre et l'or frappaient Rome éblouie ;
« Le sage, dans la foule, aimait à voir ses mains
« Porter le cerisier en triomphe aux Romains. »

« Cependant, dit le marquis de Marnezia (dans les notes
« qui accompagnent son *Essai sur la nature champêtre*,
« poëme beaucoup moins connu qu'il ne mériterait de
« l'être), il est impossible de parcourir nos forêts, et de
« ne pas être convaincu, par la multitude de cerisiers qu'on
« y rencontre, que cet arbre est indigène. Peut-être dans
« le royaume de Pont son fruit a-t-il été perfectionné
« par le moyen de la greffe, et que Lucullus en enrichit
« les Romains. Longtemps barbares et guerriers, nos pères
« savaient détruire, et négligeaient le premier, le plus
« heureux des arts, celui de cultiver. »

80.   Tels sont les courtisans.

Les jeunes gens les plus qualifiés de Rome, jaloux de
plaire aux empereurs, n'hésitaient pas à descendre dans
l'arène pour y combattre les plus vils gladiateurs. Depuis
lors on a su trouver le moyen de faire sa cour d'une manière
moins périlleuse. Dévôts à la fin du règne de Louis XIV,
irréligieux et libertins sous la régence, intrigants et cra-
puleux sous Louis XV, nous avons vu les courtisans couvrir successivement tous les vices d'un certain vernis dont
ils possèdent seuls le secret. L'histoire des courtisans, tels
qu'ils se sont montrés aux diverses époques, serait un ouvrage du plus haut intérêt moral. Il faudrait seulement
qu'il fût écrit avec cet esprit de philosophie et d'équité,
devenu si rare de nos jours où l'exagération gâte tout.

81.   Messieurs de l'Institut, je crois,
         Ne font jamais d'injustices pareilles.

J'avais d'abord dit :

    Messieurs de l'Institut, ouvrez bien les oreilles.

Mais ce vers pouvait paraître un peu dur. Quoi qu'il
en soit, je respecte trop MM. les membres de l'Institut
pour m'excuser ici d'une plaisanterie qui ne peut les atteindre.

82. Il faudrait être bien étranger, ce me semble, à la littérature du siècle, pour ne point connaître Jocrisse, l'un
des héros de nos théâtres, et ce serait faire injure aux
lecteurs que de prétendre leur rien apprendre sur ce personnage dont la réputation a pénétré jusqu'en Russie,
comme le prouve ma fable imitée de celle du poëte Kriloff.
Voici la pièce littéralement traduite :

L'HABIT DE JOCRISSE.

Jocrisse avait les coudes de son habit tout déchirés. Cela
n'exige pas grande réflexion. Aussitôt il réduit d'un demi-
pied chacune de ses manches, s'empare d'une aiguille et
rapetasse les trous. Voilà l'habit prêt, mais avec des manches trop courtes ; il n'y a pas grand mal à cela : cependant
tous ceux qui voient Jocrisse se moquent de lui, et Jocrisse
dit : « Je ne suis pas trop bête, et je réparerai le mal ; je
« vais rendre mes manches plus longues qu'elles ne l'ont
« jamais été. » Eh! mais vraiment Jocrisse n'est pas si im-
bécille ! Aussitôt il coupe les basques de son habit, les
ajoute à ses manches, et le voilà gai comme pinson, quoi-
qu'il porte un habit plus court même qu'une veste.

Je connais certains seigneurs qui, après avoir dérangé
leurs affaires, les réparent comme Jocrisse et se couvrent
d'habits pareils au sien.

83.   Ses coudes rappelaient le pourpoint d'Henri-Quatre.

On sait que le bon Henri IV se plaignait à François d'O,

son intendant-général des finances, de n'avoir plus que des pourpoints troués aux coudes. C'est à Chartres que ce prince fut couronné, et l'on trouve, dans les comptes de la ville, une dépense de trois écus pour une pièce mise au pourpoint du roi.

84.   Vernet l'a peint...

Carle Vernet, fils de Joseph, l'excellent peintre de marines, et père d'Horace dont le pinceau a retracé d'une manière si brillante la gloire militaire de la France.

85.   Moi j'en conviens, du bon Lemière.

Lemierre (Antoine-Marin), de l'Académie Française, né en 1733, à Paris, et mort en 1793, auteur du poëme de *la Peinture*, des *Fastes*, des tragédies d'*Hypermnestre*, de *la Veuve du Malabar*, de *Guillaume Tell*, etc. Si l'on cite de ce poëte, qui avait incontestablement plus de génie que de goût, une foule de vers rocailleux ou bizarres, on peut en citer aussi de fort beaux, comme celui-ci dont souvent on a fait l'application aux poésies fugitives de Voltaire :

« Même quand l'oiseau marche, on sent qu'il a des ailes. »

Lemierre avait un amour-propre que son extrême bonhomie pouvait seule rendre excusable. Un jour qu'il parlait de ses ouvrages avec enthousiasme, quelqu'un lui demanda comment il avait le courage de les vanter ainsi. « Ma foi, « répondit-il, mes confrères s'adressent aux journalistes « pour avoir des éloges, et moi je trouve plus simple de « faire mes affaires moi-même. »

86.   Sal.... nous le dira, ce passe-temps est doux.

Bien qu'il ne s'agisse ici que d'une plaisanterie fort inno-

cente, je m'en tiens aux lettres initiales d'un nom qui n'est
pas sans éclat dans la république des lettres. N'oublions jamais cette maxime de l'auteur d'*OEdipe :* « Si l'on ne doit
« aux morts que la vérité, l'on doit des égards aux vivants.»

Salgues (Jacques–Barthélemy), car c'est de lui qu'il était
question, mourut à Paris, le 26 juillet 1830 ; il était né à Sens
vers 1760.

87.   Au moindre choc se plaignaient de Moïse.

Les murmures des Hébreux contre Moïse, après le dé-
part de l'Égypte, occupent plus d'une page dans la Bible :
la querelle des gouvernés et des gouvernants date de loin.
Puisse–t–elle avoir un terme après tant d'agitations et de
troubles !

88.   A tort comme à travers pourtant on les censure.

Quoique La Fontaine ait dit, dans sa fable du *Loup
plaidant contre le Renard pardevant le Singe :*

> « Le juge prétendait qu'*à tort et à travers,*
> « On ne saurait manquer condamnant un pervers. »

j'ai cru devoir rendre l'expression plus euphonique, en disant : *à tort comme à travers.* Peut–être serait–il plus
exact de dire : *à tort comme à raison.*

89. M. l'abbé Sotteau, professeur de belles-lettres au collége de Namur, est sans contredit un des prédicateurs les
plus éloquents de la Belgique. Il vient de publier une *Rhétorique française* (1819), qui le place parmi les dignes
successeurs des Rollin et des Batteux. Ses vers latins prouvent qu'après avoir donné le précepte à ses élèves, il pourrait encore, au besoin, leur fournir l'exemple.

Les lettres et ses nombreux amis l'ont perdu le 23 novembre 1828.

90.   Comme jadis Perrette avec son pot au lait.

Qui ne sait, pour ainsi dire, par cœur cette charmante fable de La Fontaine :

> « Perrette, sur sa tête ayant un pot au lait
> « Bien posé sur un coussinet, etc. »

L'affabulation de ma *poule trop grasse*, exprimée en un seul quatrain, se composait précédemment de six vers :

> On doit craindre la pauvreté,
> D'accord, mais l'abondance étouffe l'industrie ;
> La douce médiocrité
> Est un des grands biens de la vie.
> On peut trouver encore autre moralité :
> C'est que nous perdons tout par trop d'avidité.

91.   Morphée emporta ses pavots.

Morphée, principal ministre du Sommeil. Il tenait une plante de pavot à la main, pour endormir tous ceux qui l'approchaient. Je ne sais plus quel statuaire, dans ces derniers temps, s'avisa de donner à Morphée les traits d'un savant académicien de l'Allemagne ou peut-être de la Belgique, et d'associer au pavot un rouleau de papier sur lequel on lisait : *De l'hommage-lige, et de ses conséquences imprescriptibles.*

92.   On le sait, jeune encor, la cigale empruntait.

Voyez, dans La Fontaine, *la Cigale et la Fourmi*. C'est la première fable du recueil.

93.   Les brillants marquis de Molière.

On peut voir, dans *le Bourgeois gentilhomme*, avec quel
art l'homme de cour soutire l'argent du pauvre M. Jour-
dain. Molière a su tracer ses caractères avec tant de vigueur et de vérité, que ses personnages ne peuvent être
séparés, dans notre pensée, des vices ou des ridicules qu'ils
jouent sur la scène ; c'est ainsi qu'*Harpagon* est devenu
synonyme d'avare ; *Tartufe*, d'hypocrite, etc.

94.   Bientôt boire les eaux du Styx.

Le Stix ou Styx, fleuve qui, d'après la mythologie, fait
neuf fois le tour des Enfers. Le Cocyte, autre fleuve des
enfers, entoure le Tartare et se grossit des larmes des méchants ; on ne dit point quelle est sa largeur et sa profon-
deur, mais on doit les présumer d'une dimension prodi-
gieuse.

95.   On ne peut trop louer dit le bon La Fontaine.

Simonide préservé par les Dieux. Fable 14e du 1er livre
de La Fontaine :

    « On ne peut trop louer trois sortes de personnes,
        « Les dieux , sa maîtresse et son roi. »

96.   Du grand Châteaubriand le sort me rend perplex.

Philippon de la Madeleine, dans son Dictionnaire des
rimes, qui, par parenthèse, a fait oublier celui de Richelet,
nous accorde le privilège d'employer le mot *perplex* ou
perplexe, suivant notre bon plaisir, et j'en profite. C'est
d'ailleurs le seul mot qui puisse rimer avec index, et certes
l'Académie Française ne serait pas assez sévère pour vouloir
nous en priver.

97.   Il prôna Dieu, les saints... et fut mis à l'index.

A l'époque où parut le *Génie du christianisme*, quelques critiques jugèrent avec une excessive sévérité cet ouvrage, qui contient tant de pages sublimes et qu'on regarde à si juste titre comme un des beaux monuments de la littérature de notre siècle. On y parle de la religion avec enthousiasme, ce qui n'a pas empêché Rome de mettre le livre à l'index.

98.   Après avoir, sous le grand Washington.

Washington (George), principal fondateur et premier président des États-unis d'Amérique, né en 1732, et mort en 1799. Le nom de ce vertueux citoyen est, sans contredit, l'un des plus beaux et des plus respectés que présentent les annales modernes.

99.   . . . . . Xanthe, cheval d'Achille.

Xanthe, le cheval d'Achille, est célèbre par ses prédictions. Il annonça la mort de son maître, mais on négligea ses avis. Cassandre, fille de Priam, qui prédit la chute de Troie, et Jérémie, qui prédit la ruine de Jérusalem, n'ont guère été plus heureux. Il paraît que, dans tous les siècles, la destinée des prophètes de malheur fut de n'être jamais crus sur parole.

100   . . . . . . Au bout du fossé la culbute.

Il serait, je crois, plus exact de dire, malgré l'usage,

     . . . . . . Au bord du fossé la culbute,

car c'est avant d'avoir franchi le fossé qu'on tombe d'ordinaire.

101.   Le triomphe de Mardochée.

La tragédie d'*Esther*, qui n'est pas un chef-d'œuvre sous
le rapport des combinaisons dramatiques, mais qu'un style
enchanteur, le style de Racine, fera lire avec délices aussi
longtemps qu'on parlera la langue française, rendrait présente, pour ainsi dire, à tout le monde l'histoire du triomphe de Mardochée, quand même elle ne se trouverait point
dans la Bible. Mardochée, l'oncle d'Esther (femme d'Assuérus, roi de Perse), ayant découvert une conspiration contre
les jours du monarque, fut conduit en triomphe dans les rues
de la capitale, monté sur un cheval richement caparaçonné,
revêtu du manteau royal, et le sceptre à la main. Le principal ministre du roi, l'orgueilleux Aman, qui avait juré
la perte de Mardochée et celle du peuple Israélite, tenait
la bride du cheval, et criait de distance en distance : *C'est
ainsi qu'Assuérus honore ceux qu'il veut honorer.*

Une chose qui me paraît incontestable, et que néanmoins
personne encore, je crois, n'a remarquée, c'est que la tragédie d'*Esther* doit avoir eu pour but de porter, bien qu'un
peu tard, Louis XIV à l'indulgence envers les protestants :
les allusions sont frappantes et nombreuses... Madame de
Maintenon n'avait donc pas pris, à la trop funeste révocation
de l'édit de Nantes, la part que plusieurs historiens lui at-
tribuent... Bien loin de là, nous voyons qu'elle mande à son
parent, M. de Villette : « Vous êtes converti : ne vous mêlez
« plus de convertir les autres. Je vous avoue que je n'aime
« pas à me charger envers Dieu ni devant le Roi de toutes
« ces conversions. » Et à son frère, M. d'Aubigné, qui per-
sécutait les protestants: « Ayez pitié de gens plus mal-
« heureux que coupables; ils sont dans des erreurs où nous
« avons été nous-mêmes, et dont la violence ne nous aurait
« jamais tirés. Henri IV a professé la même religion, et plu-

« sieurs grands princes. Ne les inquiétez donc point, il faut
« attirer les hommes par la douceur et la charité... Jésus-
« Christ nous en a donné l'exemple, et telle est l'intention du
« Roi. C'est à vous à contenir tout le monde dans l'obéis-
« sance ; c'est aux évêques et aux curés à faire des conver-
« sions par la doctrine et par l'exemple. Ni Dieu ni le Roi
« ne vous ont donné charge d'âmes. Sanctifiez la vôtre, et
« soyez sévère pour vous seul. »

102.   Ésope en cite plusieurs traits.

Quelques savants révoquent en doute l'existence de ce
père de l'Apologue ; et, pour justifier leur pyrrhonisme, ils
ne manquent point d'alléguer les meilleures raisons du
monde. La Fontaine n'en a pas moins donné, d'après Pla-
nude, une vie d'Ésope, et le recueil des fables imprimées
sous ce nom se trouve dans les mains de tout le monde.

103.   Il en parera ses chapelles.

Les enfants dans les villes de la Belgique ont coutume
de célébrer la Saint-Grégoire, la Saint-Jean, l'Assomption
et d'autres fêtes, en plaçant dans les rues de petites chapelles ornées d'images qu'entourent des plumes de coq, de
paon, etc. Sous ces pieux auspices, ils exercent en quelque
sorte un droit d'aubaine sur les allants et venants.

104.   Quand l'Orphée eut fini.

Orphée, musicien célèbre dans la mythologie. Les arbres
et les rochers quittaient leur place pour l'entendre ; les
fleuves suspendaient leur cours, et les animaux les plus fé-
roces s'attroupaient, autour de lui, pour jouir de ses accords. Orphée est maintenant un nom générique.

105.   Lorsque Delille y récitait ses vers.

Le traducteur des *Géorgiques*, de l'*Énéide* et du *Paradis perdu;* le poëte à qui nous devons les *Jardins,* l'*Homme des champs*, la *Pitié*, l'*Imagination*, les *Trois Règnes de la Nature*, etc., lisait avec une perfection sans égale. Je n'ai joui qu'une seule fois du bonheur de l'entendre, et c'est un de mes souvenirs les plus agréables. Le fauteuil de Delille à l'Académie Française, d'abord occupé par Campenon, l'un de ses plus brillants élèves, l'est aujourd'hui par M. Saint-Marc-Girardin. Sa chaire de poésie latine au collège de France fut donnée au littérateur de son choix, M. Tissot (Pierre-François), qui ne se contente point de montrer la terre promise ; sa traduction des *Bucoliques* de Virgile, celle des *Baisers* de Jean second et ses poésies érotiques, le placent lui-même fort avantageusement sur le Parnasse.

106.   Était-ce pour eux l'âge d'or?

On appelait ainsi le règne de Saturne, le premier âge du monde, et le plus heureux, s'il faut en croire les poëtes. Pour moi, j'adopte assez la philosophie du bon M. de Plinville, l'Optimiste :

> L'âge le plus heureux est le siècle où je vis.

107.   A Montesquieu semble meilleur.

L'immortel auteur de l'*Esprit des lois !* « Ses vertus et « ses écrits, dit lord Chesterfield, ont fait honneur à la na- « ture humaine. » La réputation de Montesquieu, loin de s'affaiblir, s'accroît avec le temps, parce que l'expérience de nos fautes en politique nous démontre chaque jour davantage la sagesse des principes que le génie de ce grand homme lui avait, en quelque sorte, révélés. Voltaire, qui ne l'aimait pas, en a fait cependant le plus bel éloge lorsqu'il a dit : *Le genre humain avait perdu ses titres, Montesquieu les a retrouvés.*

108.   A la fin notre aréopage.

On appelait ainsi le sénat d'Athènes, et, conformément aux lois de Solon, il se composait des citoyens qui avaient passé par toutes les charges de la république. *Aréopage* s'emploie aujourd'hui poétiquement pour tout tribunal de quelque importance.

109. Il n'est pas inutile de remarquer que cette fable, imitée du roi Louis de Bavière, date de 1837... Voici la traduction littérale de l'apologue allemand :

« O si j'étais roi ! dit un jour le loup. — Que feriez-vous? lui répondit le lion. — J'aurais, chaque jour, un mouton sur ma table. — Soyez roi. — Il le devint en effet, et, dès lors, il ne mangea plus que des bergers. »

110. On ne sait pourquoi l'ex-abbé Rioust, ancien prédicateur ordinaire du roi de France et rédacteur de la feuille officielle du Royaume des Pays-Bas, avait imaginé de se reconnaître dans ce petit tableau.

111. Cette fable, que j'ai refondue entièrement, avait le très-grand tort, dans trois éditions précédentes, de rappeler, par son affabulation, *le Chameau et le Bossu*. l'un des meilleurs apologues de M. Lebailly.

Voici ma fable telle qu'elle était d'abord :

LE PAPILLON ET LES OISEAUX.

Un gentil papillon, dont les ailes dorées
Et très-joliment diaprées
Devaient séduire tous les yeux,
Sur un lis se posa. Les regards curieux
S'arrêtent à plaisir sur notre personnage.
Chaque oiseau vint lui rendre hommage.
« J'aime sa grâce et sa légèreté ! »
Disait le roitelet : « cette vivacité,
« A mon avis, est le plus beau partage. »
Pour le pivert, ami de la variété,
Des diverses couleurs il vanta l'assemblage.
Sur ce même ton-là, je gage,
Chacun (c'est la mode aujourd'hui)
Allait parler en s'admirant en lui,
Quand tout à coup le papillon déloge.

On veut, dans l'éloge d'autrui,
Ne faire que son propre éloge.

112.   Comme il l'avait prédit, vogua sur le Pactole.

Le Pactole, fleuve de Lydie, dont le sable devint d'or après que Midas s'y fut baigné.

113.   A l'aimable Palès je consacre mes vers.

Palès est la déesse des pâturages, des bergers et des troupeaux, ce qui la fait confondre quelquefois avec Cérès, déesse des moissons.

114. Cette fable, dans les premières éditions, était dédiée au prince d'Orange, aujourd'hui Guillaume II, roi des Pays-Bas. L'accueil bienveillant qu'il avait fait aux Belges, ren-

trés dans leur patrie après la bataille de Waterloo, motivait
cet hommage et les vers suivants qui l'accompagnaient.

> Vous que les plus nobles travaux
> Placent au temple de Mémoire,
> Prince, modèle des héros,
> Vous qu'à vingt ans couronna la victoire,
> Du milan et de l'aigle, accueillez bien l'histoire.
> De l'aigle on voit, en vous, la générosité,
> Mais non l'orgueilleuse fierté...
> Votre destin jamais peut-il être semblable?
> Rassurons-nous ! votre bonté
> Rendrait même le joug aimable.
> Vous possédez l'art de gagner les cœurs,
> Heureux secret peu connu des vainqueurs.

De plus, il s'agissait de familiariser les Français avec le
nom du descendant des Nassau. Cela tenait à certain plan
conçu par le général Lamarque, et que le prince ne repous-
sait point, plan sans doute peu susceptible de succès, mais
dont l'idée cependant ne devait pas déplaire à ceux d'entre les Belges qui conservaient vivaces les souvenirs de la
France.

115. On vit périr plus d'un héros.

Les résultats de la clémence de César, et tant d'autres
exemples pris dans l'histoire ancienne et dans les siècles
modernes, font malheureusement foi de cette vérité.

116. Que trompette-major Baudet.

Voyez le rôle que remplit l'âne dans la fable du *Lion s'en
allant en guerre*. C'est la 19e du 5e livre de La Fontaine.

117. Vous aurez vu les chiens savants?

L'éducation littéraire de ces troupes ambulantes de chiens

s'est tellement perfectionnée, qu'elles jouent aujourd'hui
la tragédie et la haute comédie, à l'aide d'un souffleur qui
parle un peu haut sans doute, mais quel est l'acteur bipède
qui puisse se passer de ce secours? Une petite carline a
rempli le rôle d'Andromaque, à la foire de la Haye, en
1812, avec le plus grand succès. Un épagneul, artiste de la
même troupe, excellait dans les marquis de Molière.

418.   Disait le Roscius en poussant des sanglots.

Roscius, l'acteur le plus célèbre de l'ancienne Rome.
C'est maintenant un nom générique pour tous ceux qui se
distinguent dans cette carrière.

419.   Nouveau d'Assas, pour la patrie.

Le chevalier d'Assas, né dans les Cévennes, commandait
les avant-postes, près de Closter-Camp, la nuit du 15 octobre 1760. S'étant un peu trop avancé dans la forêt pour la
fouiller, il est surpris par des grenadiers brunswickois qui
le menacent de la mort s'il dit un mot. De ce mot dépend
le salut de l'armée française. D'Assas n'hésite point ; il s'é-
crie avec force : *Auvergne, à moi ! voilà les ennemis*, et
il tombe aussitôt percé de coups. « Ce dévouement, digne
« des anciens Romains, s'écrie Voltaire, aurait été immor-
« talisé par eux ; on dressait alors des statues à de pareils
« hommes ; de nos jours ils sont oubliés. »

La voix du philosophe de Ferney parvint au trône de
Louis XVI, et ce monarque, créa, dans la maison d'Assas,
originaire des Cévennes, une pension héréditaire jusqu'à
l'extinction des mâles.

120. La fable qu'on vient de lire n'est, pour ainsi dire,
qu'un fait historique sous les formes de l'allégorie. N'ai-je

pas vu quelqu'un de ma connaissance très-intime revenir
dans ses foyers avec confiance, à la suite de la fameuse ca-
tastrophe de 1814, après avoir, pour conserver l'honneur
intact, dédaigné de s'enrichir dans les provinces conquises?
Quel accueil a-t-il reçu de tant de compatriotes qu'il avait
cent fois obligés? le même ou peu s'en faut, que notre malheureux coq. Gardez-vous pourtant de le plaindre! la vertu
s'élève facilement au-dessus de l'injustice des hommes, et
trouve en elle-même ses plus douces jouissances. D'ailleurs,
on apprécie mieux, dans cette position, ses véritables amis;
on sent davantage le charme des affections de l'âme : c'est
encore ici le triomphe du consolant système d'Azaïs. Et puis,
n'en doutons point, la masse du peuple est presque toujours juste, parce qu'elle est rarement dirigée par les petites passions, par les misérables calculs qui font mouvoir
les hautes classes de la société. Ainsi l'opinion publique
nous dédommage, à la longue, des préventions haineuses
et des intrigues de salon. Du reste, les âmes viles, en s'at-
taquant à l'homme d'une trempe supérieure, sont d'autant
plus hardies qu'elles ne courent aucune chance trop défa-
vorable. Parviennent-elles à l'éloigner de la carrière, elles
triomphent tranquillement, parce qu'il se respecte trop pour
jamais recourir à d'indignes moyens de vengeance : suc-
combent-elles au contraire dans leurs efforts, elles sont bien
convaincues qu'un pareil homme met au nombre de ses devoirs je ne dirai pas l'oubli, mais du moins le pardon des
injures.

121. Voici la traduction littérale de cette fable russe dans
laquelle j'ai pris l'idée première, le sujet de la mienne :

LE ROITELET.

Un roitelet prit son vol et s'élança rapidement au-dessus

de la mer ; il avait répandu le bruit qu'il y mettrait le feu.
La renommée en avait fait part au monde entier. La terreur se répandit parmi les habitants de l'empire de Neptune ; les oiseaux arrivent en foule pour jouir du spectacle ;
les habitants des forêts sortent tous de leurs retraites pour
voir bouillir l'Océan ; on dit même que, sur le bruit qui
s'en était répandu, un grand nombre de pique-assiettes se
présentèrent sur le bord de la mer, la fourchette à la main,
pour déguster les poissons que l'Océan bouillant jetterait
sur le rivage, poissons plus rares encore sans doute et plus
délicieux que les poissons servis aux secrétaires des ministres sur la table d'un fournisseur. On se presse ; chacun
d'avance admire le spectacle dont il doit être témoin. On
se tait, l'on fixe les yeux sur l'étendue de l'Océan ; tout à
l'heure, dit-on, vous allez voir la flamme. Pas encore : point
de flamme ; l'eau s'échauffe-t-elle au moins ? — Du tout.
— Mais de quelle manière enfin se sont terminés tous ces
gigantesques projets ? — Le Roitelet honteux, rentra dans
son nid : Il avait fait retentir les cent trompettes de la Renommée ; l'Océan est toujours resté ce qu'il était.

Sans offenser personne, nous pouvons tirer cette moralité de notre fable : qu'avant d'être parvenu à finir une affaire, il faut bien prendre garde de s'en vanter.

122. *Les deux Chiens et l'Ane mort.* La Fontaine, livre
VIII, fable **25.**

123. . . . . . . prônant les radicaux.

C'est la dénomination qu'ont prise en Angleterre les modernes partisans des réformes politiques.

124. Mille petits Solons de moderne fabrique.

Solon, un des sept Sages de la Grèce, et le législateur

d'Athènes, sa patrie, mourut, l'an 559 avant J.-C., à 80 ans.
Témoin de nombreux abus et de beaucoup d'injustices ré-
voltantes, il se plaisait à répéter ce mot qu'il tenait d'Anacharsis : « A quoi t'occupes-tu, mon cher Solon ; ne sais-tu
« pas que les lois sont des toiles d'araignées ? les faibles s'y
« prennent ; le puissant les déchire. »

125.   Dans notre ardennaise contrée.

Sans prétendre rien ôter au mérite des cochons anglais,
nous pouvons dire que ceux de nos Ardennes jouissent d'une
réputation très-étendue et très-justement acquise. Cette
fable est du reste une plaisanterie provoquée par un de mes
voisins de campagne, qui avait fait venir d'Angleterre un
verrat dont il se promettait une postérité nombreuse, et qui
mourut célibataire.

126.   Mais l'ours, nouveau Burrhus, combattait maint Narcisse.

Burrhus, gouverneur de Néron. Son austère vertu ne
parvint pas à retenir longtemps son élève dans le sentier de
l'honneur. Doit-on s'en étonner lorsqu'on se rappelle que
l'infâme Commode était le fils du vertueux Marc-Aurèle ?
L'éducation est très-puissante, sans contredit ; mais je ne
croirai jamais qu'elle puisse changer entièrement un naturel vicieux ; il est des monstres au moral comme au physi-
que. Le caractère de Narcisse mis en opposition avec celui
de Burrhus dans la tragédie de *Britanicus*, produit un
grand effet dramatique.

127.   Le Spartiate eût autrefois
             Fait une semblable réponse.

Le laconisme spartiate est assez connu. Nous remarquons
ici, sans nous piquer toutefois d'être fort savant sur les éty-

mologies, que ce mot *laconisme* vient de la réponse à jamais célèbre des Laconiens à Philippe, roi de Macédoine, qui les avait menacés de saccager entièrement leur pays, s'il y entrait une fois. Les Laconiens se contentèrent d'écrire le monosyllabe *si* au bas de la lettre qu'ils renvoyèrent à l'orgueilleux monarque.

128.   Exécuté sur les plans de Perrault.

Perrault (Claude), né en **1613**, à Paris, et mort dans la même ville en **1688**, s'est immortalisé par la belle colonnade du Louvre, et par d'autres chefs-d'œuvre d'architecture qui placent son nom parmi ceux dont s'honore le siècle de Louis XIV. On doit à Claude Perrault une traduction française de *Vitruve;* mais M. Moreau de Bioul, membre du corps équestre de Namur, vient d'en donner (vol. in-4º, Bruxelles, **1816**) une beaucoup plus exacte; les notes intéressantes qui l'accompagnent jettent le plus grand jour sur l'architecture et sur plusieurs usages des anciens.

129.   Et lorsque l'estomac réclame.

Le verbe *réclamer* peut se prendre dans un sens neutre et sans régime, quoi qu'en ait dit un critique belge, témoin ces vers de Casimir Delavigne.

> Et l'amour doit céder quand Apollon *réclame.*
> . . . .
> Dussent-ils, pour tromper le bon goût qui *réclame*,
> Des éclairs de Brébeuf ressusciter la flamme.

130.   L'Anglais même, au besoin, vendrait jusqu'à sa femme.

Écoutons ce que dit, au sujet des ventes de femmes à Londres, le général Pillet, dans son ouvrage sur l'Angleterre : « Un magistrat m'a assuré que les formalités des di-

« vorces par la vente de la femme, dans le bas peuple, étaient
« fondées sur des usages transmis par les anciens Brices ou
« Bretons, antérieurement aux dynasties danoises. Cette
« espèce de divorce n'exige pas de grandes cérémonies.

« Un mari mécontent veut divorcer ; il y a preuve d'in-
« conduite de la femme, il y a consentement entre les
« époux ; ils viennent l'un et l'autre se présenter, le jour du
« marché, dans la place publique. Le mari conduit sa femme,
« liée par le cou, avec une corde ; il l'attache au lieu où se
« vend le bétail, et là il la vend publiquement, en présence
« de témoins. Quand le prix est arrêté, et il ne dépasse pas
« quelques schellings (pièce d'un franc environ), l'acqué-
« reur détache la femme ; il la mène, liée de la même ma-
« nière, en la tenant par le bout de la corde, et il ne la délie
« qu'après avoir parcouru à peu près la moitié de la place. »
L'Angleterre vue à Londres et dans ses provinces; vol.
in-8°, Paris, 1815, pages 299 et 300.

131. . . . . exempt de l'impôt.

Les sénateurs romains avaient déchargé le peuple de tout
impôt, prétendant que « les pauvres payaient un tribut suf-
« fisant à la république, par la subsistance qu'ils procuraient
« à leurs nombreux enfants. » Tit. Liv. II, 9. En France,
sous l'administration du grand Colbert, un réglement
exemptait de la taille, pour toute sa vie, le père de famille
qui avait dix enfants.

132. Suivre du froid Léthé paisiblement le cours.

Le *Léthé*, ou le fleuve d'oubli, célèbre dans la mythologie.

133. On a vu Frédéric, Pierre, et d'autres héros.

Frédéric-le-Grand, roi de Prusse, et Pierre-le-Grand, empereur de Russie, ont acquis une gloire plus solide encore par leurs lois que par leurs victoires.

134.   Et je retourne à ma charrue.

Combien, après tant d'orages politiques, on doit s'estimer heureux de vivre loin des factions, de jouir du calme des champs, et de pouvoir, dans son loisir philosophique, s'écrier, un Horace à la main : *Beatus ille qui procul negotiis !*

Replacé au gouvernail, l'ancien agriculteur-fabuliste, qui relit cette note, en 1837, ne peut s'empêcher de pousser un soupir et de regretter sa douce retraite de Corioule.

En 1847, débarrassé de tous les liens de la carrière politique, il savoure enfin le bonheur de pouvoir se livrer sans partage à cette douce philosophie, à cette studieuse oisiveté, le rêve de toute sa vie.

135. M. Rabillon (Frédéric), membre de l'Académie de Vaucluse, secrétaire en chef de la mairie d'Orange, puis juge de paix, l'un des hommes les plus estimables que je connaisse. Ses talents distingués, ses vues pleines de sens et de sagesse, son caractère conciliant et ses principes d'honneur, étrangers à toute espèce d'exagération de parti, mais éminemment français, lui ont valu la reconnaissance, l'affection de tous ses concitoyens. Il s'est choisi pour compagne une femme respectable, qui l'a rendu père de sept garçons; l'aîné est auteur d'une fable latine qui m'a fourni le sujet de celle qu'on va lire. Un critique, en rendant compte de mes fables, a prétendu que le public n'avait pas besoin de cet éloge de M. Rabillon, mais je répondrai

ce que répondit, en pareil cas, le bon Collin-d'Harleville :
« Le critique n'a pas pensé que j'en avais besoin, moi, et
« que j'acquittais ainsi une dette chère à mon cœur. »

Nous nous sommes revus, quelques instants, au mois de
novembre 1840, à mon retour de Turin. C'était un dernier
adieu... Rabillon est mort au commencement de mars 1841.

N. B. Dans cette fable, au lieu du dixième vers, tel qu'il
est imprimé, l'on doit lire :

> *Tu tends à leur jeunesse une main secourable.*

136.   Chacun le sait, les murs ont des oreilles.

C'est au moins le proverbe qui le dit, et cela doit nous
suffire.

137.   De ces maîtres matous, je connais trop les serres.

Serre se dit du pied des oiseaux de proie; mais à l'exemple de La Fontaine, qui fait usage de ce mot en parlant de
l'ours (liv. V, fable **xx**), on peut aussi l'appliquer, par si-
militude, aux griffes du chat, et, à plus forte raison, aux
mains des gens d'affaires, qui leur ressemblent bien davantage. Je dois convenir pourtant que si plus d'un avocat se
déshonore par une flétrissante avidité, nous en voyons encore qui se respectent et nous prouvent que le caractère,
mis avec tant de charmes sur la scène par M. Roger, n'est
pas un être d'imagination comme l'ont prétendu quelques
personnes.

Si MM. les puristes ne veulent pas entendre raison sur
le mot *serres*, rien n'empêche que je termine ma fable par
le correctif suivant :

> Feu Domergue aurait dit : les griffes mercenaires,
> Mais *griffes* est un mot trop faible en pareil cas.

30

Lebrun a fait, en quatre vers, l'éloge de cet Urbain Do-
mergue dont j'invoque ici l'autorité :

> Ce pauvre Urbain, que l'on taxe
> D'un pédantisme assommant,
> Joint l'esprit du rudiment
> Aux grâces de la syntaxe.

138. D'après les observations judicieuses d'un de nos
meilleurs critiques, j'ai cru devoir refondre entièrement
cette fable. La voici telle qu'elle se trouve dans les premières éditions :

> Le rossignol, chantre heureux des amours,
>   Et le paon hautain et superbe,
>   Ensemble passaient tous leurs jours ;
>   Ils faisaient leurs repas sur l'herbe.
> De toutes parts, en les voyant on dit :
> « Étrange liaison ! singulière alliance ! »
> Pas tant !... Détrompez-vous ; en pareille occurrence
>   Le grand seigneur croit avoir de l'esprit ;
>   Le bel-esprit se croit de la naissance.
>   Ainsi de tous deux, en effet,
>   La vanité trouve son fait.

Ces derniers vers rappelaient un mot de Louis XIV sur
Racine. Le voyant un jour à la promenade avec M. de Cavoye : « Voilà, dit-il, deux hommes que je vois souvent
« ensemble ; j'en devine la raison : Cavoye avec Racine se
« croit bel-esprit ; Racine avec Cavoye se croit homme de
« cour. »

139.   Le grand Confucius.

Con-fou-tzée, que nous nommons *Confucius*, le plus
grand philosophe de la Chine, né l'an 551 avant J.-C., si
l'on croit devoir s'en rapporter à MM. Lenglet-Dufrénoy

et Deguigne, qui ne sont pas d'accord sur ce point avec d'autres chronologistes. Ses ouvrages ont été traduits en latin par le P. Couplet, jésuite (né à Malines en 1628), et trois de ses confrères, sous ce titre : *Confucius Sinarum philosophus, sive scientia sinica, latine exposita studio et operâ Prosperi Intercetta, Christiani Herdrich, Francisci Rougemont et Philippi Couplet PP. societ. Jesu., libri III.* Paris, D. Hortemels 1687, in-fol.

Il existe un autre recueil, publié par le P. Noël, en latin, vol. in-4°. Prague, 1711, et traduit en français par l'abbé Pluquet, 7 vol. in-18, Paris, 1784.

M. Lévêque a donné une élégante traduction française des pensées les plus remarquables de Confucius; elle fait partie de la collection des moralistes anciens, sortie des presses de Didot, en 1782.

140.   L'empereur Choun rendait son peuple heureux.

Choun, dont il est ici question, né simple paysan, fut tiré de la charrue, sur la réputation de ses mœurs, de son esprit et de ses talents, par l'empereur Yao qui l'adopta. Sa conduite sur le trône justifia parfaitement ce choix. « Combien était grande la sagesse de l'empereur Choun, dit « Confucius; il se défiait de son propre jugement et de sa « prudence; il s'appuyait, pour gouverner l'état, de la sa- « gesse et des vues de ses ministres; il aimait à prendre « conseil, même sur les choses ordinaires, et se plaisait à « examiner les réponses les plus simples de ses conseillers. « Si leurs avis lui semblaient quelquefois peu conformes à « la raison, il ne les suivait pas; mais il dissimulait ce qu'il « y trouvait de vicieux, entretenant ainsi la confiance de « ses ministres et cette candeur avec laquelle ils lui com- « muniquaient leurs pensées. Quand leurs conseils étaient

« sages, il ne se contentait pas de les suivre, il affectait
« d'en faire l'éloge, pour encourager encore plus ceux qui
« les avaient donnés, et les exciter à développer leurs sen-
« timents. Si ces avis s'écartaient un peu de l'exacte me-
« sure qu'il faut toujours garder, il en saisissait les deux
« extrêmes, les pesait scrupuleusement dans la balance de
« la raison, et découvrait le point juste qui séparait les deux
« termes opposés. C'est par de semblables soins que Choun
« devint un si grand prince. »

141. D'un injuste ennemi combattre les excès.

Notre bon Henri IV (je dis *notre*, bien qu'il n'ait jamais
régné sur ma patrie ; mais il appartient à tous les hommes
qui se piquent de sentiments chevaleresques), Henri IV
disait : « Le plus sûr moyen de se défaire d'un ennemi,
« c'est d'en faire un ami. » Politique sublime, et la meilleure réfutation peut-être du système de Machiavel !

142. Par l'aigle poursuivi, maître choucas fuyait.

Le choucas est une espèce de corneille grise qui a le
pied rouge ; elle est connue sous le nom de *graille* dans
quelques provinces.

143.   « Quoi qu'il arrive, gardons-nous
          « De céder aux transports d'un aveugle courroux ;
          « Le remords à jamais ferait notre supplice.
          « Une autre vérité naîtra de mon sujet :
          « Les passions toujours mènent au précipice ;
          « A les fuir prudemment le sage se soumet. »

J'ai cru devoir supprimer, comme superflus, ces vers qui
formaient l'affabulation de cet apologue dans les deux premières éditions.

144.   L'aigle, cher aux Romains.

On sait que l'aigle, l'oiseau de Jupiter, figurait sur les enseignes des légions romaines.

145.   De cidre d'Isigny marchands.

Le cidre d'Isigny a tellement acquis de célébrité, qu'aujourd'hui l'on n'en vend plus d'autre... Il s'en fabrique dans toute la Normandie, voire même dans la Picardie.

146.   Manquer à la reconnaissance, etc.

J'avais d'abord dit :

> « L'homme manque souvent à la reconnaissance ;
> « Rapportant tout à soi, l'on vous juge au hasard :
>   « L'art qu'on professe est le seul art
>   « Dont on estime la science. »

Mais le rapport de cette moralité à la fable ne se faisait pas assez sentir.

147. On trouve dans le recueil des pensées morales de divers auteurs chinois, le passage suivant, qui m'a fourni l'idée de ma fable : « Fier de ton rang, gonflé de ta science, « tu regardes les autres avec mépris ; tu ressembles à cet « enfant qui, fièrement assis sur un monceau de neige, « s'applaudit de son élévation. Le soleil darde ses rayons, « la neige se dissout, et le petit orgueilleux tombe dans la « fange. »

148.   De Tarquin-le-Superbe il avait l'arrogance.

Les historiens n'ont point flatté le portrait de Tarquin, dernier roi de Rome, qui fut précipité du trône l'an 509

avant J.-C. Le surnom de *superbe* annonce assez qu'il avait
de l'orgueil et de la hauteur dans le caractère; mais a-t-il
mérité tous les reproches qu'on lui fait? C'est ce qu'il est
permis de révoquer en doute. « Les places que la posté-
« rité donne, dit, en parlant de Tarquin, le président de
« Montesquieu dans ses *Considérations sur la grandeur
« et la décadence des Romains*, sont sujettes, comme les
« autres, aux caprices de la fortune. Malheur à la réputa-
« tion de tout prince qui est opprimé par un parti qui de-
« vient le dominant, ou qui a tenté de détruire un préjugé
« qui lui survit. »

149.   Et de Néron, plus tard, suivant toute apparence,
              Il aurait eu la cruauté.

Les crimes de Néron, fils adoptif de l'empereur Claude :
l'assassinat d'Agrippine, sa mère, et du philosophe Sénèque,
l'empoisonnement du vertueux Burrhus et de Britannicus,
enfin mille autres actes d'une atrocité révoltante, sont
malheureusement trop bien constatés, et rendent ce nom
l'horreur de tous les siècles.

150.   Le ver que chérit la Provence.

La Provence doit le ver-à-soie et la culture du mûrier à
Olivier de Serres, seigneur du Pradel, célèbre agronome,
né l'an 1539, à Villeneuve-de-Berg, et mort en 1619. Il eut
l'honneur d'être en correspondance directe avec Henri IV,
qui le chargea de diverses améliorations dans les domaines
royaux, et particulièrement d'une plantation de mûriers
blancs dans le jardin des Tuileries. Le comte François de
Neufchâteau, dont le zèle pour l'utilité publique ne se démentit jamais, a donné ses soins à une nouvelle édition du

Théâtre d'Agriculture d'Olivier de Serres, enrichie de notes et d'observations du plus grand intérêt.

151.   Qu'Orosmane-Lafon s'en est fait un turban.

Orosmane, de la tragédie de *Zaïre*, est sans contredit un des rôles où Lafon a déployé le plus de talent. Il est vraisemblable qu'en bon Français il aura, dans l'intérêt de l'industrie nationale, substitué la soie au cachemire des Indes.

152.   Arachné s'écria :

Arachné, que Minerve métamorphosa, dit-on, en araignée, parce qu'elle voyait en elle une rivale dangereuse dans l'art de broder. Qu'espérer, hélas! de la pauvre espèce humaine, lorsque la déesse de la Sagesse elle-même n'est pas exempte d'envie, et s'abandonne à la vengeance?

153.   Sans sortir de chez soi l'on peut voir du meilleur.

Après ces mots, j'avais d'abord mis en scène le dogue et le lévrier; mais ces personnages n'étaient pas suffisamment liés à l'action, et j'ai retranché les vers suivants qui terminaient ma fable :

> « Ces injustes propos excitèrent l'humeur
> « De certain dogue fort sévère,
> « Plus que Guillaume Franc-Parleur.
> « Il les tança de la belle manière. »
> Un lévrier lui dit : « Pour Dieu! mon cher doyen,
> « Calmerez-vous votre colère ?
> « Eh! mais ne savez-vous pas bien
> « Que ces dames sont des fileuses ?
> « Laissez-leur le plaisir de faire les railleuses.
> « Qui ne le sait?.. rival, partout, voit un défaut,
> « Dans sa bouche le blâme à l'éloge équivant. »

A propos de franc-parleur, je disais dans une note qui me paraît bonne à conserver : « Guillaume le Franc-Parleur est, comme chacun sait, le successeur immédiat de *l'Ermite de la Chaussée-d'Antin*, dont il a dignement soutenu la réputation. De simples articles de journaux, réunis en corps d'ouvrage, placent M. de Jouy, leur auteur, au rang de nos moralistes les plus distingués et des meilleurs écrivains de notre temps.

Le bon ermite est mort le 4 septembre 1826, il était né le 22 septembre 1764, à Versailles.

154.   . . . . . . Ses discours imprudents
                 Ont mis au tombeau la patrie.

Il est impossible de méconnaître, aujourd'hui, le triomphe des principes constitutionnels ; mais il importe plus que jamais de se tenir en garde contre toute espèce d'exagération, afin de ne point dépasser le but, comme on l'a fait en 1791. C'est l'objet que je me suis proposé dans cette fable ; et, pour développer davantage ma pensée, je vais transcrire ici les réflexions que j'ai consignées dans le *Journal de la Belgique* (du 10 novembre 1820) en rendant compte d'un nouvel ouvrage de l'abbé De Pradt.

« On ne peut se le dissimuler, une grande révolution s'opère en Europe, et la monarchie constitutionnelle est devenue maintenant le besoin de tous les états. On s'était flatté qu'à la suite du congrès de Vienne, les souverains sentiraient l'importance de diriger eux-mêmes l'esprit du siècle, et d'établir sur tous les points un gouvernement analogue aux lumières acquises, un ordre stable et définitif, de manière à prévenir des concessions toujours fâcheuses, lorsqu'elles sont arrachées par la violence ; mais un malheureux système d'hésitation a prévalu. Qu'en résulte-t-il ?

une lutte déplorable, qui nous éloigne du but en semant des inquiétudes, des méfiances, et en provoquant l'exalta-tion, l'enthousiasme, fort mauvais conseillers de leur na_ture.

« Le régime constitutionnel a pour adversaires quelques incorrigibles vétérans de l'aristocratie, quelques prétendus hommes d'état qui, pour connaître à merveille les anciens traités diplomatiques et l'étiquette des cours n'en ignorent pas moins l'état actuel et les vœux de la société qu'ils doivent régir ; mais l'absurdité de leurs vues et la mala-dresse de leurs démarches les rendent peu redoutables. Certes ils n'empêcheraient point les rois de se convaincre à la fin que les institutions proposées ne sont pas moins dans l'intérêt de leur gloire et de leur puissance que dans l'intérêt des peuples, si d'autres ennemis plus dangereux du régime constitutionnel ne venaient déranger tous les calculs ; ce sont d'abord ces tartufes libéraux, misérables intrigants qui, pour mieux s'insinuer et parvenir, ont pris les couleurs à la mode aujourd'hui, comme ils auraient adopté le masque de la dévotion sous le règne de Louis XIV ; ensuite ces brise-raisons, ces cerveaux brûlés, véritables roquets politiques qui ne savent que crier à tort et à travers contre les hommes et les choses : esprits orgueilleux et su-perficiels, sans principes comme sans suite dans les idées, plus intolérants que les défunts inquisiteurs espagnols, ils voudraient faire ployer l'univers sous le joug despotique de leurs bizarres systèmes ; ils voudraient proscrire la mo-dération et la sagesse, parce qu'agiter les passions, réveiller les haines, bouleverser l'ordre, est leur unique talent ; en-fin viennent ces jeunes gens, pleins de sentiments nobles, mais privés des ressources de l'expérience, et ces *idéolo-gues* philanthropes qui, n'ayant médité sur l'espèce hu-maine que dans le silence du cabinet, ce foyer des illusions philosophiques où jamais l'obstacle ne se présente, imaginent des théories admirables pour des êtres privilégiés et surnaturels; ceux-ci, de la meilleure foi du monde, nous entraîneraient avec eux dans le tourbillon des chimères, s'ils nous inspiraient assez de confiance pour les suivre en aveugles.

« Vedette attentive, le publiciste annonce aux ministres et aux princes une crise qui peut encore devenir salutaire, si l'on s'empresse de fonder les institutions que le siècle réclame, et de fortifier ainsi les trônes, tant contre les projets insensés d'une aristocratie qui n'est plus de ce siècle, que contre les coupables efforts de l'esprit anarchique.»

155.   Nouveaux Machiavels, nos loups de s'attacher.

Machiavel (Nicolas), né à Florence en 1469, et mort en 1527, historien d'un mérite supérieur, mais publiciste dangereux. Son *Traité du Prince* semble autoriser tous les crimes, pourvu qu'ils soient utiles. Frédéric-le-Grand, roi de Prusse, débuta dans la carrière des lettres par la réfutation de cet ouvrage. Pourquoi faut-il ajouter que ses premiers pas dans la carrière politique furent en opposition avec les sages et vertueux principes qu'il venait d'émettre? C'est ainsi, faibles humains! que trop souvent notre conduite dément les plus beaux discours.

Cette fable, qui fut composée au mois de juillet 1815, parut à cette époque dans un journal français. Le docteur O'Meara la cite dans son intéressant ouvrage sur l'illustre prisonnier de Sainte-Hélène.

156.   Pour s'être mis, un jour, en frais de gentillesse.

Voyez *l'Ane et le petit Chien.* C'est la fable 5e du livre IV de La Fontaine.

157. *Un sot trouve toujours un plus sot qui l'admire.*

Dernier vers du premier chant de *l'Art poétique.*

158. De Pradt leur fait la guerre en ses nombreux ouvrages.

Avec des opinions moins versatiles et plus de dignité
dans le caractère, M. de Pradt, ancien archevêque de Malines, se serait mis à côté de Benjamin Constant sur la première ligne des publicistes modernes. Quoi qu'il en soit, son
Antidote au Congrès de Rastadt, son *Congrès de Vienne,*
et ses autres ouvrages, méritent d'être lus et médités par
les hommes d'État. Le style n'en est pas toujours exempt de
néologisme, de prétention, mais il est clair, pittoresque et
quelquefois d'une originalité piquante. On regrette que
dans son *Histoire de l'ambassade à Varsovie*, l'auteur ait
cru pouvoir sacrifier à son irascible amour-propre, des
hommes d'un vrai mérite, tels que M. Bignon, avantageusement connu dans la carrière diplomatique, et l'un des plus
éloquents défenseurs des principes constitutionnels à la
chambre des députés. M. Bignon a publié vers la fin de
1814, sous le titre d'*Exposé comparatif de l'état finan-
cier, militaire, politique et moral de la France et des
principales puissances de l'Europe*, un ouvrage qui fait
honneur à la variété de ses connaissances.

On lui doit un livre plus remarquable encore, l'*Histoire
de France depuis le 18 brumaire*, avec cette épigraphe,
tirée du testament de Napoléon. « Je l'engage à écrire
« l'histoire de la diplomatie française de 1792 à 1815. »

159. C'est ainsi qu'en jugeaient Louis et Charles-Quint.

Un des secrets de la politique de l'empereur Charles-
Quint était de se montrer tour-à-tour Espagnol, Italien, Al-

lemand, Flamand, Français, et de parler toujours la langue
du pays où il se trouvait. Louis XIV se garda bien d'inter-
dire aux Alsaciens leur idiome. Aussi, malgré l'origine Al-
lemande, les a-t-on vus constamment les plus fermes défenseurs de la patrie adoptive. Néanmoins, de nos jours,
quelques pygmées politiques, qui se croient des hommes
d'État parce qu'ils en portent le titre, voudraient qu'on sup-
primât l'usage de la langue française dans la Belgique, tandis que les trois cinquièmes de ses habitants n'en ont jamais connu d'autre. C'est une tentative qui restera sans
effet : l'ancien idiome populaire (sans qu'on paraisse craindre un pas rétrograde pour la civilisation) est à la vérité
rétabli dans les provinces flamandes, et même à Bruxelles...
mais ses conquêtes ne s'étendront point aux provinces wal-
lonnes; la sagesse du roi des Pays-Bas doit, à cet égard,
nous rassurer complétement.

M. Barafin a publié, sur la matière qui nous occupe, une
brochure écrite avec agrément, et M. Plascaert un petit ouvrage qui pétille d'esprit. On connaît aussi les observations
judicieuses de M. Tarte, insérées dans l'*Oracle*, et les plaisanteries pleines de sel et de gaîté de l'*Observateur belge*.

Ce qui n'était qu'une fable en **1818** est devenu de l'histoire en **1830**.

Au 33e vers, tel qu'il était dans les précédentes éditions :

> Pourvu qu'on soit soumis à son obéissance?

J'ai substitué celui-ci :

> Pourvu qu'on fasse, en tout, preuve d'obéissance?

Et je pourrais bien avoir eu tort.

160.   On prétend même que Vestris.

La réputation dont jouit, en Europe, ce nom de *Vestris*,
qu'ont porté successivement avec éclat plusieurs généra-
tions de danseurs à l'Académie royale de musique, nous
dispense ici d'une note très-étendue. Vestris Ier prétendait,
à l'époque de ses triomphes (il y a de cela peut-être quatre-
vingts ans), que « l'univers entier ne comptait pas au delà
« de trois grands hommes, Frédéric, lui (Vestris) et Vol-
« taire. »

161.   Où donc vraiment ? Eh ! messieurs, à Beaucaire.

Beaucaire, petite ville du Bas-Languedoc (département
du Gard). Sa foire, qui commence le 22 juillet et dure six
jours, est peut-être la plus considérable de l'Europe. Son
origine remonte à l'an 1217, sous le règne de Raymond,
dit le Vieux, comte de Toulouse. Le manége frauduleux
dont je parle dans cette fable, est d'une exactitude historique ; j'en fus moi-même le témoin en 1810.

162.   Jamais Talma dans les provinces.

Talma dispute à Lekain l'honneur d'être le plus grand
acteur tragique qu'ait eu la France. Il est mort le 19 octobre 1826.

163.   Lebrun-Pindare à l'Institut.

Lebrun (Ponce-Denis Écouchard, né à Paris, en 1729, et
mort, dans la même ville, le 2 septembre 1807. — Trop
d'amours-propres irrités par ses épigrammes, et des principes politiques dont on ne peut justifier l'exagération, n'ont
guère permis aux contemporains de juger avec équité ce

grand poëte. Sa réputation ne peut que s'accroître encore ;
les beautés originales qui brillent en grand nombre dans
ses odes compensent assez les défauts qu'on leur reproche.
Si Lebrun avait toujours autant de goût qu'il a de chaleur
et d'imagination, il aurait remporté la palme du genre lyrique. Ceux qui l'ont entendu savent avec quel charme en-
traînant il récitait ses vers.

164.   Le docteur Gall à son début.

L'enthousiasme qu'avait excité d'abord le système du
docteur Gall sur la cranologie, ne s'était pas trop soutenu,
ce qui n'empêchait cependant pas de considérer l'auteur
comme un anatomiste du premier ordre. On ne peut nier
non plus que depuis sa mort (1828) la phrénologie n'ait repris faveur ; elle semble acquérir, chaque jour même, plus
d'importance.

165. M. de Carrion-Nisas, après avoir brillé comme orateur à la tribune, a fait avec distinction la campagne de 1807
en Prusse, et celles d'Espagne qui l'ont suivie. Il vient de
publier un ouvrage important sur l'art militaire. Ses tragédies de *Montmorenci* et de *Pierre-le-Grand* offrent de
belles pensées et de beaux vers. Les épîtres et autres poésies qu'il a dans son portefeuille, ajouteront sans doute un
nouvel éclat à sa réputation littéraire.

Son fils, très-jeune encore, s'est déjà fait connaître par
un *Coup d'œil sur l'état de la liberté publique en France
aux diverses époques de l'histoire*. Dans cet opuscule,
rempli de recherches, on trouve des détails fort intéressants
sur les trois couleurs immortalisées naguère par tant de victoires, et dont une prétendue politique, non moins puérile
qu'imprévoyante, avait, depuis, fait une arme si redoutable.

« Charles VII, dit M. de Nisas, jaloux de fixer sur la gendarmerie la plus haute considération, en choisit les trois premières compagnies pour leur remettre la garde des enseignes les plus distinguées. La préséance fut accordée à la *cornette blanche*: le roi l'avait créée comme le signe de sa confiance dans le secours de la Vierge, lorsque les Anglais, maîtres de Paris, s'étaient emparés de l'*oriflamme* et de la *bannière royale*, qui se gardaient l'une et l'autre dans le trésor de Saint-Denis; l'oriflamme était *rouge*, et la bannière royale était *bleue*. Depuis cette époque, ces trois enseignes ont appartenu : la première, au régiment du colonel-général de la cavalerie; la seconde, à celui du mestre-de-camp-général; et la troisième, au régiment du commissaire-général. Telle est l'origine des *trois couleurs*, prétendues *révolutionnaires* »

Lorsque les Hollandais, soulevés contre l'Espagne, voulurent former une république indépendante, ils laissèrent à Henri IV le choix du pavillon qu'ils devaient arborer; ce prince leur donna les couleurs françaises (le blanc, le rouge et le bleu), qui, depuis, ont toujours flotté sur les vaisseaux des Provinces-Unies. «*Les liens d'amitié*, leur manda-t-il, *se resserreront sans doute de plus en plus, tant que les républicains auront sous leurs yeux un objet qui rappelle le souvenir des services nombreux par lesquels la France a garanti l'existence de leur liberté.*

166.   En véritable coq d'état.

Comme on dit un homme d'état, j'ai cru pouvoir, par analogie, hasarder l'expression de *coq d'état*.

167.   Comme Camille généreux.

Camille (Marcus-Furius), vainqueur des Veïens, en butte

à l'orgueilleuse jalousie des tribuns, fut contraint de se ré-
fugier à Ardée. Il quitta néanmoins cette terre d'exil pour
marcher au secours de ses concitoyens assiégés au Capitole
par les Gaulois, déjà maîtres de la ville de Rome. Il sauva
la république par une victoire éclatante et par la sagesse de
ses mesures. On lui décerna le glorieux titre de restaura-
teur de la patrie, et de second fondateur de Rome. Il mourut de la peste, l'an 365 avant J.-C., à l'âge de 80 ans.

168.   Il veut être conduit dans ce pays latin.

C'est le nom qu'on donne, à Paris, aux quartiers Saint-
Jacques et du Panthéon où l'on voit le collége de France,
l'Observatoire, les écoles de Médecine et de Chirurgie, l'é-
cole de Droit, l'École Polytechnique et la défunte Sorbonne.

169.   Chez un des héritiers d'Étienne.

Plusieurs imprimeurs de cette famille ont acquis, par les
belles éditions qu'ils ont données, de 1509 à 1674, une célébrité méritée. On distingue particulièrement Henri, Ro-
bert, François, Charles, un second Henri et Antoine Étienne.
C'est aussi le nom d'un de nos meilleurs poëtes comiques
de l'époque actuelle, mort le 13 mars 1845.

170.   . . . . ou de Barbin.

Barbin était un des plus fameux libraires du siècle de
Louis XIV. C'est chez lui que les beaux esprits de son temps
se donnaient rendez-vous.

171   Et toi, messire Turcaret.

Turcaret, tout aussi bien que *Mondor*, est devenu le
nom générique des financiers, depuis la comédie de Le-

sage, qui porte ce titre. Elle fut jouée pour la première fois en 1709.

172.   Hippocrate...

Les docteurs ne prononcent qu'avec un religieux respect le nom d'Hippocrate, le plus célèbre médecin de l'antiquité. Il délivra les Athéniens de l'horrible peste dont ils furent affligés au commencement de la guerre du Péloponèse, ce qui lui valut le droit de cité, une couronne d'or et l'initiation dans les grands mystères. Ses *aphorismes* sont encore, après tant de siècles, consultés comme des oracles.

173.   . . . . ou Pinel.

M. Pinel, membre de l'Institut, après s'être rendu célèbre par ses cures merveilleuses, s'est immortalisé par sa *Nosographie philosophique*, ou *Méthode de l'analyse appliquée à la médecine*, 3 vol. in-8°.

Né dans un village près de Castres, le 11 avril 1745, il est mort, médecin en chef de la Salpêtrière à Paris, le 25 octobre 1826.

174.   On devient fort sur le blason.

Le blason, c'est-à-dire la science des armoiries. On sait que la marquise de la Jeannotière la regardait comme une des plus importantes qu'il y eût au monde. Dans le fait, elle a plus d'une fois ouvert les portes de l'Académie, et frayé la route des honneurs.

175.   . De l'ânesse de Balaam.

Plus d'un livre digne de foi nous apprend que l'âne ou l'ânesse de Balaam parlait, et même parlait bien; sa race, il faut en convenir, est un peu dégénérée. C'est ainsi que nous voyons chaque jour :

     « Tant de fils inconnus de si glorieux pères. »

176.   Et l'entrée à Jérusalem.

On sait que le législateur-Dieu, né dans une étable à Bethléem, en partit pour l'Égypte avec la sainte Vierge et saint Joseph. Ce voyage se fit sur un âne. C'est encore monté sur un âne que Jésus-Christ fit sa glorieuse entrée à Jérusalem.

177.   Sauvé par des oisons, très-célèbres héros.

Les Gaulois, qui s'étaient emparés de Rome, sous la conduite de Brennus, parvinrent, une nuit, jusqu'aux murs du Capitole qu'ils escaladaient déjà, lorsque des oies, consacrées à Junon, réveillèrent Manlius par leurs cris. Manlius se porte à l'instant même sur le point menacé ; la garnison ne tarde pas à le suivre, et l'ennemi bientôt se voit contraint de se retirer.

178. D'après Marie, dite de France, qui vivait dans le 13e siècle.

         « Me nomerai por remembrance :
         « Marie ai nom ; si suis de France»,

dit-elle, à la fin du recueil de ses fables dont M. de Roquefort vient de publier une très-belle édition, qui, par les remarques intéressantes dont elle est enrichie, ne mérite pas moins une place dans la bibliothèque du savant que dans celle de l'homme de goût.

179.   Pour les louer. Ch.... les poursuit en tous lieux.

Une lettre initiale, deux même ne compromettent per-

sonne. Si l'on devine le poëte dont il est question, ce sera
bien moins ma faute que la sienne. Il est loin d'ailleurs
d'être le seul de son espèce; mais c'est incontestablement
primus inter pares, comme dirait un ancien docteur de
Sorbonne.

Je ne sais trop comment le nom de Chazet (mort le
17 août 1844) s'est trouvé sur les lèvres de tous les lecteurs.

180.   Consacrait les plus nobles chants.

Les *nobles* chants du cygne jouissent, à ce qu'il paraît,
d'une réputation usurpée, mais elle date de si loin qu'il n'y
a plus moyen de le constester. On sait d'ailleurs ce qu'on ra-
contait, en 1783, des cygnes chanteurs de Chantilly. Il est
curieux de lire ce qu'en dit un de nos savants (M. Mongez)
à l'article *Cygne* de l'*Encyclopédie méthodique*, *Dictionnaire des Antiquités*. M. Combaire (de Liége), mort le
17 mars 1830, poëte plein de grâce et d'harmonie, a consacré de beaux vers au portrait du cygne, dans sa charmante
idylle de l'*Étang*. Le lecteur nous saura gré de les lui faire
connaître.

> Un cygne y flotte en paix ; ses élégants contours
> Sont formés avec soin par la main des amours;
> Il vogue, amant superbe, auprès de sa maitresse ;
> Des baisers les plus vifs il savoure l'ivresse ;
> Il étonne les yeux par sa noble fierté ;
> Tout en lui nous enchante et peint la volupté.
> Roi d'une humide plaine il en parcourt l'espace ;
> Ses ailes sur son dos se gonflent avec grâce,
> Orgueilleux de son port, ravi de sa blancheur,
> Il relève son cou, navigue avec lenteur,
> Son amante l'admire ; et l'onde, qu'il partage,
> En sillons tremblotants fuit jusques au rivage.

181.   . . . . les enfants d'Apollon.

C'est ainsi que, dans tous les temps, on appela les poëtes ;
mais combien il en est, parmi ces enfants d'Apollon, qui se
trouvent déshérités par leur père !

182.   Plus d'un Zoïle ténébreux.

Zoïle, rhéteur, né dans la ville d'Amphipolis, en Thrace,
l'an 259 avant J.-C., s'est rendu célèbre par son acharnement contre Homère. Ptolémée-Philadelphe, roi d'Égypte,
le fit mettre en croix pour venger l'honneur du poëte grec.
Dans nos temps modernes, on tient beaucoup moins à la réputation des grands hommes ; le moindre bedeau de paroisse
peut les bafouer, à son gré, sans avoir à craindre la plus
légère égratignure. Pour en revenir au nom de Zoïle, devenu générique, il désigne aujourd'hui ces folliculaires
obscurs qui cherchent moins à servir le bon goût qu'à se
venger, par leurs critiques injustes, d'une gloire qui les
offusque et les importune.

183.   En l'imitant, chez nous, Garat lui rend hommage.

Garat (mort en 1823), à qui l'on doit la musique de plusieurs jolies romances, avait acquis une grande célébrité
par sa méthode de chant, qui, pour n'être pas tout à fait
celle de la nature, n'en était pas moins très-séduisante et
très-agréable. Il était doué d'ailleurs d'une voix rare et
d'un organe enchanteur.

184.   . . . . Jean, leur Homère.

Jean La Fontaine, cela s'entend sans explication.

185.   Comme le fut jadis Voltaire par Fréron.

Fréron (Élie-Catherine), rédacteur de l'*Année littéraire*, né l'an 1719 à Quimper, et mort en mars 1776, à Paris. Son acharnement contre le patriarche de Ferney, et sa mauvaise foi littéraire, ont nui beaucoup à la réputation que lui promettaient ses talents. MM. les critiques sont en général trop modestes : tout occupés des succès du jour, ils veulent paraître piquants à des lecteurs frivoles, et ne songent point à la postérité qui ne tient jamais compte que des jugements équitables.

186.   Delille m'a préconisé.

Delille a dit, en parlant de l'âne, dans le poëme des *Trois Règnes de la nature :*

« Pour lui Mars n'ouvre point sa glorieuse école.
« Il n'est point conquérant, mais il est agricole ;
« Enfant, il a sa grâce et ses folâtres jeux :
« Jeune, il est patient, robuste et courageux ;
« Il paie, en les servant avec persévérance,
« Chez ses patrons ingrats sa triste vétérance.
« Son service zélé n'est jamais suspendu :
« Porteur laborieux, pourvoyeur assidu,
« Entre ses deux paniers de pesanteur égale,
« Chez le riche bourgeois, chez la veuve frugale,
« Il vient, les reins courbés et les flancs amaigris,
« Souvent à jeun lui-même alimenter Paris.
« Quelquefois, etc. »

187.   L'animal que l'Hébreu regarde comme immonde,
               Mais qu'au westphalien canton, etc.

L'usage du cochon est interdit aux Juifs par la loi de Moïse. Le nombre de cochons qu'on élève et qu'on consomme en Westphalie est prodigieux ; c'est pour ainsi dire la seule nourriture des habitants.

188   . . . . de Niobé!

Niobé, fille de Tantale et femme d'Amphion, ayant eu
quatorze enfants, osa, dit l'histoire mythologique, se pré-
férer à Latone qui s'en vengea d'une manière atroce, en
faisant mettre à mort par Apollon les sept fils de son ennemie et cinq de ses filles.

189.   Dorat avait l'ambition.

Dorat (Claude-Joseph), né le 31 décembre 1734, à Paris,
et mort dans la même ville le 29 avril 1780. Tragédies, co-
médies, poëmes didactiques, poëmes érotiques, odes, épîtres,
contes, fables, chansons, romans, critique littéraire, etc.;
il s'est essayé dans tous les genres. On a dit de lui (Laharpe,
je crois) :

> « De nos papillons enchanteurs
>   « Émule trop fidèle,
> « Il caressa toutes les fleurs
>   « Excepté l'immortelle. »

Dans le fait, il n'est guère lu de nos jours. Ses œuvres,
réduites à deux volumes, seraient pourtant recherchées par
les connaisseurs. Les prétendus chefs-d'œuvre de Dorat
(3 tomes in-18), ont été rassemblés sans choix. On conser-
verait, dans le recueil que je propose, une douzaine de fables, moins remarquables par la naïveté que par une tournure piquante et vraiment originale. Nous n'avons pas eu
jusqu'ici l'occasion de parler d'Imbert, qui doit au poëme
du *Jugement de Pâris* une place honorable sur le Parnasse
français. Ses apologues ont à peu près les mêmes défauts
que ceux de Dorat; l'affectation du bel-esprit s'y fait trop
sentir.

190. . . . . . Barthélemi, le modèle des sages

Barthélemi (Jean-Jacques), né près d'Aubagne, à Cassis, le 20 janvier 1716, et mort à Paris, le 30 avril 1795, est auteur d'un joli roman, *les Amours de Carite et Polydore*, de dissertations intéressantes sur plusieurs points d'érudition, et d'un *Voyage en Italie;* mais c'est au *Voyage du jeune Anacharsis* qu'il doit l'honneur d'être au rang de nos écrivains classiques. Une vie irréprochable, une modération qui ne se démentit jamais, et les plus touchantes vertus en ont fait, comme je le dis dans cet apologue, le modèle des sages. Il était oncle de M. le comte Barthélemi, l'un de nos publicistes les plus éclairés, mort pair de France, le 4 avril 1830. Le duc de Nivernais, presque octogénaire, a célébré le moderne Anarcharsis dans une notice pleine de charme et d'intérêt.

191. Ce sujet a quelque analogie avec une fable de Gellert, imitée aussi par Bérenger (Laurent-Pierre), membre de l'Académie de Lyon, né à Riez, le 28 novembre 1749, et mort le 26 septembre 1822. Peu d'hommes ont cultivé la littérature, en province, avec plus de succès. Ses *Soirées provençales*, ses *Poésies fugitives* et ses autres ouvrages avaient trouvé de nombreux lecteurs. Son homonyme, l'historiographe du royaume d'Yvetot, montre aujourd'hui du génie dans un genre pour lequel on avait cru longtemps que l'esprit suffisait. Ses chansons vives et piquantes font les délices des amis de l'ancienne gaieté française, et ses odes patriotiques, car ce sont de véritables odes, le placent au premier rang des poëtes de notre époque.

192. Et friande... comme un docteur.

La réputation gastronomique de MM. les docteurs est

assez bien établie pour être inattaquable. Ce n'est guère, on le sait, lorsqu'ils doivent dîner chez leurs malades, qu'ils s'avisent de leur prescrire la diète et le régime.

193.   S'écriait un cousin prenant l'air d'un Caton.

Caton le censeur (Marcus-Porcius), qui mourut 148 ans avant J.-C., se rendit fameux par ses mœurs austères et par la sévérité de la censure qu'il exerçait sur la conduite de ses concitoyens.

194. Cette fable, ainsi que *l'Habit de Jocrisse* et *le Roitelet ambitieux*, a déjà paru dans le recueil intitulé : *Fables russes tirées du recueil de M. Kriloff et imitées en vers français et italiens par divers auteurs, précédées d'une introduction française de M. Lémontey et d'une préface italienne de M. S lfi, publiées par M. le comte Orloff,* Paris, 1825, Firmin DIDOT. 2 vol. in-8º.

Voici *le Lion et le Loup*, traduit littéralement du russe :

« Un lion dévorait pour son déjeûner un malheureux agneau. Ne voilà-t-il pas qu'un petit roquet, qui tournait autour du festin royal, se permit d'arracher de dessous les griffes du lion quelques bouchées, et le roi des animaux, considérant que le coupable était jeune encore et sans expérience, souffrit une telle impertinence sans se fâcher. Un loup voyant cela s'imagina qu'assurément le lion n'était pas fort, puisqu'il se montrait si doux. Aussitôt il étend la patte et veut emporter sa part de l'agneau; mais il s'en trouva mal et devint à son tour la pâture du lion. Celui-ci, furieux de l'insolence du loup, le met en pièces et le dévore en lui disant : Mon ami, tu as eu tort de croire que je serais aussi indulgent pour toi, qui est déjà parvenu à ta maturité, que pour ce petit chien qui ne peut encore juger de rien par lui-même. »

195.   D'un cerf au dieu Comus il fit le sacrifice.

Comus est le dieu de la bonne chère... Dans ce siècle positif on témoigne pour son culte un redoublement de ferveur.

196.   Qu'aux charmes de la danse ou bien de la musique.

La danse de l'ours, qui ne vaut pas tout à fait celle de Vestris et de madame Gardel, n'est cependant pas moins célèbre.

197.   A Rome, sous Auguste, on a vu même chose.

Caïus-Julius-Octavianus-César, qui désola Rome par ses proscriptions, devint ensuite le modèle des princes sous le nom d'Auguste. Les historiens sont d'accord avec Horace et Virgile sur les éloges que mérite la sagesse de son gouvernement.

198.   Dupont-Nemours nous dit que parmi les oiseaux.

Dupont de Nemours, membre de l'Institut et conseiller-d'état, connu par des succès dans plus d'un genre. Ses *Mémoires sur l'instinct des animaux* ont été l'objet de critiques amères ; mais, pour ne considérer ici l'ouvrage que sous le rapport du style, il est écrit, comme je l'ai dit ailleurs, avec un charme de bonhomie qui rappelle souvent La Fontaine. Dupont de Nemours est mort aux États-Unis d'Amérique, en 1807. Il avait composé, pour sa patrie adoptive, un traité d'éducation qu'on peut lire avec fruit, même dans notre vieille Europe.

199.   Entendez-vous autour d'un Geoffroy qui bourdonne.

Le nom de Geoffroy me paraît mériter, comme celui de
Zoïle, l'honneur de devenir un nom générique pour désigner tous ces critiques sentencieux et tranchants qui ne
respectent pas même les œuvres du génie. Geoffroy n'a-t-il
pas exercé de nos jours la plus grande influence? Combien
de jeunes gens faisaient leur éducation littéraire dans le
feuilleton du *Journal des Débats*, et s'en allaient déchi-
rant, sur parole, les tragédies de Voltaire qu'ils n'avaient
jamais lues!

200.   De Montmartre un seigneur, messire Aliboron.

Montmartre est le village de tous les environs de Paris
où l'on voit le plus grand nombre d'ânes, Asnières même ne
vient qu'en seconde ligne, quoi qu'en dise un fameux éty-
mologiste, mon confrère à l'académie Celtique.

201.   Sancho n'a-t-il pas dit : *Vain comme un perroquet?*

Que n'a pas dit ce bon Sancho? C'est l'oracle de la philosophie ; si justice se faisait toujours, on le citerait à chaque instant. Lorsque Vauvenargues s'écriait : *Les grandes
pensées viennent du cœur*, il répétait, en d'autres termes,
ce mot de Sancho : *Le véritable génie vient du cœur et
non de la tête*. Il faudrait peut-être chercher dans l'expression de Quintilien : *Le cœur est le siége de l'éloquence*,
l'origine de cette belle maxime, trop vraie pour ne s'être
pas reproduite plus d'une fois.

202.   En langage d'oiseau, lui répondit soudain.

Un de mes amis a cru voir dans ces mots : *en langage
d'oiseau*, de la prétention et de la recherche. Cette cri-

tique ne me paraît point fondée. Il est nécessaire de dire
que le pinson gazouillait à la manière des oiseaux, tandis
que l'orgueilleux jacquot articulait des paroles à l'instar
des hommes. Sans cette petite précaution oratoire, les reproches du perroquet tombaient à faux, et je n'avais plus
de fable.

203. Croit pourtant l'emporter sur Fontane et Voltaire.

La réputation littéraire de M. de Fontane, critique, orateur et poëte, n'est-elle pas incontestablement une des plus
brillantes de l'époque actuelle?... Nous avons maintenant
à déplorer sa perte; il est mort, à Paris, le 17 mars 1821.

204. Gauldrée de Boilleau, marquis de la Caze, membre
de l'académie des Jeux Floraux, s'est fait connaître avantageusement dans la littérature par deux volumes de fables
publiés, pour la première fois, en 1812. Il était commis-
saire-ordonnateur à Berlin, lorsque j'y remplissais, en 1808,
les fonctions d'intendant. Nous passions ensemble toutes
nos soirées; nous avons composé, pour ainsi dire, en commun, l'*Instinct des Animaux*, prologue du premier livre
de ses fables, *la Religieuse*, élégie, etc. La lecture de ses
jolis ouvrages et nos paisibles discussions littéraires me
délassaient des pénibles travaux d'une administration de
province conquise. Le souvenir de ces moments que rendaient si courts les charmes d'une liaison intime est, sans
contredit, l'un des plus agréables de ma vie. J'ai perdu cet
excellent ami, le 25 mai 1830. Voici les vers qu'il m'avait
adressés en réponse à ma fable :

> Ah ! mon ami , quel heureux temps
> Que celui qu'à mes yeux retrace votre fable !
> Que votre prologue est aimable ?

Vous y parlez raison, et vos vers sont charmants !
　　D'une amitié tendre et fidèle,
　　Ainsi que vous je sens le prix ;
　　Ainsi que vous je me rappelle
　　Berlin et nos jeux favoris :
　　Conquérant avide de gloire,
Alors Napoléon dominait l'univers ;
Tandis que ses exploits fatiguaient la victoire,
Et sur son front superbe appelaient les revers,
　　Paisibles, nous faisions des vers,
　　Et sans orgueil nous osions croire
　　Qu'on pouvait par d'autres plaisirs
Se faire un nom fameux et charmer ses loisirs.
Cependant quelquefois je maudis ma mémoire :
Loin de vous, le présent est pour moi sans attraits,
Et chaque souvenir excite mes regrets ;
　　Mais lorsque le sort nous sépare,
En cédant aux regrets dois-je être sans espoir ?
Je me plains du présent, et je ne puis prévoir
　　Ce qu'en secret l'avenir me prépare.
　　　Si le cours des événements
　　　Entraîne tout sans résistance,
　　　Offrant ainsi plus d'une chance,
　　　Il est fertile en changements ;
Que plus tôt ou plus tard le ciel nous soit propice,
　　Il suffit qu'il nous réunisse ;
　　Je suis certain qu'en amitié
De tout temps avec moi vous serez de moitié.
Comme vos imprudents, si quelque barque frêle
Nous recevait, alors, sur des flots orageux,
　　En bons amis nous ramerions tous deux,
　　　Entre nous jamais de querelle.
　　　En quittant la rive, d'accord,
　　　Et d'accord pendant le voyage.
　　　Ensemble échappés au naufrage,
　　　Nous rentrerions ensemble au port.

205.　　　　Dans ce charmant Berlin....

Berlin est, dans le fait, une des villes les plus agréables

de l'Europe; elle est bâtie avec un goût et une régularité dont
rien n'approche. Les lettres, les sciences, les arts même, y
sont cultivés avec succès. Combien d'agréments ne trou-
vais-je pas dans la société des Jordan et des Beglein, qui
sont aujourd'hui comptés parmi les premiers hommes d'État
de la Prusse; des Bister, des Erman et des Lombard, que
la mort a frappés depuis quelques années; des Catel, des
Formey, des Hauchecorne, des Rosentiels, etc.

Nous suivions des bannières différentes; mais les mêmes
goûts, les mêmes principes d'honneur et de morale nous
rapprochaient. Chacun servait avec zèle le souverain et le
pays qu'il devait servir; nous n'en avions ni moins d'estime, ni moins d'attachement les uns pour les autres.
M. Catel, à qui l'Allemagne doit la traduction des fables
de La Fontaine, et qui joint à la bonhomie de notre Fablier
des connaissances très-étendues, vient de me donner un
témoignage de souvenir beaucoup trop flatteur, en m'an-
nonçant qu'il se proposait de traduire le recueil de mes
apologues. Je suis fort aise de pouvoir lui exprimer publiquement ici toute ma reconnaissance.

206.   Montés ensemble sur Pégase.

Pégase, cheval ailé qui naquit du sang de Méduse, l'une
des trois Gorgones, filles de Phorcus, dieu marin. Il frappa
du pied contre la terre en naissant, et fit jaillir l'Hippocrène. Il habitait le mont Parnasse et l'Hélicon. Pégase
est la monture ordinaire des poëtes, mais il ne les conduit
pas toujours sur les rives du Pactole. S'il faut en croire les
auteurs des *Chevilles de Maître Adam* et Maynard dont
ils ont rajeuni la pensée :

> « Pégase est un cheval qui porte
> « Les grands hommes à l'hôpital. »

32.

207. Je dois, si je ne me trompe, l'idée de cette fable à une pensée de **M.** le duc de Lévis dont les talents très-distingués dans plus d'un genre de littérature n'avaient pas besoin d'être soutenus par une naissance illustre pour s'ouvrir les portes de l'Académie Française. Bien que le recueil de ses *Maximes et Réflexions* mérite une place dans toutes les bibliothèques, je ne l'ai pas sous les yeux pour constater, avec exactitude, l'espèce de réminiscence dont je fais ici l'aveu.

208.   Que vois-je? un superbe Sénèque.

Nous ne dirons rien de Sénèque, de Cicéron et de Voltaire, parce qu'on en parle assez dans tous les livres. — Pierre Charron, né l'an **1541**, à Paris, et mort le **16** novembre **1603**, fut le disciple de Montaigne; son livre de *la Sagesse* peut encore se lire avec fruit, malgré les nombreux moralistes qu'ont produits les deux derniers siècles. En 1763, le marquis de Luchet a publié l'analyse de cet ouvrage en deux petits volumes in-18. — L'abbé Cotin est connu par les satires de Boileau. — Antoine Sabatier (de Castres), que nous avons vu vivre, pour ainsi dire, d'escroqueries et mourir dans une honteuse misère, à Paris, le **15** juin **1817**, fut souvent en butte aux plaisanteries piquantes du patriarche de Ferney. Ce Sabatier, auteur d'une foule d'ouvrages insipides ou licencieux, et qu'il ne faut pas confondre avec le poëte lyrique, Sabatier de Cavaillon, n'est plus guère connu maintenant que par *les Trois Siècles de la littérature française*, imprimés sous son nom, mais attribués par plusieurs bibliographes à un abbé Martin, mort en 1796. — Lesuire, mort il y a peu d'années, est auteur de *Christophe Colomb,* poëme héroïque, et de cinquante volumes oubliés. — La Serre, objet, comme Cotin, des bons mots et des sarcasmes du Juvénal français, était pourtant un homme d'esprit, quoique ses productions fussent détestables. Il se connaissait et se jugeait lui-même avec sévérité, mérite rare parmi ses pareils. Un jour qu'il venait d'entendre un fort mauvais discours, il alla, non sans une espèce de transport, embrasser l'orateur : « Ah! « monsieur, s'écria-t-il, depuis vingt ans j'ai bien débité « du galimatias, mais vous venez d'en dire plus en une « heure que je n'en ai jamais écrit pendant toute ma vie. » — Quant à M. V..... le temps d'en faire justice complète n'est pas encore venu. En attendant qu'il aille chez Pluton joindre ses nombreux ouvrages, et que son nom puisse être offert en holocauste au dieu du goût, il jouit du privilége de paraître sous le voile, assez diaphane à la vérité, des lettres initiales.

Valant (Jacques-Honoré), dont il est ici question, était tout à la fois moraliste, poëte, publiciste, grammairien, et par-dessus tout cela, le plus ennuyeux des hommes, mais fort estimable au demeurant. Il admirait beaucoup *Télémaque* ; il ne lui trouvait d'autre défaut que d'être écrit en prose. Aussi s'avisa-t-il de le traduire en vers... et quels vers, grand Dieu ! — Valant est mort à Paris, il y a peu d'années, dans un âge avancé.

209.   Puis sème de la mort-aux-rats.

La *mort-aux-rats* est une espèce de pâte infernale composée d'arsenic et d'autres ingrédients de même nature.

210.   Notre homme en *us* croit voir ses ennemis à bas.

L'usage ridicule qu'avaient adopté les savants de latiniser leur nom moderne est encore en vogue dans quelques cantons de l'Allemagne et de la Hollande. Je m'étais per-

mis, à la suite de cette observation, quelques plaisanteries
sur un professeur d'Amsterdam, recommandable à plus
d'un titre, mais qui, sans doute entraîné par l'exagération
politique, s'était donné des torts graves envers moi : cette
petite vengeance, plus malicieuse que méchante, contre un
homme qui vivait encore et pouvait se défendre, me paraissait tout à fait dans l'ordre ; mais aujourd'hui que
M. Cras est mort, je ne veux plus me rappeler que ses
talents et les services qu'il a rendus à la science des lois
pendant le cours de sa longue carrière.

244.   Le Cid s'est-il jamais montré plus généreux?

Rodrigue Dias de Bivar ou du Bivah, surnommé *le Cid*.
Ce héros du onzième siècle, l'honneur de la chevalerie
castillane, exilé de la cour et même des états qu'il avait
conquis, n'hésitait jamais, aussitôt qu'on avait besoin de
son épée, à revenir défendre ses persécuteurs. « Toujours
« prêt, dans sa disgrace, à tout oublier pour son roi, dit
« Florian ; toujours prêt, dans sa faveur, à lui déplaire
« pour la vérité, il mourut à Valence, chargé de gloire et
« d'années, l'an 1099. »

242.   Je dois remonter au déluge.

Allusion au fameux hémistiche de la comédie des *Plaideurs : Avocat, passez au déluge;* et, comme il faut toujours se piquer d'une exactitude scrupuleuse, je dois convenir que ce n'est point à *Petit-Jean*, mais à *l'Intimé* que
ces mots s'adressent.

213 Quelques-uns de ces misérables qui jugent les autres
d'après leur propre turpitude, ont voulu chercher des allusions dans ce portrait du léopard. Certes, le fanatisme de

parti peut seul y voir la moindre ressemblance avec un héros qui s'est montré presque toujours vainqueur généreux, et que ses ennemis même ne peuvent accuser d'être vindicatif. Si le conquérant n'avait pas, en quelque sorte, emporté l'administrateur, il ne mériterait que des éloges. Du reste, l'aurais-je servi, si je n'avais eu pour lui de l'admiration et de l'attachement? J'espère qu'on me rendra la justice de croire que les malheurs de ce prince n'ont pas affaibli des sentiments dont je me glorifie d'autant plus que je saurai toujours les concilier avec mes nouveaux devoirs. (Note des quatre dernières éditions.)

214.   . . . . . c'est ce que dit Voltaire.

Voltaire, dans son *Essai sur les mœurs et l'esprit des nations*, revient souvent sur cette pensée, « que le carac-« tère de ceux qui gouvernent fait en tout lieu les temps « de douceur ou de cruauté. »

« Si la justice n'est point dans le cœur des gouvernants « et des gouvernés, a dit un littérateur belge (le baron « Trappé), les plus belles constitutions sont des châteaux « en Espagne. »

215.   Et peut-être encor Robertson.

Robertson (Guillaume), né dans le royaume d'Écosse en 1721, et mort, principal de l'université d'Édimbourg, au mois de juin 1793. Son *Histoire des découvertes de l'Amérique* et celle du *Règne de Charles-Quint* ont été traduites en français par Suard. L'introduction de ce dernier ouvrage passe pour un chef-d'œuvre, mais non cependant du même ordre que les *Considérations sur les causes de la grandeur et de la décadence des Romains*.

216.   Il fait une blessure à l'arbre d'Apollon.

Le laurier était con acré au dieu de la poésie, comme le
chêne à Jupiter, le pin à Cybèle, le hêtre au dieu Pan, le
myrte à Vénus, l'olivier à Minerve, et le peuplier à Her-
cule.

217. Un de ces critiques pointilleux, possédés de la manie
des parallèles, et qui jamais ne font l'éloge des morts que
pour dénigrer les vivants, prétendait qu'en général les apologues de **M.** du Tremblay ne sont point finis, de manière
qu'il serait possible de les étendre encore, et d'y trouver,
au bout du récit, une moralité différente de la moralité
présentée par l'auteur, tandis qu'au contraire toutes les
fables de La Fontaine offrent un sens complet. Moi qui ne
me croirais pas digne d'admirer le *Fablier*, si je ne sentais
pas le rare mérite d'un de nos fabulistes les plus agréables,
je soutins que le reproche portait à faux, et que d'ailleurs il
est souvent très-inutile de prolonger la narration, quand
on a trouvé l'application morale qu'on cherchait. J'allai plus
loin, et j'affirmai qu'il serait facile de donner une suite à
maintes fables du grand poëte philosophe sans qu'il fût, pour
cela, permis d'en regarder le dénouement comme défec-
tueux. *Le Lion amoureux* (la première du troisième livre
de La Fontaine) me revint dans l'esprit, et je composai sur-
le-champ la fable qu'on va lire. Je n'ignore pas cependant
combien il est maladroit de rappeler au lecteur le souvenir
du maître, et de provoquer, en quelque sorte, une compa-
raison toujours accablante pour l'élève. Aussi ne m'avise-
rai-je plus à l'avenir de me permettre une semblable témé-
rité. C'est la dernière fois que l'on m'y prend.

Cette note, passe-port indispensable en 1818, aurait pu
se supprimer aujourd'hui que la fable est devenue de l'his-

toire, et, pour ainsi dire, de l'histoire ancienne; car dans
ce siècle les événements se succèdent avec rapidité ; la
scène politique change sans cesse d'aspect et de décora-
tions.

218. Et, nouveau Pythagore, il ne vit que d'herbage.

Pythagore, célèbre philosophe de Samos, né vers l'an 592
avant J.-C. Il professait le système de la métempsycose et
s'interdisait par conséquent l'usage de tous les aliments qui
avaient eu vie.

219. L'auteur de la tragédie des *Templiers*, M. Raynouard,
qui m'a fait l'honneur de consacrer à mes fables, dans le
Journal des Savants, un article qui mérite toute ma reconnaissance, blâme néanmoins ce passage. Il lui semble
« quand il s'agit d'idées morales ou religieuses, que les
« supposer aux animaux, ce n'est pas assez respecter les
« convenances.» Je ne crois pas le reproche fondé ; ce serait restreindre beaucoup trop le domaine de l'apologue.
Je puis m'autoriser au surplus de l'exemple du *Fablier* dans
les *Obsèques de la Lionne* (La Fontaine, livre VIII, fable
14e). Voyez aussi *le Milan et le Pigeon* (Florian, livre V,
fable 18e).

220. On ne lira pas sans un vif intérêt, dans Buffon, les
détails sur les mœurs des chevreuils. On connaît le dévouement qu'ils montrent, les uns pour les autres, lorsqu'ils sont
poursuivis par le chasseur.

221. Socrate n'eût pas mieux parlé.

Socrate, l'éternel honneur de la philosophie ancienne. Il
naquit dans la ville d'Athènes, l'an 469 avant J.-C., et fut

persécuté par les trente tyrans qui désolaient sa patrie. Accusé par Anitus et Mélitus de ne pas croire aux divinités de la Grèce, il se vit condamner à boire du jus de ciguë, à l'âge de soixante et dix ans. Il avait mis en vers les fables d'Ésope, pour charmer les ennuis de sa prison; mais cet ouvrage n'est pas arrivé jusqu'à nous.

222. Une fable du père Desbillons, *le Lézard et la Tortue*, que nous donnerons ici parce qu'elle est en quatre vers seulement, m'a fourni l'idée de la mienne :

> « Tui me miseret aiebat testudini
> « Lacerta; quæ, quòcumque libeat vadere,
> « Tuam ipsa tecum ferre cogaris domum.
> « Quod utile, inquit illa, non grave est onus. »

Elle vient (1847) d'être imitée par un de mes jeunes compatriotes, M. Marique, de Namur, de la manière suivante :

> De votre sort que mon âme est émue !
>   Dit le lézard à la tortue.
> Quoi ! devoir en tous lieux porter votre maison !...
> — Sur mon sort, reprit-elle, ayez l'âme tranquille;
>   Ne me plaignez plus sans raison :
> Une charge est légère alors qu'elle est utile.

223.   Telle qu'à sa toilette en eut jadis Psyché.

C'est sans doute, en mémoire de cet aimable objet des poursuites de Cupidon, que l'on appelle des *Psychés* ces glaces élégantes qu'un mari, tant soit peu galant, ne peut se dispenser d'offrir à sa femme le lendemain de ses noces.

224.   Borée et les fougueux frimas.

Borée, vent du nord, fils d'Astréus et d'Héribée. On peut voir cet article dans les Dictionnaires mythologiques déjà cités.

225.   Dunois, ce nom qu'illustra maint héros.

Le brave Dunois, bâtard d'Orléans, qui contribua puissamment à sauver la France sous Charles VII, est assez connu. La célébrité du beau Dunois, dont toutes nos dames ont chanté les prouesses, ne repose pas tout à fait sur des fondements aussi solides, mais elle ne laisse pas d'avoir son prix.

226.   Seul alors il fait sa tournée.

Mon honnête Dunois n'est point un être d'imagination ; je prie très-instamment le lecteur d'en être convaincu. Les détails dont il s'agit sont de la plus grande exactitude historique.

227.   Ce Turenne, à jamais des guerriers le modèle.

Le désintéressement de Turenne n'est pas moins célèbre que sa valeur et la supériorité de ses talents militaires. On connaît sa réponse aux députés d'une ville d'Allemagne qui lui présentaient cent mille écus pour qu'il ne passât point sur leur territoire. « Messieurs, gardez votre argent et ras« surez vos concitoyens, je n'avais pas l'intention de passer « par votre ville. » Une autre fois, il répondit à l'un de ces généraux, malheureusement trop communs, dont la cupidité dégrade la bravoure, et qui lui proposait un gain de 40,000 fr. dont la cour ne pouvait être instruite : « Je vous « suis fort obligé ; mais, comme j'ai souvent trouvé de ces « occasions sans en profiter, je ne crois pas devoir changer « de conduite à mon âge. »

228.   Pythagore l'a dit

Voyez *les vers dorés* qu'on attribue à ce philosophe.

33

229.   Est-ce un docteur de Salamanque?

L'université de Salamanque, en Espagne, est un peu dé-
chue de son antique renommée, ce qui pourtant, j'en suis
sûr, n'a rien diminué de l'orgueil et des prétentions de ses
docteurs.

230.   Ennuyeux étymologistes.

Les savants de l'espèce dont je parle dans ma fable n'exis-
tent plus guère, de nos jours, en France où les talents littéraires et les charmes de l'urbanité sont presque toujours
réunis à la science et à l'érudition; mais ils ne sont pas
rares ailleurs; ils ont la tête farcie de mots grecs et latins;
c'est tout leur mérite. Ces gens-là, qui feraient un volume
de commentaires sur une virgule mal placée, ne seraient
pas en état d'écrire deux pages qu'on pût lire. Un homme
d'esprit, l'ancien secrétaire du maréchal prince de Ligne,
M. Legros a dit avec raison :

> Les érudits que je révère,
> Assez souvent sont ennuyeux,
> Par la raison qu'ils sont verbeux;
> C'est pourquoi le dictionnaire
> Est le savant que je préfère :
> Je l'interroge quand je veux,
> Et, quand je veux, je le fais taire.

231.   Et, disciple de Démocrite.

Démocrite, philosophe abdéritain, qui riait toujours. Il
mourut, l'an 362 avant J.-C., à l'âge de 109 ans. On voit
que son régime était bon. Si tous les hommes l'adoptaient,
je crois que les choses en iraient beaucoup mieux, et que
ce monde serait, pour lors, le meilleur des mondes possi-
bles, comme l'a prétendu le grand philosophe Pangloss.

232. Tous les badauds, mes confrères, savent que tels sont les personnages principaux et pour ainsi dire indispensables d'un mardi-gras.

233. Je crois devoir faire remarquer ici que je ne connaissais pas encore la jolie fable de M. François de Neufchâteau, intitulée *la Procession du Bœuf gras à Marseille*, lorsque j'ai composé la mienne, pour charmer, non pas les ennuis, mais le silence de mon agreste solitude, le jour même du dernier mardi-gras (1818). Je n'ai lu le recueil de M. le comte François de Neufchâteau qu'en arrivant à Paris, l'année suivante.

234. Une fable, en trois vers, du père Desbillons :

> « De principatu contendebant sidera :
> « Sol oritur : omnis cessat hic contentio.
> « Procerum superbia deficit, cùm adest. »

m'a fourni l'idée de cet épilogue. Un critique plein d'esprit et de goût, M. de Bellemare, en rendant compte de mes Fables dans la *Gazette de France* (21 octobre 1818), n'approuve point que je parle avec cette irrévérence des étoiles; il prétend que cela n'est pas digne du siècle des sciences exactes; mais il me semble que les fabulistes ont toujours eu, sans que cela tire à conséquence, le privilège d'adopter sur les objets physiques les idées reçues par la multitude.

235.   De maître Jean...

Jean La Fontaine, ce nom-là dit tout.

236.   Depuis deux mois, d'ailleurs, j'ai la férule en main.

Toutes ces fables, si j'en excepte sept qui datent de 1808

(l'*Aigle et le Papillon*, l'*Autruche*, le *Bœuf et l'Ane*, le *Cheval belliqueux*, le *vieux Courtisan et son Fils*, le *Philosophe et le Hibou*, le *Singe et la Montre*), deux de 1815 (*le Berger imprudent*, *les Loups*, *le Chien et le Troupeau*), treize publiées seulement en 1821, deux en 1823 et sept qui paraissent, pour la première fois, dans cette édition (celle de 1837); toutes ces fables, dis-je, ont été composées du 16 décembre 1817 au 20 février 1818. Cette précipitation, source d'un grand nombre de négligences si difficiles à faire disparaître, est un tort sans doute; aussi je m'en accuse, bien loin de m'en prévaloir, et je tâche de ne plus mériter le même reproche.

237.   Je m'amusais comme le bon Colin.

Colin d'Harleville, auteur de la charmante comédie in-titulée : *les Châteaux en Espagne*.

238.   . . . . . repoussé le vautour.

Voyez ce qu'en dit Buffon ; œuvres complètes, t. XIX, p. 35, édition de Paris, in-8°. Eymery 1825.

239.   Un lion de l'humaine espèce.

On a baptisé de ce nom, en France, les élégants de notre époque, ce que les Anglais appellent *dandys*.

240.   Notre rustique Phaéton.

La mythologie nous apprend de quelle manière Phaéton, fils d'Hélios, conduisit le char solaire, et tomba foudroyé dans l'Éridan.

241.   A ce soir la Polka !...

On sait de quelle vogue a joui la Polka. Cette danse, po-
lonaise d'origine, a fait en peu de temps le tour de l'Europe.

242.   Auriez-vous par hasard connu feu Villoison?

Jean-Baptiste d'Ansse de Villoison, l'un des plus célèbres
hellénistes de son époque, né le 5 mars 1750, à Corbeil,
d'une famille noble, mourut à Paris le 26 avril 1805. Il
avait été nommé, dès l'année 1772, avec dispense d'âge,
membre de l'Académie royale des inscriptions. Personne
n'était d'un caractère plus obligeant, plus serviable; mais
il se plaisait beaucoup trop aux cancans, aux commérages
de société. Un artiste, qui croyait avoir à s'en plaindre,
sous ce rapport, s'avisa de le représenter dans une carica-
ture, assistant et prenant plaisir à une violente querelle de
ménage. La ressemblance des trois personnages ne laissait
rien à désirer : on lisait au bas de la gravure ces mots :

« Danse, vil oison. »

La fortune de Villoison, assez considérable, car il était
fort économe, fut recueillie *ab intestat* par un membre de
sa famille, tombé dans la misère, DANSSE que j'ai vu, sur
le Pont-Neuf, exercer le métier de tondeur de chiens.

243.   Comme Vert-Vert.

Il y a vingt ans, une note sur le perroquet des Visitan-
dines de Nevers eût été complètement inutile. En est-il de
même aujourd'hui? Je l'ignore. Si je ne craignais d'être

33.

considéré, par les *hommes sérieux* de notre époque, comme un être bien frivole, je conseillerais aux jeunes gens la lecture de *Vert-Vert*, le chef-d'œuvre de Gresset et l'une des productions les plus piquantes de la gaieté française.

FIN DES NOTES.

TABLE ALPHABÉTIQUE

L'auteur a pris le soin d'indiquer dans cette table les fabulistes étrangers qui lui ont fourni des sujets d'apologue, ainsi que les poëtes français avec lesquels il se trouve en concurrence pour ces imitations. Ce dernier travail exigeait de nombreuses recherches ; mais il n'est pas sans utilité de pouvoir comparer entre elles les différentes manières d'envisager un même sujet, ou de rendre des idées analogues.

A.

Corbeau (le) qui couve, VII , xi , 234. Ésope et Lessing : imitateurs,
Agniel, Binninger, Charreau, Grenus, Grétry neveu , Lafermière et
Mérard de Saint–Just.

Corneille (la), le rossignol et les autres oiseaux, VII, xiii, 236.

Coursier (le), II, vi, 47. Hagedorn.

Courtisan (le vieux) et son fils, I , xiv , 26. Apologue oriental : imitateurs , Agniel, Gauldrée de la Caze et Guillemart.

Crapaud (le), III, xx, 105.

Cygne (le), le rossignol et l'oison, VI, viii, 194.

D.

Daim (le) , le porc, le bœuf, l'âne , la chèvre et le cheval, II, xxi, 74.

Dindon (le), III, vi, 81. Lessing : imitateurs , Charreau , Grenus , Grétry neveu et Lafermière.

Dromadaire (le) et le singe, VII, xvi, 242.

E.

Écureuil (l') et le chien de chasse, I, xxi, 37. Desbillons et Yriarte ·
imitateurs , Bourguin et Guichard.

Éléphant (l'), la guenon et leur conducteur, III, xii, 91.

Enfant (l') et le hanneton, V, xviii, 175. Kohlman : imitateurs, Arnault,
Grenus et Lachambeaudie.

Enfant (l'), sa mère et la rose, V, xi, 165.

Enfants (les), l'épagneul et le boule-dogue, VIII, vii, 265.

Envieux (l'), VII, vii, 227. Lichtwer : imitateurs, Dorat, Gauldrée de
la Caze, Pagès et madame Joliveau.

Escarbot (l') et l'aigle, VI, v, 189. Marie de France et Desbillons : imitateurs, Formage, Gauldrée de la Caze, Guichard et Lenoble.

Étoiles (les) et le soleil, épilogue, 251. Desbillons : imitateurs, Couret
de Villeneuve, Formage, Grozelier, Guichard, d'Hautecour, Marique,
· Mérard de Saint-Just et Richer.

F.

Fauvette (la) et la femelle du moineau, IV, i, 109.

M.

N.

O.

P.

34

FIN.

www.ingramcontent.com/pod-product-compliance
Lightning Source LLC
Chambersburg PA
CBHW050303030726
47505CB00003B/551